비트의
안개나라

비트의 안개나라

지은이 | 윤재은
발행일 | 초판 1쇄 2008년 2월 11일
발행처 | 멘토press
발행인 | 이경숙
편집인 | 김선희 · 김경아
마케팅 | 김정훈
출력 | (주)이수그래픽
인쇄 · 제본 | 한영문화사
등록번호 | 201-90-58902 / 등록일 2006년 5월 2일
주소 | 서울시 중구 충무로 2가 49-11 태광빌딩 302호
전화 | (02)2272-0907   팩스 | (02)2272-0974
E-mail | mentor777@paran.com
ISBN 89-958552-7-4(03810)   978-89-958552-7-0(03810)

비트의
안개나라

윤재은 장편소설

차 례

제1부 세상나들이

어둠에서 깨어나 10

안개 속으로 19

이상한나라의 일상 43

자연의 소리를 들으며 54

세 사람의 음모 64

장미정원 78

물을 사려는 사람들 95

꿈과 현실 사이에 서서 117

되찾은 장미정원 130

제2부 비트의 안개나라

변화하는 세상 138

디지털 시대의 국가 속으로 150

새들은 새장을 떠나고 165

바람, 구름 그리고 바위의 녹색나라 185

시스템의 흐름 속에서 199

가방의 무게에서 벗어나 208

지중해를 꿈꾸며 224

분배된 삶을 찾아 240

제3부 안개 속으로

밤원숭이 사회에서 254

영혼들의 강 266

영혼들의 흔들림 274

황금산에 갇힌 영혼들 286

우물을 향하여 297

《비트의 안개나라》를 펴내며

《비트의 안개나라》는 현대를 살아가는 우리 모습을 되돌아보게 하는 소설로, 우리 삶의 진정한 의미가 무엇인지 자화상처럼 그려내고 있다. 사회는 과거의 빈곤에서 벗어나 물질적 풍요를 맞이했지만, 마음 한 구석엔 정신의 부재, 결핍이 낳은 '어두운 그림자'가 우리 가슴을 짓누르고 있다. 이 소설에서 필자는 물질을 좇으려는 현대인들의 끝없는 욕망, 질주를 바라보면서 시간의 소중함과 진정한 행복이 무엇인지 그 의미를 되새기고 있다. 행복은 인간의 소유욕을 끝없이 채우는 데 있는 게 아니라 자연과 하나 되는 우리 마음속에 있음을 보여주고 있다.

꿈과 현실 그리고 시간을 뛰어넘는 《비트의 안개나라》는 비트라는 어린 소년의 눈을 통해 세상을 깨우쳐가는 성장소설 형식을 띠고 있다. 비트는 열두 마디의 수레바퀴를 올라타고 꿈과 현실 사이를 오가며 많은 경험을 한다. 침묵으로 세상을 바라보는 바위와 바람, 구름 그리고 그림자와 대화를 나누는데, 여기서 자연은 비트로 하여금 세상의 정의를 바로 세우는 '스승' 역할을 한다. 또한 안개나라의 생명수 우물에서 만난 장미정원의 소녀는 두려움 없이, 용기 있게 세상을 헤쳐나가는 희망의 존재로 작용한다.

소설에서 비트는 동방나라, 이상한 나라 그리고 안개나라를 경험하면서 우리의 과거, 현재, 미래를 청사진처럼 바라보며, 시간의 경계를 뛰어넘어 자아를 깨달아가는 과정을 보여준다.

예컨대 형체는 없고 죽은 영혼들이 흐느끼는 장미정원, 권력욕 때문에 동방나라를 분열시키는 '제우스의 권력', 키키가 다스리는 밤원숭이 사회, 지식의 덩굴에 갇혀 있는 '오딘의 그림자', 바다나라를 건설하기 위해 배를 만드는 어부, 동네에서 작은 행복을 일궈왔던 가게 아저씨의 좌절, 새장 속 새들의 탈출, 안개나라에 물을 팔아먹으려는 이상한 나라의 세 명의 사기꾼 등은 이 소설 이야기를 흥미롭게 풀어주는 열쇠이다.

이 소설에 등장하는 '할아버지'는 전지전능한 신을 뜻한다. 비트가 태어나기 이전부

터 신은 할아버지를 넘어 창조주의 눈으로 우리를 바라보았다. 창조주 할아버지가 비트를 우리 세계로 내려보낸 것은 인간으로서 진정한 삶이 무엇인가 자각케 하기 위해서이다.

어린 비트의 눈으로 바라본 우리 세계는 이해할 수 없는 것들의 집합체인지 모른다. 아침이면 무거운 가방을 둘러메고 지혜 없는 지식을 가득 채우기 위해 우리 아이들은 하루를 바삐 돌아다녀야 한다. 세상의 모든 지식을 다 배워야 미래가 보장된다는 어른들의 생각에 떠밀려 자신이 누구인지, 무엇이 행복인지 모른 채 '지식의 굴레'에 갇혀 있다. 우리 아이들의 암담한 현실을 바라보면서 필자는 이 책의 집필을 결심했다. 《비트의 안개나라》는 시들어가는 삶의 행복을 안개를 통해 꿈의 세계와 결합하고 있다. 꿈은 우리가 이룰 수 없는 상상의 세계까지도 할아버지의 힘을 빌려 현실화하려 한다. 이 소설에서 필자는 인간과 자연이 하나 되는 과정, 할아버지(神)를 통해 세상을 올바로 바라보고, 진정한 인간의 삶이 무엇인지 제시하고자 한다.

안개나라를 집필하는 동안 샌프란시스코의 작은 주거도시 모라가Moraga의 아침안개가 대지와 나뭇가지를 촉촉이 적시며 창문 곁으로 다가왔다. 창밖에는 새벽을 거니는 노루들의 모습이 자연의 아름다움을 전해주고 있었다. 짓눌렸던 삶의 무게가 아침안개와 함께 허공으로 날아가 버리고, 따스한 태양이 할아버지 입김처럼 우리 곁으로 다가오는 것을 자주 느끼곤 했다.

세상은 더 이상 암울하지도, 두렵지도 않은 축복의 시간처럼 우리를 기다린다. 할아버지의 손길에 다시 태어날 우리의 영혼을 생각하며, 텍스트의 힘을 빌려 안개나라를 세상에 드러내고자 한다.

버클리에서 **윤재은**

제1부 세상나들이

여러분! 물 한 통을 가져오면 둥지 하나를
살 수 있는 돈을 드리겠습니다
이상하다! 영혼을 파나봐
저들은 물을 받아서 안개나라에 팔려는 거야!
강에서 물을 퍼내고, 나무에서 물을 뽑아내고,
마지막에는 자신의 몸에서 피를 빼내지 않을까?
저들은 안개 속으로 들어와 안개나라로 들어섰을
거라고 믿고 안개나라로 가는 팻말만 보고 따라오겠지

어둠에서 깨어나

　　　　　　어둠은 영혼이 걷힐 수 없는 암흑으로 가득 찬 시간속으로 흘러가고 있었다. 아무리 달려도 벗어날 수 없는 어둠은 그의 육체가 아니라 영혼일까? 숨가쁜 그의 맥박 소리가 세차게 나뭇가지를 내리치는 바람처럼 주위를 휘감고 있는데, 어디선가 들려오는 소리가 있어 눈을 뜨려 몸부림친다. 어둠은 눈을 뜨는 것마저 용납하지 않겠다는 기세로 그의 발걸음에 거칠게 또 하나의 돌을 올려놓는다. 그는 있는 힘껏 돌을 뿌리치고 어둠에서 벗어나 세상의 빛을 보려 한다. 깨어날 수 없음에 영혼은 오지 않고, 볼 수 없음에 육신은 존재조차 할 수 없으며, 느낄 수 없음에 세상에 다시 올 수 없는 것일까?

　　어둠속을 헤매는 그의 발걸음이 어린아이가 놓쳐버린 실타래처럼 하늘로 날아오른다. 잠들어 있는 어둠을 깨우려 그는 수많은 노래를 불러보지만, 존재조차 하지 않던 밝음이 갑자기 어둠을 거두는 순간, 가느다란 그의 두 팔이 너무나 나약하게 느껴졌다. 빛은 어둠의 자식으로 태어나는 것조차 거부하면서도 오이디푸스*의 기억을 재현하려 하는가!

 비트는 침대에 누워 있는 자신의 모습을 바라볼 수만 있다면, 어둠에서 깨어나 저 밝은 세상을 마음껏 달려보고 싶었다. 짙게 깔린 어둠은 다시 빛의 세계로 되돌릴 수 없다는 듯 비트의 방 안을 가득 채우고 있었다. 그는 어둠에서 깨어나려 하는 알처럼 눈을 크게 뜨고 소리 내어 불러본다.

 "할아버지!"

 한 번도 불러본 적 없는 할아버지를 밀폐된 어둠속에서 목이 터지도록 불러보았다. 그는 두 팔을 들어 할아버지를 찾는다. 아버지가 항상 말하던 할아버지의 목소리가 적막한 어둠속을 헤집고 무섭게 울려퍼진다. 그분의 키다란 두 손이 그의 작은 육신을 들어올려 저 밝은 빛 속으로 데려다줄 것이다. 이러한 조그마한 희망이 "할아버지!"라고 외치는 목소리를 통해 메아리쳐 되돌아왔다. 비트는 깊고 적막한 어둠속에서 할아버지가 올 것이라는 기대감으로 두려움을 잠시 내려놓을 수 있었다.

 얼마의 시간이 흘렀을까, 다시 그는 깊은 잠에 빠져들었다. 온몸을 적시던 땀방울도 어느덧 이는 바람에 사라지고, 세상의 모든 무게는 어둠속으로 다시 잠들어가고 있었다. 영원히 오지 않을 것 같던 밝음도 시간이라는 친구 앞에선 어

■ 오이디푸스 : 그리스 신화에 나오는 비극의 주인공. 테베의 왕 라이오스와 왕비 이오카스테의 아들로 태어났으나 "아버지를 살해하고 어머니를 범한다."는 신탁神託 때문에 버려진다. 하지만 결국 신탁대로, 청년이 된 오이디푸스Oidipous는 생부를 죽이게 되고 왕좌에 오른 뒤 어머니와 결혼한다. 이후 무서운 진실이 밝혀지고, 절망한 오이디푸스는 스스로 자기 눈을 찔러 멀게 한 뒤 방랑의 길을 떠난다.

쩔 수 없는지 어둠이 가시자 운명처럼 그의 길을 나섰다.

비트는 악몽 같던 지난밤의 꿈들을 뒤로하고 창밖에서 노래하는 새들의 울음소리와 함께 깨어났다. 그는 레테 강*을 건너온 뱃사공처럼 길고도 긴 어둠의 터널을 벗어나 안개비가 걷혀가는 하늘을 바라본다. 그리고 혼자 "할아버지!"라고 중얼거리며 지난밤 본 할아버지에 대한 그리움을 되새긴다. 태어난 이후 한 번도 보지 못한 할아버지를 어둠의 그늘에서 찾으려 했던 그 순간을 생각하자, 할아버지에 대한 그리움이 다시 솟구쳐올랐다. 세상의 모든 것은 나를 낳아준 아버지 이전의 아버지가 있었기에 존재할 수 있다고 말하던 아버지의 가르침이 뭉게구름처럼 비트의 가슴속에 떠올랐다.

어둠은 그의 일상을 억누르는 공포가 아니라 삶의 무게를 내려놓는 대지와도 같았다. 아침은 그에게 규칙적으로 움직이는 시계추처럼 끊임없이 반복되는 수레바퀴와 같은 삶의 시작이었다. 태어남과 동시에 먹고, 배설하고, 소유하는 모든 본능적 탐욕들은 비트의 일상생활처럼 행동을 통해 굳어져갔다. 그에게 있어 어둠은 지루한 기다림, 혹은 영원히 깨어날 수 없을지도 모른다는 일종의 불안감이었다. 다시 찾아온 밝음 속에 인간은 그들 육신에 깃든 꿈틀거리는 커다란 욕망을 감춘 채 아직 드러내지 않고 있었다. 네 발로 태어나 두 발이 되기까지 인간이라는 이름을 얻기 위한 비트의 투쟁은 신의 역사를 통해 기록될 것처럼 보였다.

■ 레테 강 : 레테Lethe는 그리스 신화에 나오는 분쟁의 여신 에리스의 딸로 '망각의 화신'이다. 죽은 자는 저승 가는 길에 레테 강 즉 '망각의 강'을 건너는데, 죽은 사람의 혼이 이 강물을 마시면 지상에서의 기억을 모두 잊게 된다고 한다.

아침은 시작을 알리는 종소리처럼 빛을 통해 다가온다. 어둠의 침묵 속에서 서서히 벗어나 새롭게 맞이하는 '오늘'이라는 시간은 영원이라고 할 수 없는 일순간의 생성이었다. 비트에게 밝음의 진정한 의미는 복잡한 생각이나 철학보다 단순히 몸이 원하는 자연의 본성을 조르바*의 불꽃처럼 받아들이는 것이었다. 아침이라는 시간은 비트에게 어둠속에서 했던 수많은 생각을 일순간 놓아두고 무엇인가 알고자 하는 집념으로 바삐 하루를 움직이는, 시작을 의미했다. 비트의 눈에는 세상의 모든 것이 신기하고 이상하기만 했다. '이상한나라'에 살면서 예전 나라에서는 본 적 없는 방식으로 세상 살아가는 법을 배우며 하루가 가고, 또 하루가 갔다.

"시간이란 참 이상하지!"

오늘도 그는 어제의 오늘처럼 먹고, 마시고, 소유하는 네 발 달린 짐승들의 일상을 그대로 반복하는데 '시간'이라는 친구는 그에게 걷기를 요구하며 일어서라고 한다. 비트는 이상한나라 규칙을 시간이라는 현상을 통해 알게 되고, 배우기 시작했다. 아침은 그에게 희망이었다. 수면의 침묵에서 벗어날 수 있어 좋았고, 그가 소유한 모든 것들을 잠속에 묶어둘 수 있어 좋았다. 비트는 많은 시간이 지나자 네 발 달린 그때의 시절, 친구가 되어주었던 모든 것들이 한번 쓰다 버린 장난감처럼 무의미하다는 것을 알게 되었다. 일찍이 네 발을 소유했던 비트는 본능적으로 자신의 힘을 보여주기 위해 두 발의 인간세계로 뛰어들었다. 시간이라는 스승은 그에게 네 발로 걷는 것이 얼마나 불편한지 자연스럽게 알려주었다. 시간은 말했다.

■ 조르바 : 그리스 작가 니코스 카잔차키스의 대표적 장편소설 《그리스인 조르바》의 주인공 이름. 실제인물인 조르바Zorba는 육체의 욕망에 충실하고 호탕하며 상식을 뛰어넘는 야생마 같은 사나이로, 카잔차키스의 친구이자 불멸의 우상이었다.

"비트야! 네 발은 속도를 낼 수 없어. 두 발로 걷는 어른들을 봐. 저들은 너보다 많은 것을 가질 수 있어. 왜냐구? 그들은 너보다 빨리 달릴 수 있기 때문이지."

비트는 시간의 말처럼 자신의 힘으로 두 발의 어른이 되고 싶었다. 빨리 달리고 빨리 걸어서 세상의 모든 것을 마음껏 누리며 살아야겠다는 일념이, 그로 하여금 대지에 두 발로 서게 했다. 들어올린 두 발은 걸어야 하는 불편함을 하늘로 날려보냈고, 비트는 뭐든 원하는 것을 그 안에 담을 수 있다는 희망으로 하늘을 향해 외쳤다.

"나는 달릴 수 있어!"

두 발의 소년 비트는 너무 즐거운 나머지 자신의 실체를 바라볼 수 없었다. 그의 자아는 두 발 달린 바퀴를 타고 세상 속으로 들어가려 했다. 바퀴는 속도를 통해 빠르게 성장하는 그의 친구가 되어주었다. 도로 위를 달리는 자동차, 하늘을 나는 비행기, 철로 위를 달리는 기차, 이 모든 것들의 공통된 특징은 바퀴를 달았다는 것이다. 바퀴는 속도를 통해 먼 거리를 이동할 수 있게 해주었고, 두 발의 그에게 날개를 달아주는 격이었다. 사람들은 하늘을 날 수 있도록 비행기에 날개를 달아주었다. 물론 새들이 하늘을 날 수 있는 것은 날개가 있기 때문이다. 그러나 인간이란 새는 하늘을 나는 것보다 대지에 두 발을 딛는 것이 더욱 중요했다. 비행기가 바퀴가 없다면 날개가 있어도 날 수 없는 불구의 새일 수밖에 없었다. 인간에게 바퀴는 정말 좋은 것이었다.

"빨라서 좋고, 편해서 좋아."

비트는 혼자 중얼거리며 바퀴를 통한 속도의 즐거움을 마음껏 누렸다. 비트는 앞만 보고 달리고 있는 동안 어둠에서 벗어난 그림자가 자신을 따르고 있다는 것을 알지 못했다. 세상의 즐거움을 느끼면 느낄수록 비트는 자신의 그림자를 뒤돌아볼 시간이 없었다. 그는 혼자 중얼거리며 끝없이 달렸다.

"세상엔 너무나 볼 것이 많아. 나는 모든 것을 소유하고 싶어."

비트가 세상의 즐거움을 소유하고 싶어하면 할수록 시간의 바퀴는 더욱 빠른 속도로 세상의 중심을 향해 치달았다. 비트를 따르던 그림자는 뒤돌아볼 수 없는 그를 향해 한 번만 멈춰서 쉬어가자고 애원했다.

"비트야, 한 번만 쉬었다 가면 안 될까?"

그러나 시간의 친구는 바퀴 달린 속도를 멈출 수 없었다. 그림자는 질주하는 비트를 보면서 바퀴가 원형인 것을 원망했다. 그리고 혼잣말로 말했다.

"인간은 왜 바퀴를 원형으로 만든 거야? 사각형이나 삼각형으로 만들었으면 얼마나 좋아."

그림자는 바퀴가 우리에게 빠른 속도를 주는 대신, 많은 것을 빼앗아가 버려 불만이 많았다. 그림자는 빨리 달리는 비트를 보면서 말했다.

"비트야, 인간이 동물과 다른 것은 삶의 목적이 있기 때문이야. 동물들도 먹고, 마시고, 배설하면서 살아가지. 하지만 우리는 뭔가 생각을 해야 해. 앞만 보고 빨리 달려가면 생각할 수 있는 시간을 잃게 돼. 생각할 수 없다면 인간이 갈대보다 낫다고 어떻게 말할 수 있겠니. 들판의 갈대들도 바람 소리를 귀 기울여 듣고 있잖아."

비트는 바람을 역으로 가르며 들려오는 그림자의 목소리에 달리던 걸음을 멈추고 뒤를 돌아보았다. 그림자는 헐떡이는 숨을 고르며 주저앉았다. 비트는 그림자의 말에서 들은 사각형, 삼각형을 떠올렸다. 시간의 속도와 함께 앞만 보고 끝없이 달려온 자신의 여정이 그림자에 대한 배려 없는 질주라는 생각에 미안한 마음이 들었다. 비트는 멈춰 서서 그의 두 다리 사이로 비친 그림자의 모습을 바라보았다. 지친 그림자의 모습 속엔 땀방울을 흘리는 자신의 모습이 담겨 있었다. 잠시 쉬는 동안 그림자가 말을 걸었다.

"왜 인간은 바퀴를 원형으로 만든 거야? 바퀴가 사각형이나 삼각형이면 혼자서는 굴릴 수 없으니까 서로가 힘을 합쳐 한 면씩을 굴렸을 게 아니야. 그러다 보면 인간은 서로가 힘을 합쳐야 하나를 이룰 수 있다는 사실을 알게 되지 않을까. 원형의 바퀴가 만들어지고 나서 인간은 혼자서도 커다란 마차를 굴릴 수 있다는 생각에 수많은 보물을 자신의 동굴로 옮기려 했던 것이 아닐까. 비트야, 너는 이유를 알고 있니?"

그림자가 비트를 보고 물었다. 비트는 그림자의 이상한 질문에 대답할 수 없었다. 비트는 바퀴를 굴리며 달려오는 동안 바퀴의 속도에만 전념했을 뿐 정지된 시간에 대해서 생각해본 적이 없었다. 시간이란 친구는 비트에게 참 많은 것을 일깨워주었다. 시간과 함께 달려온 세상은 너무나 신기하고 다양했다. 하나를 담으면 두 개를 얻을 수 있었고, 두 개를 담으면 네 개가 주어졌다. 인간은 소유에 소유를 더하기 위해서 시간이라는 친구 곁에 바퀴가 필요했던 것이다. 비트는 그림자의 질문에 잠시 생각에 잠겼다. 세상에 많고 많은 형태가 있는데, 왜 인간은 바퀴를 원형으로 만들었을까. 바퀴의 이름을 뒤집어 '퀴바'라고 한다고 바퀴가 사각형이나 삼각형이 되는 것은 아니었다. 비트는 그림자의 입에서 튀어나온 바퀴에 대한 새로운 정의를 들으면서 삼각형, 사각형의 형태를 지닌 바퀴는 정말로 존재할 수 없는 걸까 상상하면서 다시 달리기 시작했다.

  비트는 끝없이 질주했고, 정처 없는 그의 발걸음은 구름 위라도 올라탈 기세로 빨랐다. 담을 수 없는 그릇 속에 세상을 채우려는 듯 비트의 속도는 그림자와 함께 세상 중심으로 달려나갔다.

  안개는 어둠속에서 그 형체조차 생성할 수 없었다. 세상을 밝히는 빛이 있기에 안개 또한 세상에 그 존재를 드러낼 수 있었다. 드러남은 빛이요, 빛은 자연이다. 스스로 발할 수 있음은 스스로 말할 수 있음이다. 한순간 다가온 찰나 같은 빛의 속도는 깊은 자연의 세계를 세상 중심으로 가져다놓았다. 안개는 세상을 가리고 세상은 안개 속에 가려졌다. 끝없는 세상이 펼쳐지고 있었다. 가려진 모든 것들이 어둠의 베일을 벗으려 했다. 안개는 어둠의 베일에서 벗어나 밝은 빛의 베일 속으로 들어갔다. 비트는 어둠에서 빛 속으로, 빛에서 안개로 발걸음을 이제 옮기려 한다. 깨어날 수 있기에 들을 수 있고, 들을 수 있기에 말할 수 있는 안개나라!

안개 속으로

    비트가 밤새도록 달려서 도착한 곳은 안개가 가득한 마을 어귀였다. 어둠이 내리기 전인지 마을 어귀에는 형체를 알 수 없는 희미한 불빛들만이 드문드문 반짝이고 있었다. 뛰어노는 아이들, 팔짱을 끼고 걸어가는 연인들 모두가 평범한 일상의 모습이었다. 그러나 안개가 짙어서인지 사람들의 얼굴을 제대로 볼 수 없었다. 그들은 자연스럽게 그들의 모습을 안개 속으로 감추었다. 안개 속에서 움직이는 사람들의 모습이 유령처럼 춤을 추었다.

  어둠과 빛 그리고 안개 속을 달려온 비트는 갈증을 느꼈다. 마실 물을 찾기 위해 주위를 둘러보던 비트는 조그마한 우물을 발견했다. 우물 옆에는 컵 하나가 놓여 있었고, 우물물을 먹는 사람들에 대한 안내문이 있었다.

  「물을 먹지 마시오! 이 물을 마시는 자는 마신 물이 몸에서 다 없어질 때까지 이 나라를 벗어날 수 없습니다.」

그리고 그 문구 아래 '안개나라' 라고 씌어 있었다.

비트는 이 의문의 글귀가 마음에 걸렸다. 물과 우물은 하나의 실체요, 인간과 물도 하나의 실체였다. 갈증은 인간의 자연스런 생리현상이었고, 물은 생을 위해 태어난 또 하나의 생명이었다. 비트는 이상한 안내문이 적힌 우물 앞에서 망설였다. 누군가 장난을 치는 것이라 생각했다. 물과 컵은 비트의 행동을 기다리는 함수관계 속에 놓여 있었다. 물이 있음에 담을 수 있는 컵이 있고 컵이 있음에 이를 마실 수 있는 사람이 있는 것 아닌가. 안개 속에 놓여 있는 우물과 컵, 그 사이에 놓여 있는 안내문 팻말이 계속 비트를 혼란스럽게 했다.

비트가 도착한 마을 어귀는 이상한나라와 안개나라의 경계였다. 비트는 한 번도 본 적 없는 안개나라가 어떤 나라인지 알 수 없었다. 안개는 스스로 피어나서 스스로 그 모습을 감추곤 했다. 비트 앞에 펼쳐진 의문의 안개는 육신을 벗어난 영혼처럼 깊어 보였다. 안개는 소리의 빛을 타고 날개를 펼친 비트의 영혼을 그 속으로 끌어들였다. 안개나라의 비밀은 드러내지 않는 신비의 입자 속에 감춰져 있는 영혼의 꽃을 통해 존재했다.

우물 앞에 선 비트는 안개나라 사람들을 이해하기 힘들었다. 이해할 수 없었기에 섣불리 행동할 수 없었다. 인간의 본능인 갈증을 해소하고 생을 유지하기 위해서 물을 마셔야 했지만, 쉽사리 물을 마실 수 없었다. 팻말에 적힌 글자의 의미를 되새기며 불안감이 증폭되었다. 자연에 있어 물은 생명이다. 생명의 물을 두고 얄궂게 써놓은 글귀를 보면서 비트는 그냥 장난스럽게 웃어넘길 수 없었다. 둘 중 하나를 선택해야 하는 상황에서 비트는 혼자 중얼거렸다.

"참 이상하지. 안개나라 사람들은 물도 마음대로 먹지 못하나."

비트가 우물 앞에서 머뭇거리고 있을 때 어린 소녀가 다가왔다. 그녀는 비트보다 한두 살 어려 보였다.

"뭐하니?"

들꽃이 이름 모를 나비에게 향기를 풍기듯 소녀가 상냥한 말로 물어왔다. 하얀 치마를 입은 어린 소녀는 한 손에 빨간 장미를 들고 있었다. 장미 향기가 바람을 타고 동네 주변을 돌아 비트에게까지 전해왔다. 아주 오래 전에 맡아보았던 낯익은 향기였다.

"나는 목이 말라. 우물물을 먹으려는데, 여기 적힌 글 땜에 망설여지네." 하고 비트가 소녀에게 말했다. 소녀에게서 아무 말이 없었고, 잠시 동안 침묵이 흘렀다. 소녀는 갑자기 "너는 물을 먹으면 안 돼!" 하고 말했다. 비트는 소녀가 왜 그런 말을 하는지 이해할 수 없었다. 소녀는 다시 말했다.

"만약 네가 우물물을 먹으면 넌 여기서 나갈 수 없어."

소녀는 우물 앞에 새겨진 글과 똑같은 말을 하고 있었다.

"우물의 물을 먹으면 나갈 수 없다니?" 비트가 반문했지만, 소녀는 더 이상 말을 하지 않고 안개가 휩싸인 어둠속으로 사라졌다. 비트는 소녀를 불러 세우려고 "잠깐만 기다려!" 하고 다급히 말했지만, 소녀는 이미 흔적도 없이 안개 속으로 사라진 후였다. 비트는 '이럴 때 그림자가 있으면 얼마나 좋을까' 생각했다. 그림자는 그동안 그에게 많은 가르침을 주었다. 비트가 힘들 때마다 그림자는 그의 고통이 되어주었고, 기쁠 때는 웃음이 되어주었다. 영원한 벗이자 동반자인 그림자가 지금 그 곁에 있다면 모든 궁금증을 털어놓을 수 있을 텐데, 아쉬운 생각이 들었다.

소녀가 떠난 자리는 안개로 가득 차 있었다. 우물 또한 안개로 덮여 있어 물과 우물의 경계를 구분하기 힘들었다. 자욱한 안개 속으로 어디선가 붉은색이 빛을 발하고 있었다. 조금 전 소녀가 들고 있던 장미였다. 비트는 장미를 집어 들고 소녀가 달려간 뒷자락을 바라보았다. 비트가 집어 든 장미는 이미 시들어 있었다. 소녀를 바라볼 당시 비트가 본 장미는 생명을 내뿜는 듯 붉디붉고 싱싱했다. 그러나 이젠 물이 말라 생명이 다한 장미로 시들어 있었다.

생명이란 무엇일까? 생명이란 소유하는 사람에 따라 그 빛깔이 다른 것일까? 아니면, 장미라는 영혼이 꽃신神을 떠나버린 것일까? 장미의 삶과 죽음은 주인에게 버려진 꽃의 이름이라 말할 수 있을까? 비트의 상상은 꽃이 구름을 타고 비가 되고, 풀잎이 되고, 하늘의 새가 되어 날아가는 순간까지 계속될 것만 같았다.

비트는 소녀가 장미를 통해 그에게 말 대신 의미를 던져주고 떠났음을 알 수 있었다. 안개나라에서 물은 생명이자 신이었다. 안개나라 사람들은 우물의 물을 마시면 영원히 살 수 있다고 믿고 있었다. 그러나 물을 마신 사람이 안개나라를 떠나면 물에게 영혼을 잃는 육신은 다시 안개나라로 되돌아올 수밖에 없었다. 안개나라에 들어오는 모든 사람들은 마음껏 우물물을 마실 수 있지만, 물을 가지고 밖으로 나갈 수 없다는 불문율이 법보다 더 엄격하게 적용되고 있었다.

안개나라 사람들이 일단 안개 지역을 벗어나면 그 어떤 물도 마시려는 순간 모두 말라버린다. 사람들은 이 무서운 법칙에서 벗어날 수 없었다.

그동안 많은 열정과 시간을 들여 달려온 이곳이 더 이상 앞을 볼 수 없는 안개에 싸여 있는 곳이니 비트는 놀라지 않을 수 없었다. 안개는 시간이 지나면 걷히는 것이 자연현상인데, 비트가 맞이한 안개나라에서의 안개는 영원한 시간처럼 정지된 느낌을 주었다. 비트는 장미를 손에 쥐고서 소녀가 되돌아간 발자국을 따라 달리기 시작했다. 빛은 어둠을 뚫고 달려갈 때 최고 속도를 냈다. 어둠속에서 빛은 바퀴가 있어 더욱 빨리 달릴 수 있었다. 그러나 안개나라에서는 어둠속에서 빛이 가질 수 있었던 바퀴의 특권이 주어지지 않았다. 안개나라에서는 모든 사람들이 자신의 신체를 이용해서 걸어다니고 있었다.

비트는 안개나라에 들어서자 빛의 바퀴에서 내려 두 발로 걷기 시작했다. 우물물을 보고도 마실 수 없었고 바퀴가 있어도 타고 달릴 수 없는 안개나라. 비트는 안개나라로 들어갈수록 알 수 없는 의구심만 커져갔다. 말라버린 장미를 한 손에 움켜쥐고 그는 소녀의 발자취를 더듬었다. 왠지 잃어버린 장미, 죽은 장미를 소녀의 손에 쥐어주면 다시 그 장미가 살아날 거라는 기대감에 젖어 흔적도 없는 안개나라를 헤집고 걸었다.

안개나라에서 소녀에 대한 아련한 기억에 의존해 그녀를 찾는다는 것은 쉬운 일이 아니었다. 한 번도 와보지 못한 안개나라, 그가 보아온 세상과는 많은 점이 사뭇 다른 이곳에서 소녀를 찾는다는 것이 점점 불투명하게 느껴졌다. 소녀를 만났을 때 그녀의 이름을 물어보지 않은 것이 후회스러웠다. 사람은 항상 앞으로 일어날 일에 대해서 미리 예측을 하지 못한다. 시간이 지나고 어느 시점이 오면 그 순간, 하지 못했던 지난 일들을 후회하기 마련이다. 지금 이 순간, 그는 소녀의 이름이 간절히 알고 싶었다.

도로는 온통 안개로 차 있어 사람들의 형체는 안개와 구분하기 힘들었다. 얼굴 또한 구분하기 힘들 정도여서 소녀를 찾는다는 것은 한 인간의 탄생 비밀을 찾는 것과 같았다.

한참을 걸어가던 비트는 어두운 골목길에서 희미하게 비치는 불빛을 발견했다. 혹시나 하는 기대를 하며 다시 빠르게 걷기 시작했다. 조금 더 가다보니 안개 속에 흐르는 강물을 끼고 두 개의 대지를 연결하는 다리가 있었다. 안개 속에 묻힌 다리는 그 일부만을 드러내고 있었다. 비트가 다리에 도착했을 때 서늘한 밤바람을 타고 어디선가 소리가 들려왔다. 무슨 악기인지 알 수 없으나 누군가 음악을 연주하는 것 같았다. 밤에 들리는 음악 소리는 소음과 뒤섞인 낮에 듣는 음악보다 사람의 마음을 사로잡기에 충분했다.

소리는 하나의 대상에 또 다른 원인을 첨가한 후에야 발생한다. 예를 들면 파도가 바위에 부딪히거나, 빗방울이 풀잎을 두드리는 것처럼 소리는 서로의 충돌을 통해 서로를 일깨웠다.

비트는 다리 위에 올라서서 음악 소리가 들려오는 곳을 찾으려고 귀를 기울였다. 소리가 먼 곳에서 안개를 타고 그의 귀에까지 전해왔다. 비트는 다리를 지나 강을 오가는 조그마한 배들 사이로 비춰지는 불빛에 의존하여 음악이 들려오는 곳을 찾을 수 있었다. 음악은 멀리서 들려오는 것이 아니라 바로 다리 아래에서 들려오고 있었다. 안개에 부딪혀 반향反響을 일으키는 소리 때문에 비트는 거리에 대한 혼동을 일으켰던 것이다.

그는 음악이 들려오는 다리 아래로 내려가기로 결심하고 서둘러 안개를 헤치

며 걸었다. 다리를 건너자 비로소 다리 교각 우측에 조그마한 계단으로 된 경사로가 나타났고 그 길이 비트를 다리 밑으로 안내했다.

심한 안개로 한참 뒤에야 다리 밑에 도착할 수 있었다. 그곳에 한 어린 소년이 있었는데, 그는 자신의 키보다 더 큰 악기를 들고 연주하고 있었다. 그 모습은 마치 밤안개 속에 떠다니는 영혼들을 불러들이려는 것처럼 보였다. 비트가 아이에게 다가가자 소년은 연주를 멈추고 두려운 얼굴로 그를 바라보았다. 비트가 소년에게 물었다.

"이름이 뭐니?"

소년은 비트의 눈을 똑바로 쳐다보며 아무 말도 하지 않았다. 두려움이란 시간에 의해 생성되었다가 시간에 의해 소멸되는 것인가 보다. 두려움에 가득 찬 눈으로 비트를 바라보던 처음과는 달리, 소년은 그를 틀림없이 좋은 사람이라고 판단했음인지 차츰 두려움을 거두었다. 어둠속에서 이방인을 만난다는 두려움은 이상한나라나 안개나라 모두 다를 바 없었다. 소년이 말을 하지 못한다는 사실을 안 것은 약간의 시간이 흐른 후였다.

비트는 소녀의 모습을 설명해주면 혹시 그녀의 자취를 알 수 있을까 싶어 그가 알고 있는 소녀의 모습을 소년에게 설명해주었다. 그러나 소년에게 비트의 말은 안개 속에 흩어지는 이슬처럼 의미 없는 말이었다. 안개나라에서는 수많은 이슬이 안개를 만들지만, 이상한나라의 말이 안개나라에선 이슬처럼 형체를 띠고 있지 않았다. 형체는 없지만 현상은 있는 것, 언어는 서로의 약속에 의해 굳어진 바위와 같았다. 바위가 자연의 몸부림을 들으려 할 때 그 바위는 다시 이슬과 같은 존재가 될 수 있었다. 안개나라 사람들은 말소리보다는 이슬 소리 듣는 것을 더 좋아했다. 이슬 소리는 자연스럽게 사람의 마음을 자연으로 되돌리기 때문이었다.

비트와 소년의 대화가 한참 동안 엇갈리고 있을 때 바람을 가로지르며, 안개를 통해 메아리치는 인기척이 들려왔다. 소년은 재빨리 자리에서 일어나 소리가 나는 쪽을 향해 달려갔다. 소년이 안개 속에 나타난 형체의 품으로 안기려 할 때 비트는 깜짝 놀랐다. 소년이 달려가 품에 안은 형체는 비트가 찾고 있던, 우물가에서 만난 소녀였다. 비트는 자신의 눈을 믿을 수 없었다. 인간이 지닌 오감만으로 모든 것을 쉽게 판단하는 이상한나라의 상식으로는 도저히 믿기지 않는 장면이 눈앞에 벌어지고 있던 것이다. 소녀를 찾겠다는 일념으로 그토록 안개나라를 헤매었는데 드디어 안개를 가로지르는 음악 소리 때문에 소녀를 만나게 되다니, 그의 희망이 현실로 이루어진 것이다. 소녀는 비트를 보면서 빙그레 웃었다.

"안녕!"

소녀 또한 잠깐 스쳐간 비트와의 만남을 기억하고 있음이 역력했다. 소녀는 비트에게 "어떻게 여기까지 왔니?" 하고 물었다. 하지만 비트는 그가 다리 밑까지 오게 된 이유를 말하지 못했다. 비트의 볼에서 붉은 기운이 묻어나왔다. 그는 손에 들고 있던 시든 장미를 소녀에게 내밀었다.

"여기!" 비트가 말했다.

소녀는 빙그레 웃으며 비트가 건네준 장미를 받아들었다. 그러자 놀랍게도 소녀의 손에 들어간 장미가 새 생명이라도 얻은 것처럼 붉게 피어나며 다시 향기를 뿜어냈다. 안개에 싸인 다리 밑으로 장미 향기가 은은히 퍼져나갔다. 비트는 소녀에게 물었다.

"네 이름이 뭐니?"

소녀는 대답 대신 비트의 얼굴을 쳐다보았다. 그리고 말했다.

"나는 이름이 없어."

"이름이 없다니?"

비트가 의아한 얼굴로 되물었다. 그러자 소녀는 말했다.

"안개나라에선 이름이란 가식에 불과할 뿐이야."

"가식이라고?"

이름이 가식이라니, 비트는 그 의미를 헤아리지 못해 되물었다. 안개나라에서는 이름이란 단지 인간의 편의를 위해 붙여진 기호일 뿐 진정한 영혼의 자아를 나타내는 상징은 아니었다. 소녀는 비트를 보며 말했다.

"천 년을 넘게 살아온 바위도 이름이 붙지 않은 채 그냥 그대로의 바위인데, 백 년도 넘게 살지 못하는 인간들이 왜 그렇게 이름 붙이기를 좋아할까. 하나의 이름이 자신의 진정한 존재라도 되기나 하는 거야. 인간들은 자기에게 주어진 이름의 꼬리표를 그 번거로움에도 불구하고 끝없이 달고 다니면서 이름에 수많은 의미를 부여하려 하지."

소녀는 오랜 여행으로 지쳐 있는 비트의 마음을 헤아려서인지 그녀 곁에 앉으라고 말했다. 그리고는 "안개나라에 대해 알고 있니?" 하고 비트에게 물었다.

"아니!" 하고 비트가 대답했다. 사실 비트는 안개나라에 대해 아는 것이 없었다.

비트는 자신이 들어와 있는 이곳, 안개나라의 정체를 정확히 몰랐다. 계절의 변화나 자연의 변화로 가끔씩 나타나는 현상일 뿐인 안개가 비트가 사는 이상한나라와 다르다는 것을, 비트는 소녀가 하는 이야기를 통해서 알게 된다.

"아주 오래 전 안개나라는 이상한나라처럼 태양과 빛, 자연이라는 할아버지의 나라를 재현한 나라였지. 사람들은 태어나면 많은 것을 배워야 했고, 언제나 남보다 뛰어나야 살아남을 수 있었어."

소녀는, 안개나라 사람들은 모든 경쟁에서 이겨야 했으며, 뒤처진 사람은 그에 따른 대가를 치러야 했다고 말했다.

"안개나라 사람들은 그들 아버지들이 만들어놓은 우수한 문화에 대해 항상 자랑스러워했어. 그들은 모든 것에서 앞서 가야 했으며, 세상의 보기 좋은 것이면 무엇이든 소유해야 했지. 동방나라 어른들은 아이들에게, 하나를 배우면 열을 알아야 한다고 가르쳤고 아이들은 열 이상을 알아야 했어."

비트는 소녀의 말을 들으면서 의구심이 생겼다. 어떻게 하나를 배웠는데 열을 아는 것이 가능할까. 그리고 동방나라는 또 무엇인가. 그러나 소녀의 말을 가로막으면 안 될 것 같기에 입을 다물고 있었다. 소녀는 계속 말을 이어나갔다.

"안개나라도 안개로 변하기 이전에는 동방나라였어! 모든 것을 자연과 함께 하며, 자연으로부터 진리를 배우고 진리에 도달하는 것을 할아버지에 대한 순종으로 믿고 따랐지. 동방나라 사람들은 사람의 도리를 존중하고, 부모를 공경하며, 형제간에 우애 있고, 군자로서 살아가는 덕과 도가 있는 나라를 만들려고 노력했어. 그들은 서로를 시기하거나 질투하지 않으며, 자신이 가진 것을 나눌 줄 아는 사람들이었지. 그래서 동방나라 사람들은 백색을 좋아하고 자신들이 순수혈통이라 믿고 살았지.

그처럼 좋은 나라가 안개나라로 변한 데는 몇 가지 원인이 있었는데, 사람들은 안개나라로 변하기 전에는 이러한 조짐에 아무런 대응을 하지 않았던 거야. 모두 제각기 뛰어나서 서로 많은 것을 알고 있었기에 어떠한 문제도 해결할 수 있다는 자신감이 동방나라의 위기를 만들어냈던 거지."

소녀는 늘어놓은 말을 정리라도 하듯 한숨 돌리더니 다시 말을 이었다.

"최초의 동방나라 사람들은 삶을 위해 자연과 투쟁해야 했고, 자연은 서로의 공존을 위해 때때로 동방나라 사람들에게 위협적이기도 했어. 그러나 자연인이었던 동방나라 사람들은 서로가 서로를 자연이라 부르고 삶을 위한 자연과의 공존을 지켜나가는 모범적인 사람들이었지.

하지만 동방나라에 크로노스*라는 신이 나타나면서 많은 것이 변해가기 시작했어. 크로노스는 동방나라 사람들에게 스스로의 노력과 생각에 따라 진화할 수 있는 에너지를 만들어주었거든. 세상 모든 만물은 스스로의 힘에 의해 진화하고 소멸한다는 것이었어. 인간들은 크로노스의 에너지를 받으면서도 그것을 적절히 활용하는 방법을 알지 못했거든. 인간 세상의 모든 문제는 시간이라는

■ 크로노스 : 그리스 신화에 등장하는 최고의 신 제우스의 아버지. 우라노스(하늘)와 가이아(땅)의 아들 크로노스Kronos는, 자기 자식에게 지배권을 빼앗긴다는 신탁 때문에 태어나는 자식들을 잡아먹다가 막내로 태어난 제우스에게 추방되었다.

흐름의 존재를 망각하는 데서 발생하는 법이지. 크로노스는 세상의 변화를 위해 바퀴 달린 발 대신에 날개를 달았고, 모든 것을 꿰뚫는 지식으로 오른손에 칼을 잡았으며, 세상의 모든 것들이 그에게 매달리도록 앞머리를 길렀고, 자신이 지나간 뒤에는 누구도 다시 잡을 수 없도록 뒷머리는 없앴지.

  동방나라 사람들은 크로노스의 뒷머리를 보지 못하고 앞머리만 보았기에 시간이란 영원할 것이라고 믿었지. 항상 사람은 두 눈이 달린 앞만을 바라볼 수 있을 뿐, 뒤따라오는 것을 알지 못하기 때문이야. 이것은 빛이 어둠에서 태어나 또다시 어둠으로 돌아가는 것을 모르는 것과 같은 이치야. 만약 인간에게 앞과 뒤 혹은 원추를 돌리는 모든 곳에 천 개의 눈이 달려 있다면, 인간은 생의 마지막 절벽을 향해 정처 없이 방황하지 않았을 거야. 안개나라 사람들에게 잠시라도 뒤를 돌아볼 여유만 있었어도 앞에 놓인 소유, 집착보다는 놓쳐버릴 아까운 시간을 위해 하루의 삶을 황금 시간으로 만들었을 거야."

  소녀는 자신의 아버지 나라인 동방나라를 이야기하면서 한편으로는 자랑스럽고 한편으로는 아쉬워하는 듯했다.

  비트는 소녀가 말한 동방나라가 자신이 한참을 달려온 이상한나라와 매우 비슷하다는 것을 발견했다. 소녀는 이야기를 이어나갔다.

  "동방나라 사람들은 선천적으로 자연인이었기에 우주의 이치에 따라 물의 흐름을 논하기를 즐겼어. 그들이 동방나라를 세울 때는 물의 이치에 따라 국가의 기본개념을 잡았거든. 그들은 물이 담고 있는 수평 철학을 통해 법을 만들었고,

위에서 아래로 흐르는 원리를 적용하여 국가 체계를 만들었으며, 모든 것에 이로울 수 있는 국가의 근본 도리를 만들었지. 동방나라에서 물은 자연이었고, 인간이었으며, 국가였어. 사람들은 동방나라라는 국가를 형성하기 위해 구성원이 필요했고, 사람마다 가지고 있는 능력에 따라 주어진 역할을 달리해야 했어. 이들 구성원은 동방나라에서 태어난 사람이어야 했지. 인간의 근원적 출생지인 대지는 어둠의 고향으로 돌아가기 위한 필연적 대상 중 하나였거든. 국가는 대지를 필요로 하지만, 사람들이 살 수 있는 정도의 땅만 있으면 충분했지.

대지와 사람이 생겨나니 이를 다스릴 지도자가 필요했어. 사람들은 제각기 다른 생각을 가지고 있었으므로 국가의 지도를 함께 그릴 만한 합의가 필요했지. 지도자는 다수를 이끌어갈 지도력이 있고 모든 사람들이 믿고 따를 수 있는 정의로운 사람이어야만 했어. 자연인으로서 동방나라 사람들은 하나의 자아가 자연의 위대함 속에서 나약한 존재로 전락하는 것은 힘의 강하고 약함에 따라 이루어진다는 사실을 알게 되었지.

사람들은 그들보다 힘 있는 동물과 자연에 대항하기 위해 서로의 지혜를 합칠 수 있는 공동체가 필요했지. 이러한 공동체의 역할로 국가가 형성되었어. 국가는 힘을 통해 스스로를 지켜나갔으며, 힘이 없으면 정복되거나 통합되었지. 동방나라 사람들은 국가가 형성되면 모두가 다 행복하고 자유로워서 자연인으로 살아가는 것보다 안전하고 행복하다고 생각했어. 국가는 구성원이 희생하는 개인적 자유를 담보하는 대신에 정의를 통해 구성원을 보호한다는 목적을 가지고 있었거든. 국가라는 보호의 테두리 속으로 들어온 동방나라 사람들의 소망은 세 가지뿐이었기에 그 조건만 만족하면 불만을 잠재울 수 있었어.

그들의 첫 번째 욕구는 식食에 대한 욕구였어. 국가는 생존을 위해 먹는 것에 대한 불안을 없애야 했어. 먹는다는 것은 어둠으로부터 밝음을 보기 위한 에너지 생성원이었거든. 에너지가 없는 태양은 빛을 잃는 것처럼 국가의 구성원들도 먹지 않고는 살 수 없는 이치지. 그들은 군주의 어떤 명령에도 복종했지만 먹을 것을 주지 않으면 복종의 의무가 면제된다고 보았어. 그래서 많은 국가들은 국가의 구성원에게 먹을 것을 충분히 제공해야 했지.

그들의 두 번째 욕구는 주住에 대한 욕구였어. 국가가 형성되고 사람들이 모여들면 자연스럽게 그들이 쉬고 보호받을 수 있는 울타리가 필요했거든. 자연적으로 생겨난 어두운 동굴은 인간에게 최초로 쉴 수 있는 보금자리를 제공해주었지. 그러나 사람들이 국가라는 틀 안에 모여 살기 위해서는 하나의 동굴이 아니라 각자의 동굴들이 필요했던 거지. 국가의 구성원으로서 자신의 영역을 만든다는 것은 소유와 보존을 위한 작은 국가를 갖는다는 것이었어. 국가는 가족의 모방이며, 가족은 신의 모방이었거든. 풍찬노숙風餐露宿을 피하고 소중한 것을 보호할 수 있는 주主의 문제는 국가 형성의 중요한 구성요소가 되었어.

그들의 마지막 욕구는 탐食에 대한 욕구였어. 사람들은 국가를 통해 자신의 재산과 가치를 소유할 수 있으며, 가족을 형성할 수 있어야 했지. 국가는, 정당한 소유는 규제 없이 허락해주면서, 이익 중 일부는 국가 유지를 위해 일부 징수해야 했어. 동방나라는 이 세 가지 조건을 만족해야 구성원의 동의를 구할 수 있었지. 동방나라 사람들은 그들이 제시한 세 가지 조건을 만장일치로 합의하고 이후 발생하는 문제에 대해서는 물의 이치를 통해 정의하기로 합의를 보았어."

비트는 소녀를 통해 한 국가가 형성되기 위해서 얼마나 많은 노력과 합의가 필요한지 알 수 있었다. 할아버지 나라에서는 국가, 법, 정의라는 말을 들어본 적이 없었다. 인간이 자연인에서 문화인으로 성숙해지기 위해 국가란 존재가 생겨났으며, 이러한 국가를 다스리기 위해 법이 필요했고, 사람들의 자발적 행동을 유도하기 위해 정의가 요구되었다. 비트는 소녀의 말을 듣고 동방나라 생성의 역사를 알 수 있었다. 자연인인 인간이 문화를 접하면서 많은 부분에서 달라져야 한다는 기대는 모든 사람들의 커다란 공통 희망이었다. 비트가 어둠에서 밝음을 얻기 위해 스스로 깨어나려 투쟁해왔듯이 자연인은 문화인으로 거듭 태어나기 위해 수많은 언어를 사용해야 했다.

소녀와 줄곧 이야기를 나누는 가운데 비트에게 더욱 피곤함이 몰려왔다. 소녀가 이야기를 해주는 동안 소녀의 어린 동생은 그녀 곁에 누워 잠이 들었다. 잠들어 있는 동생의 모습을 소녀는 말없이 바라보고 있었다. 그녀의 동생은 이 세상모든 행복을 다 담아낸 듯한 표정을 지으며 편안하게 잠들어 있었다. 소녀는 동생이 태어나면서부터 벙어리는 아니었다고 말했다. 그리고는 자기 가족의 이야기를 들려주었다.

동생이 태어나던 무렵, 소녀의 집안은 동방나라에서 손꼽히는 명문가였다. 그녀의 부모는 당시 법과 행정을 동시에 다스릴 수 있는 강력한 힘을 지니고 있었다. 동방나라 사람들은 그녀 아버지의 지도 아래 살아가는 것이 행복이라고 믿었고, 힘 있는 자가 힘없는 자를 보호하고 정의를 구현하는 것처럼 소녀의 아버지는 동방나라 사람들의 행복을 위해 열두 개의 다리를 바쁘게 오가는 일상을 반복했다. 그러나 아무리 훌륭한 군주도 시간이라는 굴레를 벗어날 수 없었다. 시간은 생명을 이어주는 무한 에너지이면서, 밝음과 어둠을 동시에 담고 있는 우주였다. 시간은 공간을 만들어내고 공간 속에서 자연과 인간은 공존하며 하루하루를 살아가고 있다.

소녀의 아버지는 평생 정의를 위해 자신을 희생했으며, 크로노스의 머리에 매달려 있는 사람들이 떨어져 다치지 않도록 그들의 다리가 되어주길 주저하지 않았다. 그러나 할아버지는 인간에게 지혜를 주면서도 한편으로는 사악한 어둠의 그림자도 함께 심어주었는지 모른다. 평상시에는 함께 웃던 사람들도 조그만 이익이 보이면 그것을 잡기 위해 의리도 신의도 저버리고 만다. 타이탄"의 바다에 빠져 생명을 빼앗기는 상황일지라도 사랑이라는 불꽃이 물을 이길 수 있다는 믿음만 있다면, 사악한 마음은 생기지 않을 텐데!

인간은 천 개의 얼굴을 가진 카멜레온처럼 경우에 따라서 자신을 바꾸는 변신의 귀재인가 보다. 소녀의 아버지는 가장 믿고 신뢰하던 부하에게 배신을 당해 그에게 국가를 빼앗기고, 민족을 빼앗기고, 결국은 자신마저 빼앗겼다는 것이다. 이런 과정에서 결국 어머니는 아버지의 뒤를 따르는 그림자처럼, 영원히 존재하는 할아버지를 찾아서 자신의 삶을 저버렸다.

■ 타이탄 : 토성의 위성 중 가장 크며, 달 크기의 1.5배이다. 대기 구성이 지구와 유사한데, 주성분은 지구와 같은 질소이고 메탄가스가 일부 포함되어 있다. 타이탄Titan이란 이름은 그리스 신화에 나오는 신족神族 티탄Titan에서 따왔다(티탄 신족은 우라노스와 가이아 사이의 12남매). 타이탄은 티탄의 영어식 발음이다.

부모에 대해 말하는 동안 한 번도 비치지 않던 슬픈 눈물이 소녀의 깊숙한 심연으로부터 드러났다. 잠들어 있는 소녀의 동생은 부모의 죽음을 본 이후부터 더 이상 아무것도 들을 수 없고, 말할 수 없었다고 했다. 소녀조차도 처음에는 동생이 말을 할 수 없는 것인지, 말을 하지 않는 것인지 알지 못했다고 한다. 냉혹하고 잔인한 배신의 칼날이 아버지에게 사정없이 꽂히자, 그 깊은 상처로 소년은 같은 인간이길 거부하며 침묵을 택했는지도 모른다. 침묵은 말을 하지 못함이 아니라 알고도 말하지 않는 고독일 것이다. 소녀가 동생에 대해 이야기하는 사이 안식을 주는 어둠이 걷히며 서서히 빛을 통해 안개가 드러났다. 치유될 수 없는 두 남매의 상처를 달래주듯 바람을 타고 아침안개가 몰려왔다.

 날이 밝자 소녀는 안개나라에 대한 이야기는 다음에 더 하기로 약속하고, 자신은 동생과 함께 안개나라의 장미정원으로 가야 한다고 말했다. 이때 비트는 기회를 놓칠세라 서둘러 질문했다.
 "내가 너를 처음 만났던 우물가 알지? 거기서 네가 잃어버리고 간 장미를 주웠어. 그런데 안개 속에서 싱싱하던 장미가 내가 손으로 집어 드는 순간 갑자기 시들어버렸어. 너는 그 이유를 알고 있니?"
 비트의 말에 소녀는 빙그레 웃으며 그녀 손에 들고 있는 '영혼의 장미'를 바라보았다. 순간, 영혼의 장미는 초능력적인 빛을 발하며 사랑스런 향기를 전해주는 것 같았다. 그 어떤 것도 명확히 볼 수 없는 안개나라에서 영혼의 장미 향기만은 누구나 쉽게 느낄 수 있었다. 소녀는 순간, 비트의 질문이 호기심 많은 어린아이의 두 손과 같다고 생각했다. 어린아이는 눈에 보이는 모든 것을 잡으려 한다. 자신이 보지 못하고 알지 못하는 새로운 것을 보았기 때문이다. 어느 정도 성장한 인간도 어린아이와 마찬가지로 자신이 보아온 일상에서 벗어나 새로운 사물을 접하게 되면 누구든 의구심을 갖기 마련이다. 인간의 진화가 의구심에서 시작되었기 때문일까. 소녀는 비트의 말을 이해할 수 있다는 듯 고개를 끄덕이며 대답했다.

"아, 영혼의 장미! 혹시, 우물에 있던 글귀를 기억하니?" 소녀가 물었다.

'물을 먹지 마시오! 이 물을 마시는 자는 마신 물이 몸에서 다 없어질 때까지 이 나라를 벗어날 수 없습니다.' 라고 쓰여진 '안개나라' 문구는 비트의 머릿속에 각인되어 있었다. 비트가 서둘러 대답했다. "그럼, 기억하고말고." 소녀는 비트가 서 있던 우물가가 안개나라의 출발점이라고 말했다.

"안개나라는 일반 사람의 눈에는 보이지 않아. 단지, 안개만 존재할 뿐이야. 일찍이 존재조차 하지 않던 나라인지도 몰라. 너를 만나게 된 것은 할아버지가 내게 말을 해주었기 때문이야."

비트는 소녀가 '할아버지'를 말하는 것에 놀랐다.

"할아버지?"

"그래, 할아버지. 나는 할아버지의 말에 따라 우물가로 갔을 뿐이야. 우물은 안개나라의 생명수거든. 안개는 우물에서 생성되고, 우물에서 사라져."

"그럼, 안개나라의 모든 것들을 우물이 만들어낸단 말이야?"

"그래, 안개나라 사람들은 우물을 통해 생명을 유지하기 때문에 우물이 없으면 세상도 없는 거야. 영혼의 장미는 우물의 부분적 객체이고, 생명 또한 마찬가지야."

비트는 점점 소녀의 말을 이해할 수 없었다. 세상의 모든 만물이 탈레스" 말처럼 물을 통해 형성되고 소멸된단 말인가. 소녀의 말을 들으면서 비트는 안개나라의 우물에서 읽었던 글귀가 자신에게 물을 먹지 말라는 '경고'의 뜻이었음을 어렴풋이 이해할 수 있었다. 만약, 비트가 안개나라의 규정을 무시하고 물을 마

셨다면 그는 영원히 안개나라에서 벗어날 수 없을지도 모른다. 소녀는 우물과 안개, 그리고 장미라는 안개나라의 비밀을 세상으로부터 묻어버려야 한다고 비트에게 말했다.

"네가 안개나라를 벗어나면 네가 본 모든 것은 희미한 기억 속 꿈으로 나타나게 될 거야. 또한 이상한나라와 안개나라를 구별조차 할 수 없겠지. 네가 장미를 집어 들었을 때, 장미는 이미 안개나라를 떠날 준비를 한 것이지. 장미는 자신의 몸 속에 담겨 있던 모든 물을 버리고, 할아버지의 영원한 나라에서 진정한 이데아의 꽃향기를 풍기고 싶었던 거야. 하지만 네가 장미를 집어 들고 네 나라로 돌아가지 않고 나를 찾아왔기 때문에, 장미는 제 꽃신적 굴레를 벗어던질 수 있었지. 영혼의 장미는 안개나라를 벗어나면 그 존재조차 없어져버리거든."

비트는 소녀의 이야기를 들으면서 왜 장미가 자신의 손에 들어왔을 때 생명을 잃었으며, 다시 소녀의 손에 들어갔을 때 생명력을 되찾을 수 있었는지 알 것 같았다. 소녀는 비트에게 가야 할 시간이 임박했음을 알렸다. 빛을 향해 끝없이 질주하던 그는 시간의 속도 속에서 처음으로, 자신이 믿고 있던 책가방 속 진리보다 더 심오한 세계가 존재함에 놀랐다. 비트는 소녀에게 물었다

"어떻게 하면 너를 다시 만날 수 있니?"

소녀는 빙그레 웃으며 말했다.

■ 탈레스 : 기원전 6세기에 활동한 그리스 철학자. 탈레스Thales는 만물의 근원은 '물' 이라고 주장했는데, 물이 고체·액체·기체 세 가지 상태를 나타낸다는 점에서 그렇게 말한 듯하며, 우주를 물의 증발을 통해 영양분을 얻는 살아 있는 유기체라고 여겼기 때문으로 해석된다. 천문학에도 조예가 깊어 일식日蝕을 예언했으며, 피라미드의 높이를 측정했다.

"네가 시간의 속도에 끌려가지 않고 너를 찾을 수 있으면, 난 항상 너와 함께 할 수 있어."

"시간의 속도?"

비트는 시간의 속도가 무엇인지 궁금했다. 시간은 그를 어둠으로부터 해방시켜준 가장 소중한 친구였다. 시간은 언제나 그 곁에 존재했고, 언제까지나 그를 지켜줄 것이라 믿고 있었다. 그는 자신의 삶이 시간과 함께 영원할 것이라 믿었고, 이에 어떠한 의심도 품지 않았다. 그러나 소녀가 말하는 시간의 속도를 이해하는 데는 약간의 시간이 필요했다. 소녀는 비트를 향해 말했다

"네가 원하면 언제든지 네 자신을 봐. 사람들이 만들어놓은 우상 때문에 너를 잊어버리지 말고. 너같이 빛을 통해 태어난 아이들은 언제나 지식이라는 바람을 쫓게 되지. 바람을 쫓는다고 해도 영원히 잡히지 않을 바람이 손에 남아 있지 않는데도 말이야."

비트는 소녀의 말을 들으면서 자신이 어둠을 벗어나 밝음 속에서 태어난 이후 끝없이 소유하려던 지식의 가방을 떠올렸다. 소녀는 비트를 향해 말했다.

"네 나라의 지식으로 안개나라를 바라보면 그 어떤 것도 보이지 않아. 너희는 항상 많은 것을 손에 쥐어야만 된다고 믿기 때문이지."

소녀는 비트에게 수수께끼 같은 말을 남긴 채 잠에서 아직 깨어나지 않은 동생의 팔을 잡고 장미정원을 향해 안개 속으로 사라졌다.

소녀와 대화하는 가운데, 비트는 더욱 이해할 수 없는 혼란 속으로 빨려 들어가는 느낌을 받았다. 그러나 소녀가 사라진 지금, 영속된 시간을 위해 자신이

걸어왔던 길을 되돌아가야만 했다. 멀리 안개 속으로 우물이 보였다. 아침안개 때문인지 우물은 거의 형체를 알아볼 수 없었다. 비트가 우물가에 접어들었을 때 이상한나라의 태양은 아침을 밝히는 붉은 얼굴을 산 위로 드러내고 있었다. 조금 전까지 비트를 안내하던 우물은 태양 빛을 받자 형체도 그림자도 없이 사라져버렸다. 이상한나라의 강렬한 태양 빛에 아침안개가 자리를 양보하고 있었다.

비트가 안개나라에서 만난 소녀에 대한 기억은 안개나라를 지나 이상한나라로 되돌아오면서 기억조차 할 수 없는 아련한 안개비가 되어버리는 느낌이었다. 세상의 흔하디흔한 이름조차 가지고 있지 않은 소녀의 뒷모습이 어둠의 끝에서 새롭게 깨어나는 아침의 잔상처럼 보였다. 비트는 안개나라를 벗어나 이상한나라의 일상으로 되돌아갈 수밖에 없는 운명이었다. 소녀와 만나는 동안 시간이 얼마나 흘렀는지 도저히 알 수 없었다. 하룻밤의 만남이었다는 것은 단지 비트가 생각하는 시간의 기준이었다.

이상한나라 사람들은 자연마저 인간의 소유로 만들려 했다. 그들은 자연을 다스릴 수 있기에 시간도 다스릴 수 있다고 생각했다. 그들은 그들이 만든 과학을 믿었다. 믿는 것을 넘어서서 그것을 통해 진리를 이야기했다. 과학의 눈을 벗어나면 모든 것은 거짓이 될 수 있다고 그들은 말했다. 만약 비트가 안개나라에서 본 모든 실상에 대해서 이상한나라 사람들에게 알린다면 그들은 믿지 않으려 할 것이다. 그들에게 존재하지도 않는 안개나라의 시간에 대해 얘기하는 것을 달가워할 리 없었다. 비트는 이상한나라를 걸으며, 만약 이곳에도 열두 개의 다리를 오갈 수 없을 만큼 짙은 안개가 깔려 있다면, 시간이란 오지도 않고 가지도 않는 영원한 것일지 모른다는 생각이 맴돌았다. 이상한나라에 들어선 그에게 안개란 일상적 자연현상의 하나에 불과했다. 이미 비트는 안개나라를 벗어났고, 그의 발은 이상한나라 대지 위에 홀로 서야 했다.

 이상한 나라의 일상

　　　　　　시간이란 친구를 등에 업고 앞을 향해 달려가던 비트의 세상은 열두 개의 다리를 두 번 돌아오는 것이었다. 이렇게 열두 개의 다리를 건너면서 그는 자신의 아버지, 어머니가 바라는 모든 것을 이룰 수 있다는 꿈을 키웠다. 세상이라는 대지 위에 첫발을 들여놓은 비트의 일상은 존재나 생성이라는 말보다는 명예와 품위라는 이성적 단어가 중요하다는 것을 배우는 것에서 시작되었다. 좋은 것을 많이 소유하는 것이 인생의 승리라도 되는 것 같은 세상에서, 비트의 일상은 그의 의지와 상관없이 열두 마디의 수레바퀴들 돌리듯 끊임없이 목적을 향해 달려갔다 되돌아오는 삶의 반복이었다.

　여느 때와 다름없이 태양은 아침을 밝히기 위해 어둠을 벗어났다. 어린시절 비트의 간절한 소망은 어둠의 그림자 속에서 깨어나 태양 아래에서 마음껏 뛰어놀며 할아버지의 자연 속에서 하나가 되는 것이었다. 그러나 할아버지가 없는 비트의 일상은 그의 소망과는 달리 가느다란 어깨에 커다란 가방을 걸쳐 메고 지식의 생성 창고를 반복하여 다녀오는 것이었다. 지식을 가득 담은 가방이 비트의 성장과 미래에 커다란 영향을 미칠 거라는 어머니의 희망찬 기대에 맞춰, 비트의 가방은 점점 지식의 무게로 가득 찼다. 비트는 열두 개의 다리를 향해 열심히 달렸고 되돌아오는 길은 피곤하기 그지없었다. 그러나 너무 지쳐 가방을 내려놓을 때에도 어머니가 말해주는 미래라는 달콤한 사탕에 모든 피곤함이 사라졌다. 비트의 일상은 태양이 어둠 사이를 가르듯 매일매일 반복되었다. 어린 비트의 눈에 세상은 알아야 할 것이 참으로 많아 보였다.

"왜 인간은 반드시 많은 것을 알아야만 하지?"

하늘을 쳐다보던 비트는 자신의 어깨에 둘러맨 가방과 하늘을 번갈아 바라보았다. 저 하늘은 많은 것들을 채우지 않고도 세상을 바라보기만 하는데, 왜 인간은 가방 속에 이름 모를 책들을 채우려 하는 것일까. 비트가 어둠속에서 빛을 기다렸던 이유는 할아버지의 자연에서 마음껏 뛰어놀며 자연과 하나가 되고 싶어서였다. 흐르는 시냇물에 발가벗고 몸 담그며, 무릎에 피나는 줄 모르고 커다란 감나무에 기어올라 감 하나를 따며 매달려 놀 수 있는 할아버지의 나라!

피곤에 지친 비트는 깨어나기를 갈망하며 공포와 두려움으로 고통스러워했던 어둠속에서 밝은 회색도시에 빼앗겨버린 피곤함을 달래야 했다. 아침이 오면 피곤함이 다 가기도 전에 어깨를 짓누르는 가방을 들쳐 메고 지식과 예술 그리고 세상의 모든 언어들을 가방 속에 채우고 또 채워놓는 일상으로 돌아가야 했다. 평범한 일상생활을 반복하고 있던 어느 날 오후, 비트는 잊고 있었던 그림자가 불현듯 생각났다. 대지를 바라보고 있던 비트는 그림자마저 자기 곁을 떠나버리면 어쩌나 걱정했다. 그림자는 비트가 암흑에서 깨어나 시간의 친구와 끝없이 달리던 여정 길에서 유일한 벗이었다. 항상 비트 곁에 있으면서, 비트가 피곤해하면 조용히 잠들었다가, 비트가 깨어나 달리면 늘 곁에서 지켜주던 진정한 친구였다. 비트는 자신의 무관심으로 인해 그림자가 자기 곁을 떠나버릴까봐 걱정이 앞섰다. 비트는 고개를 돌려 대지를 바라보았다. 그림자가 그를 향해 살며시 웃고 있었다. 항상 그랬던 것처럼, 그 자리에서.

"안녕!"

서로 가까이 있으면서도 무심하게 지내온 둘은 휴식이 허락된 시간속에서 유일하게 대화를 나눌 수 있었다. 그림자는 비트를 향해 조심스럽게 말을 건넸다.

"피곤하지?"

"그래, 어머니는 참 이상해. 왜 매일매일 나에게 무거운 가방을 주시는 걸까."

"아마 너를 사랑해서일 거야." 비트는 그림자가 말한 사랑이라는 말을 들으면서 가슴이 뭉클해져왔다. 형체도 없는 소리가 그의 가슴에 와 닿아 이처럼 커다란 느낌을 전해준 것은 처음이었다. 어머니의 사랑이란 무엇일까. 비트는 사랑이라는 이름을 가방 속에 집어넣기로 마음먹었다. 어머니가 그토록 지켜보시는 소중한 가방. 시간이 흐를수록 가방은 그에게 없어서는 안 될 소중한 것이 되어버렸다. 나지막한 목소리로 비트가 말했다.

"인간이란 참 이상하지? 아무리 무의미한 것이라도 그것을 잘 다듬고 가꾸면 정말 좋은 것처럼 보이지 않아? 버려진 돌도 일단 인간의 손에 들어오면 정성들여 다듬어지고…… 사람들은 이를 예술이라고 말하지. 물론 나는 진정한 아름다움이 무엇인지 모르지만.

 혹시, 우리는 아름다워 보이는 것을 보고 진짜 아름다움이라고 착각하고 사는 것은 아닐까. 겉으로 아름다워 보이는 것이 진정한 아름다움이라 볼 수는 없잖아. 진짜 아름다움이란 언제 어디서나 시간과 장소가 바뀌어도 변하지 않는 것이 아닐까. 사람들이 만들어놓은 기준에 따라 아름다움이 변한다면, 그것을 어떻게 아름답다고 말할 수 있지? 자연은 아름답다고 말하지 않아도 스스로 변치 않는 아름다움을 그대로 간직하고 있는데 말이야."

 비트는 스스로 정의를 세우면서 자신에게 주어진 가방의 무게를 어머니의 사랑으로 잊어버리려 했다. 그래서 어머니의 기쁨과 기대로 인해, 가득 찬 커다란 가방을 아무 거부감 없이 메고 다닐 수 있었다.

 "시간이란 참 이상하지. 처음에는 가방이 커다랗고 무거워서 들 수조차 없었는데, 시간이 흐르면서 힘이 생겨나는 것 같아. 그리고 가방이 커질수록 어머니의 눈동자도 기쁨으로 커지고 입가엔 웃음이 떠나질 않으셨지. 가방이 커지면 어머니의 기쁨도 커지는가봐."

 비트는 그림자가 전해준 사랑이라는 단어를 되새겨보면서 기분이 좋아졌다.

 "어머니가 나를 사랑하는 것은 틀림없는 사실이야. 나도 어머니를 기쁘게 해드리고 싶어. 그래서 이제 커다란 가방은 무겁지 않아."

 비트는 자족自足하면서 가방을 채워가는 지식의 무게에 만족했다. 지식의 무게로 가득 찬 가방은 그의 자신감을 채워가는 힘이었다. 어머니가 말하는 세상은 혹독하고 잔인하므로 스스로 강하게 채워가지 않으면 살아남을 수 없는 곳이었다. 지식으로 가득 찬 가방을 보면서 비트는 세상의 어떤 두려움도 이겨나갈 수 있다고 생각했다.

"세상은 이데아의 모방을 통해 이루어져가는 거야! 세상의 모든 것은 나를 위해 존재할 뿐, 내가 존재하지 않는다면 이 세상 어떤 것도 필요치 않아."

비트는 어둠을 뚫고 나오는 밝은 빛이 자신을 더욱 강하게 만들어주는 에너지라고 느꼈다. 어린시절은 과거의 아득한 추억일 뿐, 더 이상 미래가 아니었다. 그러면서 비트는 자신의 미래에 대해 생각했다. 가슴으로 움켜안은 지식의 보따리를 풀기만 하면 이 세상 모든 것을 소유할 수 있다는 기대감에 세상의 그 어떤 두려움도 없었다.

지식의 가방이 채워져가면 갈수록 비트의 야망은 이상한나라 사람들의 보편석 기준을 향해 달렸고, 어린시절 그리워하던 할아버지의 나라는 희미한 기억으로만 남았다. 비트는 가방의 무게는 미래에 다가올 직업의 무게와 동일한 것이라 생각했다.

"세상에는 참 좋은 직업이 많아. 아픈 사람이 간절하게 찾는 것은 의사잖아. 의사는 세상의 모든 아픔을 치료해주지. 아픈 사람의 마음까지 치료해준다면 얼마나 좋은 직업일까."

어린 비트는 제 지식의 보따리를 풀어야 한다면, 장래에 의사가 되고 싶었다.

"그러나 아픈 사람을 모두 치료한다 하더라도 힘 있는 자가 힘없는 자를 괴롭히면 어떻게 살아가지?"

어린 비트는 항상 이상한나라의 모든 사람들은 정의로울 것이라 생각했다. 그러나 사람의 마음속에 싹트는 두 개의 고리는 적당한 통제가 없으면 한쪽으로 치우치는 법이었다. 의술과 마찬가지로 세상의 모든 이치를 다루는 데는 일정한 법칙이 필요했다. 법은 모든 사람들이 올바르게 사회의 규칙에 따라 살아갈 것을 요구하므로, 법은 사회의 약속이며 책임이라고 생각했다.

"사람들이 모여 살면 각자 생각이 달라서 정의에 대한 개념이 변하게 되지. 물론 진정한 정의란 변치 않는 것이지만 말이야. 법이 없다면 힘 있는 자가 힘없는 자를 괴롭히고 약탈해도 어쩔 수 없잖아. 역시 법이란 국가와 사회의 질서를 유지하기 위해선 꼭 필요한 거야."

비트는 한때 법을 다루는 사람이 되고 싶었다. 그러나 비트의 마음은 출렁대는 파도와 같았다.

"국가를 다스리는 행정은 어떨까? 국가와 사회가 질서를 유지하며 서로 잘 살아가려면 공공을 위해 일하는 사람이 필요하잖아. 행정은 한 국가의 모든 정책을 결정하니 얼마나 중요한 거야. 행정가가 되어서 멋지고 행복한 국가를 만들고 싶어. 하지만 이러한 것들도 배고프면 할 수 없잖아. 세상을 살아가려면 먹고 사는 문제를 해결할 수 있는 경제활동이 중요해! 국가의 경우를 살펴봐. 힘 있는 나라가 힘을 쓰는 것은 잘 먹고 잘살기 때문이잖아. 사업가가 되는 것도 나쁘지 않아."

비트는 그동안 자신이 달려왔던 지식의 가방 속에서 세상의 역할을 찾고 싶었다. 그러나 세상은 너무 많은 것들의 집합체였다. 어느 것이 그를 위한 진정한 선택인지 알 수가 없었다. 비트는 스스로 질문을 이끌어갔다.

"그런데 이런 일을 하려면 배워야 하잖아. 배우지 않고 어떻게 사람이 각기 다른 일을 할 수 있지. 역시 국가가 형성되고 사회가 돌아가려면 모든 것을 가르칠 교육이 필요해. 가르치는 직업을 선택하면 어떨까?"

비트는 채워져가는 가방에, 자신의 미래라는 달콤한 사탕을 위해 집중하려 했다.

"그런데 모든 사람들이 의술, 법, 행정, 교육만 배우면 세상을 무슨 재미로 살아가지? 사람이 살면서 행복할 수 있는 것은 문학과 예술이 있기 때문 아닐까. 사람은 문학과 예술을 통해 아름다움을 느끼고 행복을 느끼기 때문에 삶을 더 연장하려는 거야."

비트는 어머니의 기쁨과 사랑을 충족시키면서 세상에서 가장 의미 있는 일이 무엇일까를 생각했다. 어느 날 그는 커다란 가방을 내려다보았다. 그동안 무조건 지식의 가방을 채우면 미래가 보장될 것이라 믿었던 그의 희망이 미래를 선택함에 있어 혼동을 가져올 줄은 몰랐다.

인간의 욕심으론 원하는 모든 것을 다 이룰 수 있다고 생각하지만, 두 개의 발은 자신을 지탱하기 위해 대지에 머물고 있기에 두 개의 손만으로 모든 것을 움켜잡기에는 턱없이 부족했다. 비트는 자신의 가방을 보면서 말했다.

"왜 어머니는 모든 것을 채우려고만 할까. 세상에서 진정으로 내가 해야 할 일이 무엇인지를 먼저 가르쳐줬다면, 내게 필요한 것만을 선택해 채울 수 있었을 텐데. 할아버지는 왜 두 개의 손만을 내게 주셨을까. 열 개, 아니 열두 개의 손을 주셨다면 그것들을 이용해 모든 것을 다 잡을 수 있었을 텐데."

인간의 욕망이란 채우면 채울수록 부족한 것이기에 비트의 실망은 클 수밖에 없었다. 그가 실망에 잠겨 있을 때 옆에 있던 그림자가 말했다.

"우편배달부나 청소부는 어때? 그리고 이 세상에 알려지지 않은 수많은 이름의 직업들……."

그림자는 비트의 얼굴을 보면서 말했다.

"세상에는 참 많은 직업이 있어. 세상을 이루는 모든 물질이 서로의 역할을 통해 우주를 형성하는 거야. 만약 우주의 물질 중 어느 것 하나라도 없다고 생각을 해봐. 물과 공기가 없다면 너 또한 존재할 수조차 없어. 하지만 인간들은 이러한 자연에 귀 기울이지 않으면서 자신들이 만든 이상한 이론에 수많은 의미를 부여하지. 의미에 의미를 부여할수록 더욱더 가방의 무게만 무거워질 뿐인데 말이야!"

비트는 지식의 가방을 채우면서 그 안에 집어넣었던 탈레스와 그의 제자이자 친구 아낙시만드로스,■ 그리고 아낙시메네스■가 생각났다.

'그래 물과 공기가 없었다면, 나는 존재하지 않았을지 몰라. 물은 나를 움직이

■ 아낙시만드로스 : 고대 그리스 철학자로, 당시 탈레스의 젊은 제자였다. 탈레스가 만물의 근원을 '물'이라고 주장한 반면, 아낙시만드로스Anaximandros는 만물의 근원을 무한無限하고 비결정적인 것인 '아페이론apeiron'이라고 주장했다. 아페이론은 공간적 의미에서 '무한정'하고 내적으로 '규정되어있지 않은 것'을 말한다.
■ 아낙시메네스 : BC 545년경에 활동한 고대 그리스 철학자로, 아낙시만드로스의 제자였다. 아낙시메네스Anaximenes는 아낙시만드로스의 만물의 근원에 대한 주장이 너무나 모호하고 임의적이라 생각했고, 결국 만물의 생성·해소의 근원을 '공기'라고 결론 내렸다.

게 하고, 공기는 나를 숨 쉬게 하지. 국가와 사회가 아무리 강성해도 물과 공기가 없다면 아무것도 아니잖아. 그러면 물과 공기를 다루기 위해선 어떤 직업을 가져야 하지?'

비트가 그림자의 질문을 머릿속으로 생각하고 있는데 그림자가 또 다른 질문을 던졌다.

"물과 공기가 없다면 어떨지 생각해본 적 있니?"

비트는 예기치 않는 그림자의 질문에 답을 할 수 없었다.

"물과 공기? 아니, 생각해본 적 없어."

이렇게 대답했지만, 비트는 그의 지식가방에서 질문에 답할 수 있는 그 어떠한 해답도 찾아낼 수 없었다. 만약 물과 공기가 없어진다면 인간은 돈을 가지고 물을 만들 수 있지 않을까, 생각해보았다. 이상한나라에서는 돈이라는 형체의 종이만 있으면 무엇이든 다 할 수 있다는 어른들의 말을 수없이 들어왔던 터였다.

'할아버지의 나라에서는 형체 없는 의식이 소리를 통해 물과 공기를 만들지만, 이상한나라에서는 어떻게 물과 공기를 만들지? 물과 공기가 없다면 나는 존재할 수 없었단 말인가! 존재조차 할 수 없는데 물질은 무엇이고 법, 의술, 교육은 또 무엇이란 말인가?'

비트는 그림자의 평범한 질문에 말이 막혀, 그동안 모든 지식을 담았다고 생각해온 그의 가방이 왜소하게 느껴졌다. 여태까지 끝없이 추구해온 지식이란 무엇인가? 그림자가 물어본 사소한 질문에 대답조차 못하면서 어떻게 세상의 모든 것을 가방 안에 담으려 했단 말인가. 그동안 이상한나라에서 상식적으로 통하던 지식이라는 단어가 그림자의 질문 한마디에 물거품이 되어버리는 순간이었다. 그림자는 다시 직업에 대해 말했다.

"세상에는 많은 사람들이 저마다의 직업을 가지고 살아가지. 어부는 고기를 잡고. 그런데 고기를 파는 사람이 없으면 고기는 썩어서 아무 쓸모가 없게 되지 않을까?"

"그래." 비트가 대답했다.

"그래서 고기를 파는 사람이 필요해. 그런데 잡은 고기를 팔려면 부두에서 상인에게 배달해주는 사람이 필요하지."

"그렇지." 비트가 또 대답했다.

"운전수는 중요한 사람이야. 고기를 배달하는 운전수에겐 자동차나 수레와 같은 운송수단이 필요하지. 그러면 자동차나 수레를 만드는 사람이 필요해. 그 사람에겐 공장이 필요하고, 공장은 원료가 필요해. 원료를 생산하기 위해선 광부가 필요하고. 그리고 또 무언가 계속 필요해……. 이 모든 필요에 의해서 직업이 형성되고 의무가 부과되지."

그림자는 열두 개의 다리를 다 지나가도 끝나지 않을 것처럼 이 세상에는 필요한 것이 참으로 많다는 것을 설명했다. 결국 사회의 이러한 모든 것이 결합되어 국가를 이루고 세상을 이룬다는 것이었다. 그림자의 말을 들으면서 비트는 자신이 매우 부족하다는 것을 느꼈다. 그동안 지식의 가방을 채우기 위해 쏟았던 수많은 시간의 흔적들을 어떻게 되돌릴 수 있을까. 어머니의 기쁨도, 지식에 대한 풍부한 자신감도 그림자의 '필요해'라는 말 속에서 눈처럼 녹아버렸다. 비트는 눈을 뜨고 하늘을 바라보았다.

"맞아, 세상에는 참 많은 것이 필요하고, 이러한 필요성에 의해 모든 것이 자리를 잡아가는 거야. 각 개인의 자리는 어느 것 하나 부끄러움이 없고, 서로의 필요성을 존중해주는 가운데 자신의 존재 가치를 인정받게 되지. 나무가 바람을 대하고, 하늘이 구름을 대하는 것처럼 말이야."

비트는 그동안 어머니의 기쁨이 자신의 기쁨일 것이라는 막연한 기대 속에 채워넣었던 가방의 무게를 줄이기 시작했다. 개인이 소중한 자기 존재를 드러내며, 각자의 직업을 존중해가며 하나의 삶을 이루어내듯, 국가와 사회를 이루는 데 지식을 뽐내는 사람보다는 쓸모 있는 지혜를 지닌 자가 무엇보다 필요하다는 사실을 아는 데는 그리 오랜 시간이 걸리지 않았다.

자연의 소리를 들으며

　　수많은 달콤한 언어가 가득했던 가방을 비우고 나자 비트는 삶의 무게가 훨씬 더 가벼워짐을 느꼈다. 이상한나라의 인간으로 태어나 역사와 문화라고 일컫는 수많은 언어들의 사탕발림에 현혹되었던 비트는 꽃피는 산속 마을에서 새롭게 태어나려 했다. 오늘 하루 읽을 책 한 권만 있으면 더 이상 소유할 것이 없다는 무소유의 생각은 그의 답답한 가슴을 활짝 열어젖히기에 충분했다.

　　비트는 따사로운 햇살을 받으며 앞산의 꽃향기를 맡으며 자신의 발걸음을 재촉했다. 그동안 어른들의 기대 속에서 방황했던 어린시절을 보상받기라도 하듯 비트는 시간의 굴레를 벗어던지고 대지에 두 발을 딛고 산을 올랐다. 산을 오르는 동안 바퀴에 의지하지 않는 것이 참으로 좋았다. 언젠가 그림자가 말하지 않왔던가. 앞만 보지 말고 뒤돌아볼 수 있는 시간을 가져보라고. 그림자의 속 깊은 한마디 말이 내딛는 걸음걸음 속에서 새록새록 피어났다. 한참을 올라가니 도시에서는 볼 수 없는 이름 없는 수목들이 바람과 밀애를 나누면서 흔들리고 있었다. 바람은 잠들지 않는 파동으로 자연의 아름다움을 매만지고 있었다. 산을 오르는 것은 바퀴를 타고 시간의 속도 속으로 뛰어드는 것과는 또 다른 전혀 새로운 일상이었다.

두 발을 딛고 산을 오르는 것은 안개나라에서나 느껴볼 수 있는 홀로서기였다. 산을 오르는 동안 숱한 자연이 그들의 언어를 통해 자연과 하나 됨을 말하고 있었다. 나무가 산을 대하고, 바람이 나무를 대하듯 공존의 시간은 산을 오르는 비트에게 어머니의 품속 같은 포근함을 안겨주었다.

한참을 올라가다 보니 그의 발밑에 형체를 알 수 없는 조그마한 곤충 하나가 열심히 기어가고 있었다. 비트는 그 자리에 멈춰 서 발아래를 내려다보았다. 기어가는 곤충은 너무나 작아 자세히 보아야 알 수 있을 정도였다. 다리를 오므리고 앉은 비트는 자신이 보고 있는 곤충이, 이 산속에 하나가 아니라 수십 마리, 아니 수백 마리가 넘게 살아가고 있을 거라 생각했다. 이들은 깊은 산속에서도 인간이 알지 못하는 그들만의 방식으로 생존에 충실해왔을 것이다. 그가 곧 무심코 발길을 옮기면서 발견한 것은 아주 작은 수백 마리의 개미였다. 자칫 발걸음을 한 발짝만 더 옮겼어도, 생존을 위해 노력하는 저 많은 개미들의 목숨을 일순간에 앗아갔을 것이다. 그렇게 생각하자 두려움을 금할 수 없었.

인간이 생각없이 숱하게 저지르는 이름 없는 생명들에 대한 도살은 인간의 타고난 원죄보다도 더 큰 죄일지 모른다. 그동안 인간은 자연에 살아가면서 자신보다 커다랗고 힘센 동물들에게 갖가지 도구를 사용해 대항해왔지만, 인간보다 힘없는 동물에겐 가책도 없이 무자비한 폭행을 가해왔다. 왜 인간은 위협적인 큰 동물들에겐 그럴싸한 이름을 붙여주며 의미를 부여하면서, 나약하고 힘없는 곤충들은 단지 벌레라고 칭하며 무시해왔을까. 비트는 산을 오르면서 자신이 딛는 한발 한발에 이름 없이 죽어갔을 수많은 곤충들을 생각하자 말할 수 없는 고통이 밀려왔다.

주위를 둘러보니 나뭇가지들이 커다란 몸짓으로 바람과 뭔가 대화를 주고받는 듯했다. 그들은 서로가 서로를 이해하기에 하나로 존재하고 싶어했다. 그러나 이상한나라의 자연은 인간들을 위해 만들어진 순종하는 자연일 뿐이었다. 자연은 순종적으로 인간에게 다가섰지만, 인간이 자연을 거부하면 서로 대립할 수밖에 없었다.

비트는 다시 산을 오르기 시작했다. 빛의 따스함을 느끼며 발걸음을 옮겼는데 산 정상으로 향할수록 공기가 차가워졌다. 수억 년을 침묵으로 자리한 산은 대지의 이름으로 말없이 인간사회를 굽어보고 있었다. 비트가 산 정상에 가까이 다가갈수록 차가운 공기가 그의 몸속까지 파고들었다. 그는 옷자락을 여미고 발걸음을 재촉했다. 그런데 산을 오르면 오를수록 바로 앞에 닿을 것 같던 정상이 점점 멀어져갔다. 처음 산을 오를 때 남아 있던 에너지가 시간이 지날수록 쇠진되고 있었다. 이때 멀리 산 정상으로 안개가 모여들었다. 비트는 그 모습을 바라보며 자연의 아름다움을 느꼈다. 발걸음을 멈추고 주위를 둘러보았다. 커다란 바위가 산의 외로움을 달래주는 듯 육중한 모습으로 자리하고 있었다. 비트는 바위로 걸어가 앉았다. 힘든 두 다리를 쉬게 하기엔 바위가 편안한 의자보다 좋았다. 바위는 비트의 무게를 감당하듯 단단히 몸에 힘을 주었다.

 어린시절 동네아이들과 돌 장난을 많이 한 게 기억났다. 그때 가지고 놀던 돌들은 자연의 일부로 당시에는 아무 의미 없는 돌이라고 생각했다. 세상에 태어나서 자연의 일부를 많이 보아왔지만 돌처럼 그 의미를 발하지 않는 것은 흔치 않았다. 그러나 산 정상을 오르기 위해 잠시 쉬어가는 지금, 그동안 잊고 있던 자연의 일부인 돌의 귀중함을 새삼 발견할 수 있었다.

 인간은 생물체가 살아 있는가 그렇지 않은가를 단지 그 움직임으로 판단하려는 습성이 있다. 노루가 뛰어놀다가 적의 공격을 받고 움직이지 않거나, 참새가 들판을 날다가 땅에 떨어지면 지레 죽었을 것이라 판단한다. 인간의 판단으로 쉽게 동물의 삶과 죽음이 결정되었다. 이러한 논리로 본다면 돌이나 흙 같은 자연물들은 이상한나라에서는 생명을 가진 존재로 보지 않았다. 하지만 지금 비트가 앉아 있는 바위는 그의 무게를 버텨내기 위해 자신의 다리에 힘을 주고 있었다. 인간은 돌을 자연으로 되돌렸고, 돌은 인간으로부터 버려진 실체였다. 비트가 돌의 생명성에 대해 생각하고 있을 때 바람이 말했다.

 "우리는 소리를 낼 수 있어. 우리는 여럿이 하나가 되고, 하나가 여럿이 되는 자연이야. 우리는 이 세상의 모든 만물을 다루지!"

 바람이 비트에게 나무의 몸짓을 빌려 이야기하고 있었다. 비트는 지금껏 삶의 투쟁은 움직이고 자라는 생명체에게만 있는 줄 알았다. 그러나 비트 앞에 불

어오는 바람은 인간에게 말을 건네고 있었다. 비트는 바람의 소리를 듣고 놀라지 않을 수 없었다. 바람은 말했다. 자신의 친구들은 모든 소리마저 잠재우는 존재들이라고. 바람의 친구 구름은 세상을 떠돌아다니는 방랑의 친구라고 했다. 그는 한곳에 머무르기를 싫어하고 이곳저곳 다니면서 온갖 것을 참견하고 살기를 좋아한다. 그러나 그 친구는 바람과 가장 친한 친구이면서도 생각이 가장 많이 다른 친구라고 했다.

"구름친구는 부드러우면서도 변하기 쉬운 친구야."

바람이 말했다.

"유랑생활을 좋아하면서도 종종 나와 만나면 서로 다른 의견을 내세우기도 하지."

바람이 비트에게 구름친구에 대해 말하고 있을 때 바람의 목소리를 들은 구름이 대화에 끼어들었다. 구름친구가 물었다.

"지금 내 말을 하고 있니?"

바람은 구름에게 비트를 가리키며 말했다.

"그래, 그런데 저 아이는 내가 말하는 것을 듣고 무척 놀라고 있어. 인간들은 언어란 자신들만을 위해 만들어신 발명품인 줄 아나봐."

이때 구름이 비트를 바라보면서 생긋 웃으며 물었다.

"언어가 뭔데?"

비트는 바람과 구름이 대화를 나누는 것을 보면서 놀라지 않을 수 없었다. 이 세상의 자연은 인간을 위해 태어났고, 인간을 위해 만들어졌으며, 인간을 위해 죽어갈 것이라는 이상한나라 어른들의 말은 전혀 사실과 달랐다. 인간은 자신들만이 고유 언어를 가지고 있다는 또 하나의 오류를 저지르고 있었다. 바람과 구름은 비트가 자기들의 언어에 신기해하는 것을 보고 재미있었는지 비트가 앉아 있는 바위에게 말을 건넸다.

"바위야, 너도 이제 그만 침묵에서 벗어나 어린 친구와 인사를 나눠봐!"

바위는 아무 말도 하지 않았다. 비트는 마음속으로 "그러면 그렇지, 어떻게 바위가 말을 할 수 있단 말인가."중얼거리며 바람이 농담을 하는 것이라 생각했다. 비트를 어리다고 생각하여 그를 놀려주기 위해 바위에게 말을 시키는 것처럼 보였다. 이상한나라에서는 어른들이 아이들에게 존경심을 얻고자 그들이 알고 있는 지식을 총동원해서, 항상 진리를 이야기하는 것처럼 떠벌린다는 것쯤은 비트도 알고 있었다. 바람의 끈질긴 설득에도 바위는 침묵을 지키며 비트의 발아래에서 움직이지 않았다. 바위의 짓궂은 장난에 곁에 있던 구름도 한마디 거들었다.

"이제 그만하고 일어나렴! 너는 침묵하고 있는 자연이지만, 살아 있는 자연이기도 해. 네가 말하지 않으면, 이 아이는 정말 네가 생명조차 가지고 있지 않다고 오해할지 몰라. 그러면 너는 아이에게 커다란 잘못을 저지르는 게 되는 거야."

꿈쩍도 않던 바위가 구름의 끈질긴 설득에 비트의 얼굴을 바라보면서 천천히 입을 열었다.

"너희들 참 짓궂구나! 인간은 자신들 생각으로 모든 것을 판단하고 살아가는데, 우리가 말하는 것을 알면 인간들의 진리는 거짓이 되는 거잖아. 그러면 인간

사회에 커다란 혼란이 생기게 될 거야. 그들은 자기가 아는 지식이 전부라고 생각하고 살아가며, 거기서 행복을 찾으려 하는데 말이야."

말이 없던 바위가 침묵을 깨고 말을 시작하자 바람과 구름은 기쁜 얼굴로 바위의 말을 들었다.

"만약, 우리가 자기들보다 더 적은 언어를 가지고도 세상의 모든 것과 소통하고 할아버지의 말씀에 순종하며 행복하게 살아가고 있다는 사실을 그들이 알게 된다고 생각해봐. 그들은 우리가 말을 하고 인간의 언어를 알아듣는다는 것을 아는 순간부터 또 다른 음모를 꾸미려 할지 몰라. 그들은 자기들에게 주어진 최상의 선물인 지혜가 무엇인지 모르고 살잖아."

"지혜!"

비트는 바위가 말한 '지혜'라는 말을 '지식'으로 잘못 알아들을 뻔했다. 이상한나라에서는 아이들이 태어나면 가장 먼저 지식을 가르치려 하기 때문이었다. 아버지와 어머니가 만들었다고 자랑하는 수많은 언어로 지식을 기록하고 그것을 진리로 받아들여 소중하게 보관하면서 아이들에게 무조건 이를 공부하라고 강요한다. 바위가 말했다.

"만약, 인간이 자연의 소통 언어를 알게 된다면, 우리들 세상에 커다란 재앙이 올 거야."

그러자 바람과 구름이 바위의 말에 동의했다.

"맞아! 인간은 그들의 언어를 통해 스스로의 문화를 만들고 자연과 대항하려고 기술을 만들지. 결국 기술이 바로 행복이라는 식이 성립하잖아. 우리는 태어날 때부터 모든 행복을 가지고 태어났어. 우리들의 할아버지는 모두에게 적절한 행복을 주신 거야. 구름아, 너는 무엇이 너를 가장 행복하게 만드니?"

바람이 구름에게 물었다.

"내가 좋아하는 자연을 바라보며 많은 것에 도움을 주는 거야. 떠돌아다니다가 태양친구의 짓궂음에 힘들어하는 친구들을 도와주거든. 그게 내 행복이야. 나는 그들이 태양의 뜨거움에 목말라하면 눈물이 나. 그들은 내가 흘리는 눈물에 행복을 느끼나봐."

구름은 정처 없이 세계를 여행하면서 수많은 생명에게 눈물을 흘려주었고, 이상한나라 사람들은 이를 '비'라고 지칭했다. 구름은 바람의 질문에 대답하고 나서 바람에게 똑같이 물었다.

"바람아, 너는 무엇이 너를 가장 행복하게 만드니?"

"나는 이 세상의 모든 만물을 깨어나게 하는 것이 즐거워. 이 세상은 내가 없으면 영원히 잠들어버릴지 몰라. 나는 너와도 이야기하고 나무, 바위, 사슴, 노루…… 이 세상 모든 자연과 이야기하는 것에 행복을 느껴. 하지만 종종 실망을 느낄 때도 많아. 이상한나라 사람들이 내가 다가가도 모른 체할 때면 화가 나기도 해. 가끔 화가 나서 입김을 세차게 불 때가 있어. 그러면 인간들은 무슨 일이라도 난 것처럼 크게 놀라며 호들갑을 떨지. 하지만 우리의 언어를 못 알아듣기는 마찬가지인 것 같아."

바람은 인간과의 관계를 설명하면서 약간 못마땅해하는 것 같았다. 바람의 불만을 알아차린 바위가 그들의 대화에 끼어들었다.

"그러기에 너희들도 침묵하는 시간이 필요한지 몰라. 침묵은, 알면서도 말하지 않는 진정한 용기야. 나는 셀 수 없이 오랜 시간 동안 나의 영혼을 깨우기 위해 침묵하기를 반복해왔어. 이곳에서 수많은 사람들을 만났고 그들은 참 많은 이야기를 나누었지. 나는 인간이 문화를 만들고, 가족을 만들고, 국가를 만드는 것을 보았지. 그들은 그들만의 언어로 소통하면서 삶을 살아가려 한다는 것을 알게 되었어. 내가 침묵하는 것은 어쩌면 인간의 비밀을 너무 많이 알아서인지도 몰라."

바위는 움직이지 않아도 세상의 모든 것을 아는 것처럼 보였다. 말하지 않고, 움직이지 않아도 사람들은 그를 찾아와 많은 이야기를 들려주었다고 했다. 바위는 그가 들었던 수많은 이야기 중 하나를 처음으로 들려주겠다고 말했다. 바람과 구름 그리고 비트는 바위의 말에 귀를 기울였다. 자연은 하나의 소리로 통하는 것처럼, 바위의 말은 소리에 소리를 타고 산 전체로 퍼져나갔다. 땅을 파던 두더지, 나무를 기어오르던 다람쥐, 꽃의 향기를 따는 벌, 어린 사슴을 돌보는 엄마사슴 등에게……. 그러자 이 세상의 모든 자연물들은 바위가 처음으로 털어놓는 비밀스런 이야기에 귀를 기울였다.

세 사람의 음모

　　　　　침묵으로 일관하던 바위가 털어놓은 이야기는, 세 사람이 바위 위에 걸터앉아 나눈 이야기에서 시작되었다. 이상한나라 사람들은 산을 오르는 것을 무척 좋아했다. 아침저녁 할 것 없이 시간이 나면 산을 올랐고 오르다가 지치면 바위를 안식처로 삼았다. 바위가 털어놓은 그날의 오후도 일상과 다르지 않았다. 세 사람은 가방을 메고 산을 오르던 중 지쳤는지 가던 길을 멈추고 바위를 향해 다가왔다. 그들은 바위에 앉아 산 아래를 내려다보았다. 산 아래는 이상한나라의 일상이 매일처럼 반복되고 있었다. 세 사람 중 한 사람이 먼저 말을 꺼냈다.

　"돈은 준비되었소?"

　옆에 있던 건장한 사내가 말했다.

　"물론이오!"

"언제 드리면 되겠소?"

경제력이 있어 보이는 사내가 처음 말을 건넨 사람에게 말했다. 이들은 말을 하는 도중에도 혹시 누가 듣지 않나 경계하는 눈치였다. 바위는 이들을 지켜보며 웃음이 나올 뻔했다며, 한바탕 큰 소리로 웃고 나더니 하던 이야기를 이어나갔다.

세 사람은 이상한나라 사람들이 절대로 알아서는 안 된다는 것을 서로에게 수차례 강조했다. 그리고 처음 말을 꺼냈던 사람이 계속 말을 이어나갔다. 그의 말투로 보아 그는 이상한나라의 높은 관료쯤 되어 보였다. 그의 말에 의하면, 돈이 준비되면 그 계획을 실행에 옮겨야 하는데 사전 준비가 확실해야 한다는 것이었다. 그들은 이번 일이 성사되면 미래가 보장되며, 부와 명예를 영원히 거머쥘 수 있다며 자부심이 대단했다.

"우선 돈을 이용해 조직을 만들어야 하오. 절대 남들이 눈치 채지 못하도록. 그리고 사람들에게 밝은 미래를 보장받기 위해선 어린시절의 교육이 중요하다고 말해야 하오."

관료로 보이는 사내가 전투에서 지령을 하달하는 장군처럼 두 사람에게 말했다. 그는, 모든 사람들에게 영원히 먹을 것이 보장되고 생명이 영원할 것이라는 착각을 심어줘야 한다고 강조했다. 이상한나라 사람들은 단순해서 말을 잘하는 사람이 미래를 보여주면 많은 사람들이 그렇게 되리라 믿고 그 우상을 따른다는 것이었다. 한 사람이 오면 두 사람이 모여들고, 두 사람이 모여들면 네 사람이, 그리고 그 배수에 배수를 더하듯 많은 사람을 끌어 모을 수 있다고 했다.

"우리는 이상한나라 사람들의 모든 동의를 구해야 한다네. 만약 모두의 동의를 구할 수 없다면, 다수의 동의를 구해서 우리 의견에 반대하는 사람들을 설득하거나 처단하면 될 거요."

관료적 말투의 사내에게선 군인과 같은 절도가 흘러넘쳤다. 모든 계획이 명령에 따라 전달되고, 명령에 따라 임무를 완성해야 하는 것처럼. 관료적 사내가 한참을 말하고 있는데, 이야기를 듣고 있던 건장한 사내가 그의 말에 동조라도 하듯 덧붙였다.

"우리는 가장 무거운 가방을 소유한 사람부터 우리 편으로 만들어야 해요. 그들의 지식을 칭찬해주고 인정해주면, 우쭐하는 마음에 많은 사람들 앞에서 거짓을 서슴없이 진짜처럼 늘어놓겠지. 그러면 모든 사람들은 그의 말을 진실처럼 여기고 따르게 되잖겠소?"

사내의 말은 달콤한 꿀맛을 풍기며 혀끝에서 흘러나왔다. 바위는 이 사내의 어투로 그가 허풍쟁이나 거짓말을 잘하는 사기꾼임을 직감할 수 있었다. 세상을 살아가는 데는 여러 가지 방법이 있다. 힘 있는 자는 힘을 통해 세상을 가지려 하고, 재물을 많이 가진 자는 재물을 통해 모든 것을 소유할 수 있다고 믿었다. 그러나 이들보다 더 무서운 사람은 혀를 이용해 허황된 말로 이 세상을 사려는 사람이었다. 마지막 사내는 자신의 혀에서 내뱉은 말의 달콤함에 스스로 취해 자신들의 계획을 서슴없이 말하고 있었다.

"모든 사람들을 하나로 만들어야 하오. 그들을 하나의 목표를 향해 나아가게 하면, 결국 하나로 변하게 될 테니까. 그러기 위해선 그들이 우리를 도와줄 수 있는 적절한 교육이 필요하지. 그리고 그들에게 교육을 잘 받으면 많은 것을 가질 수 있다고 말해야 해. 사람들은 높은 교육으로 재물을 얻을 수 있다는 것을 알기 때문이오."

사내들은 자신들의 목적을 위해 이상한나라 사람들을 어떻게 현혹시키고 다루어야 하는지를 아는 것 같았다. 그들은 목적이 행동을 하게 만들고, 행동은 생각에서 오는 거라고 말했다. 재물이 많아 보이는 사내가 말을 받았다.

"나는 이 세상 모든 사람들이 쓰고도 남을 돈을 가지고 있소. 돈이 있으면 무엇이든 할 수 있지. 하지만 국가를 사고파는 문제는 결코 쉬운 일이 아니오."

바위는 이 사내의 말에 깜짝 놀랐다. 바위가 놀란 탓인지 옆 나뭇가지 위에 앉아 있던 새가 놀라서 날아가 버렸다. 사내들은 새가 날아가는 것을 보고 혹시 주위에 누가 있지 않나 살폈다. 그들의 눈에는 자연의 일부는 보이지도 않았다. 그들이 무서워하는 것은 이상한나라 언어를 알아듣는 사람들이었다. 그들은 주위를 둘러보고 아무도 없는 것을 확인하고 나서야 안심한 듯 다시 이야기를 이어나갔다.

"먼저 당신이 강력한 힘을 보여줄 수 있는 자리에 올라가야 하네. 그러려면 돈이 많이 필요할 텐데, 그 돈은 내가 지원하지. 돈은 권력을 만들어낼 수 있으며, 권력은 힘을 통해 더 많은 것을 만들 수 있으니, 당신과 내가 힘을 합쳐 권력을 만들어내면 우리는 더 많은 돈을 벌 수 있을 거요."

돈 많은 사내가 관료적 사내에게 말했다.

"맞는 말이오. 우리는 권력보다 더 큰 권력을 위해 새로운 나라를 만들려는 것이오."

관료적 사내는 자신의 커다란 목표를 힘주어 강조했다. 이상한나라의 힘 있는 사람들이 항상 자신 있게 말하는 습관을 몸에 익히듯 그의 행동 또한 이와 흡사했다. 그 사내는 말이 행동보다 앞서 있음을 여실히 보여주고 있었다.

"우리는 이상한나라를 통해 새로운 나라를 만들려는 것이오."

바위는 이들이 말하는 새로운 나라가 무엇인지 몰랐다. 바위는 항상 제자리에서 침묵으로 세상을 바라보았으므로 국가가 무엇이고 사회가 무엇인지 관심을 가지지 않았다. 바위는 자신이 들은 이야기의 일부가 이상한나라 사람들에게 얼마나 커다란 충격을 가져다줄지 몰랐다. 이야기를 듣고 있던 비트는 주위의 다른 경청자들보다 더 놀라지 않을 수 없었다.

"이상한나라를 통해 새로운 나라를 만든다고?"

비트는 바위에게 들은 이야기를 입 속으로 중얼거렸다. 비트는 바위가 한 말이 잘 이해가 되지 않아 좀더 그의 이야기를 자세히 들어보기로 했다. 바위는 그의 오랜 기억을 떠올리면서 이야기를 파노라마처럼 펼쳐나갔다.

"이상한나라는 우리가 살기에는 너무 썩어 우리 이상을 펼치기엔 부족하오."

관료적 사내가 말했다.

"국가란 모름지기 하나의 체계로 움직여야 하는데, 요즘 뭘 좀 안다는 사람들이 너무 많아져 도대체 무엇이 국가고, 사회인지 모르겠단 말이야!"

관료적 사내는 이상한나라 국가 행태에 매우 못마땅해하는 것 같았다. 그는 말을 계속했다.

"모든 사람들이 행복하기 위해서는 나와 같은 사람이 나서야 해."

이때 옆에 있던 두 사내가 박수를 치며 동조했다.

"그럼 우리는 당신을 믿고 무조건 따를 것이오."

"우리를 앞에서 이끌어주시요. 우리는 당신이 원하는 국가를 세우고, 그 속에

서 더 많은 돈을 벌면서 영원히 행복하게 살고 싶소."

바위를 통해 이들의 말을 듣고 있던 주위의 모든 자연들은 인간들의 이상한 버릇에 놀라는 듯했다. 이야기를 한참 듣고 있던 사슴은 옆에 앉아 있는 비둘기에게 말했다.

"인간들은 참 이상하지? 먹지도 못하는 종이를 가지고 세상을 산다 하고, 능력도 없이 의욕만 가지고 국가를 만든다고 하니 말이야."

사슴은 오래 전부터 자연을 뛰어다니며 이상한나라 사람들을 많이 보아왔기에 그들에 대해 알고 있었지만, 바위가 말하는 세 사람의 이야기는 이해할 수 없었다. 바위는 세 사람의 이야기를 계속 이어나갔다.

"이상한나라를 살 수 있는 사람을 찾아보았소?"

돈 있는 사내가 물었다.

"물론이오!"

관료적 사내는 자신 있는 어투로 말했다.

"누가 산다고 하던가?"

"안개나라 사람이오."

비트는 '안개나라'라는 소리에 앉아 있는 바위에서 떨어질 뻔했다.

"안개나라?"

바위 말을 들으며 비트는 언젠가 우물가에서 잠시 꾸었던 꿈이 기억 속에서 희미하게 되살아났다. 바위 입을 통해 안개나라에 대해 듣게 될 줄은 몰랐다. 비트가 바위에게 물었다.

"너 정말 안개나라라고 했니?"

비트의 질문에 주위의 모든 동물과 수목들이 비트를 바라보았다. 바위가 말했다.

"그래, 안개나라."

비트는 그들이 말하는 곳이 안개나라임을 재삼 확인하며, 이들의 이야기가 더욱 궁금해졌다. 바위에게 조금 더 자세히 말해줄 것을 요청했다. "물론!" 하면서 바위는 말을 이어나갔다.

바위는, 그들 또한 자신들이 살아가는 이상한나라는 더 이상 미래가 없는 것처럼 말했다고 했다. 그들도 이상한나라에 태어나 시민으로 살 때는 모든 것에 순응하며, 법과 정의를 잘 지키는 사람들이었던 것 같다고. 그러나 이상한나라 사람 모두가 행복을 추구하는 법을 배우는 데 서툴렀던 것 같다고 말했다.

"이상한나라 사람들은 행복이란, 물질을 많이 소유하는 것에서 출발하는 것이라고 믿고 있는 것 같아. 사회의 통념으로 인정되는 화폐라는 종이는 모든 물질의 지배자가 되어버렸어. 사람들은 화폐만 있으면 모든 것을 살 수 있기에 그것을 소유하기 위해 자기의 모든 것을 바치게 되었지. 부모들이 그들 세대에 못 이룬 물질적 행복을 아이들 세대에는 이루어지질 바라면서 말이야. 그래서 이상한나라 사람들은 어린시절 가방의 무게에 따라 자기 미래의 방향이 정해진다고 믿어왔지. 그들이 만든 가방은 사회에 나오면 사용할 수 있었는데, 그들이 좋아하는 이름에 따라 등급을 매겼고 차별화했어. 이러한 차별을 받지 않도록 어린아이는 태어나면 모든 것을 배우도록 교육을 받아야 했고, 결국 이러한 열풍

이 이상한나라를 망쳤다는 거야."

바위는 세 사람의 이야기를 통해 이상한나라의 문제점을 말하고 있었다.

"아이들은 할아버지가 주신 자신만의 개성을 잊어버리고 모두가 하나의 목표를 향해 나아가는 복제인간이 되어가고 있어. 이 세상 모든 것은 각기 쓰임새가 있어 각자의 능력에 따라 세상을 풍요롭게 만든다는 사실을 이상한나라 사람들은 모르는 것 같아."

바위는 돈에 눈멀고 권력을 탐하며 허황된 생각을 가진 세 사람에 대해 이야기를 계속 해나갔다. 그들의 계획은 아주 오래 전부터 서서히 진행되어온 모양이었다. 사회의 관습에 길들여지듯, 그들은 자연스럽게 변해가고 있었다. 그리고 보편성이라는 두꺼운 얼굴을 뒤집어쓸수록 그들의 피부감각은 둔화되었다. 바위는 그들에 대한 판단을 보류하고 하던 이야기를 계속했다.

"세 사내는 이야기를 계속하다가 관료적 사내가 꺼내든 종이지도를 바라보았어. 세 사내는 두 눈을 크게 뜨고 지도를 가리키며, 이곳과 이곳에서부터 시작하면 모든 것이 쉽게 파급될 거라고 말했어."

바위는 그들이 가리키는 '이곳'의 의미를 파악할 수 없다고 했다. 그들은 이상한나라 사람들을 하나의 생각으로 묶기 위해선 많은 가방과 특히 큰 가방을 많이 가지고 있는 지역부터 통합해가야 한다고 믿고 있었다. 바위는 숨을 고르고 하던 말을 계속했다.

"사람들을 모으려면 많은 둥지가 필요하다고 혀에 꿀을 바른 친구가 말했어. 사람들은 자기 둥지를 사기 위해 물불 안 가리고 열심히 돈을 모으려 한다고 말이야. 그들은 자기의 행복한 안식을 위해 둥지가 필요한 게 아니고, 재물을 채울 저장고로 그들의 둥지가 필요한 것 같았어."

바위는 혀에 꿀을 바른 사내의 말이 하루에 천 리를 달리는 말보다 더 빠르게 이어졌다고 말했다. 바위는 그 사내의 말을 그대로 되풀이했다.

"그들은 하나의 둥지를 사면, 또 하나의 둥지가 필요하지. 왜냐구? 그들은 물질에 물질을 모으기 때문에 저장고가 많이 필요하지. 그들은 둥지 개수가 많아지면 많아질수록 항상 부족함을 느낄 것이오. 그러면 우리는 살며시 그들 곁에 다가가서 이렇게 말하는 겁니다. '당신은 더 많은 둥지를 소유할 수 있고, 돈도 많이 벌 수 있습니다.' 사람들은 필요와 소유, 두 가지를 잡을 수만 있다면 어떠한 희생도 두려워하질 않거든."

말 잘하는 사내는 세상의 모든 원인과 결과가 자신의 혀를 통해 이루어질 것처럼 중얼거렸다. 사내의 말에 옆에 있던 재물 많은 사내가 덧붙였다.

"그래, 둥지가 많아지면 소유욕도 많아지고, 나처럼 더 많은 것을 가지려 하지. 우리는 그것을 이용하는 거요. 우리가 많은 둥지를 사들이면 사람들은 자기들이 살 둥지가 정말 부족한 줄 알고 더 많은 돈을 주고 둥지를 사려 들 거요. 우리는 하나의 둥지 값으로 두 개를 살 수 있고, 그들은 두 개의 둥지 값으로 하나를 살 수 있으니, 우리는 쉽게 돈을 벌 수가 있는 거지.

그리고 우리는 그 돈을 이용해 그들이 둥지를 더 많이 사도록 유도합시다. 그러면 그들은 자기들의 재물을 채울 수 있는 둥지가 없어지기라도 할 것처럼 야단법석을 떨겠지. 이때 우리가 나타나서 말하는 거요. '둥지가 필요하세요? 우리를 따르면 둥지를 살 수 있는 돈을 드리겠습니다.' 그러면 시장의 무리들은 서로 앞다퉈 우리를 따를 것이고, 우리는 그들이 중요하지 않게 생각하는 것을 모아서 안개나라로 팔아버리면 되잖소."

재물 많은 사내는 자신의 경제 논리를 장황하게 펼치며 전략을 설명해나갔고, 관료적 사내는 이들의 이야기를 모두 수용하면서 각자의 역할을 지시했다. 관료적 사내의 말은 매우 냉엄했으며, 모든 것은 과감한 결단에 의해 이루어진다는 것을 강조했다.

"이번 일은 완전한 작전에 의해 이루어져야 하오. 만약 우리의 계획이 새나가면 저들이 어떻게 변할지 몰라. 우리는 우리 계획이 이루어질 때까지 절대 이상한나라 사람들이 가방 끈과 둥지 끈을 놓지 못하도록 유도해야 하네. 그 길만이 우리의 계획이 성공할 수 있는 길이라는 것을 명심하시오!"

관료적 사내의 다짐을 끝으로 세 사내는 나라를 팔고 사는 문제는 쉬운 거래가 아니라고 말했다고 한다. 동시에 모든 것이 성사될 때까지 이 이야기는 비밀에 붙여야 한다고 굳게 약속하면서 자리를 떠났다는 것이 바위의 설명이었다.

비트와 함께 바위의 이야기를 듣고 있던 모든 동식물들은 이야기가 끝나자 서로 소곤소곤 이야기를 나누었다. 비트는 바위의 말을 듣고 생각에 잠겼다. 비트가 걱정하는 것은 이상한나라를 사고파는 경제 문제가 아니라 회색도시에 살고 있는 사람들의 소유하려는 과욕이었다. 새들은 지푸라기를 몇 가닥 물어와 자신이 잠시 눈을 붙일 수 있는 보금자리를 만들 뿐 그 이상의 둥지는 필요로 하지 않는데, 왜 인간들은 그렇게도 많은 것을 가지려 할까. 소유가 많아지면 늘어나는 것은 소유한 것을 지켜야 한다는 부담감뿐인데, 인간은 이것을 행복이라 말하나. 바위의 말이 끝나자 잠시 서로의 생각을 나누던 주위의 경청자들은 하나둘 자리를 뜨기 시작했다. 이들이 떠나고 남은 자리엔 이야기를 처음부터 들어온 바람, 구름, 바위 그리고 비트만이 남았다. 바람은 그동안 잠들어 있었던 바위가 침묵을 깬 것이 행복했다. 바람이 말했다.

"네가 말을 해서 너무너무 좋아!"

바람의 말에 바위는 부끄러움을 느꼈다.

"난 단지, 너희들이 좋아서 이야기를 해준 것뿐이야. 말이란 하면 할수록 많아지는 것 같아. 하지만 난 다시 침묵 속으로 들어가려 해."

"왜?"

바위 위에서 내려다보던 구름이 물었다.

"침묵은 또 다른 생성이라고 말할 수 있거든."

"또 다른 생성?"

구름은 바위의 생각이 궁금했다.

"침묵은 말하지 않고도 들을 수 있어. 저 도시의 인간들을 봐. 그들은 수많은 언어로 많은 말을 하지만 세상은 그것을 듣지 않고 살아도 변함없이 생성되거든. 침묵은 스스로 성장할 수 있는 영혼이기도 해. 영혼 없는 삶을 생각해봐. 이 세상에 영혼은 없이 물질만 채워지면, 썩어가는 고기와 다를 바 없지. 나는 침묵을 통해 세상을 바라보려고 해. 세상은 깨어 있지도, 잠들어 있지도 않은 영혼의 세계거든."

바위의 말을 듣고 있던 모두는 바위가 말하려는 침묵의 의미를 조금은 알 듯했다. 서로 얼굴을 바라보며 말이 없었으나 눈빛만으로도 서로의 영혼이 통하고 있다는 것을 알고 있었다.

바위는 바람에게 언제든지 자신을 찾아와 잠들어가는 영혼의 마음을 깨워달라고 말했다. 바위는 자신이 침묵 속에서 영혼의 진실을 찾는 동안 인간의 오만으로 세상이 영원히 잠들어버리지나 않을까 염려했다. 자연은 인간을 깨우려 하지만, 인간은 스스로를 잠재우려 한다는 것을 바위는 알고 있었다. 바람은 바위의 말에 고개를 끄덕이며 수긍의 뜻을 표했다. 그러나 바람은 바위에게서 들은 이야기를 인간 세상에 담아갈 수 없다고 말했다. 하나를 취하면 두 개를 가지고 싶어하는 인간의 욕심을 부채질할 수 있기 때문이라고 했다. 스스로를 비워야 세상을 볼 수 있고, 스스로의 비움을 통해 모든 것을 채울 수 있다는 사실을 바람은 알고 있었다. 바람이 바위에게 작별인사를 하자 옆에 있던 구름도 비트에게 작별인사를 했다.

"안녕!"

만날 때와 똑같은 인사를 주고받았다. 만남은 헤어짐과 다름없었다. 그들은 또 다른 언어를 사용할 수 없었다. 하나의 언어를 더하면 또 하나의 언어가 생겨나기 때문이었다. 이들은 만남을 통해 소유는 무소유와 다름이 없다는 것을 "안녕!"이라는 말 한마디를 통해 느낄 수 있었다. 바람과 구름이 떠나고 난 자리엔 비트, 바위 그리고 그림자만이 자리를 지키고 있었다. 비트는 바위에게 자기는 산 정상까지 올라가려 한다고 말했다. 그러자 바위는 비트에게 말했다.

"산 위에 올라가면 붉은 기운이 돌 거야. 물론 안개는 붉은 기운마저도 가려버릴지 모르지만. 그러나 붉은 기운을 보고 들어가면 절대 안 돼!"

"왜?" 걱정스런 눈빛으로 말하는 바위에게 비트가 물었다.

"그곳은 안개나라야. 너같이 이상한나라 사람은 한번 들어가면 다시는 나올 수 없을지도 몰라."

안개나라라는 소리에 잊고 있던 기억이 비트의 머릿속에서 되살아났다. 안개나라에서 나온 이후, 그곳의 기억은 광야 저편에 묻어두었던 차였다. 비트는 안개나라라는 말에 가물거리던 소녀의 얼굴이 다시 떠올랐다. 그러나 시간의 흐름이 그의 감각을 무디게 했는지 소녀의 모습을 기억할 수 없었다. 오랫동안 잊고 있던 소녀가 보고 싶어졌다. 바위가 말한 안개 속의 붉은 기운으로 들어가면 소녀를 만날 수 있지 않을까 하는 기대감이 호기심과 함께 밀려왔다. 비트는 바위에게 고맙다는 말을 하고 안개가 가득 찬 산 정상을 향해 걷기 시작했다.

장미정원

　　　　　　바위와의 만남을 뒤로하고 한참을 올라가니 산 정상이 가까워졌다. 처음 산을 오를 때와 달리 산 정상이 가까워 올수록 힘이 들었다. 거대한 산 앞에 왜소한 인간은 지금, 한 그루 나무처럼 멈춰 서 있다. 한 그루 나무는 산이라는 전체를 기억하지 못한다. 나무는 그저 나무로 자리하고, 산은 산으로 나무를 감싼다. 비트가 즐겨 찾던 언덕 위에 살고 있는 그림자 아저씨는 아침이면 항상 대문 밖을 나와 산을 바라본다고 했다. 그는 전에 비트에게 말했다.

"왜 인간은 산을 정복하려고 할까. 산은 정복하라고 있는 게 아니라 그저 바라보라고 있는 것이란다."

비트는 아저씨 말을 들으면서 먼 산을 바라본 적이 있었다. 어린시절 비트에게 산은 바라보기조차 벅찬 대상이었다. 그러나 시간이 흘러 산을 오르게 된 비트는 일상처럼 산에 발걸음을 한 것이었다. 아저씨가 아침이면 바라본 산은, 인간의 중심에 서 있는 산이라고 했다.

"산은 인간의 마음이며, 인간의 뼈란다. 사람들이 산에 가서 떨어지고 다치는 것은 산을 자연이라는 대상으로 본 것이 아니라 넘어야 할 장애물로 보았기 때문이지. 나는 아침이면 산을 바라보는 것을 행복으로 여기고 살아왔단다. 먼 산은 오늘까지 나를 지켜준 영혼의 숨결이지."

비트는 산 정상을 오르는 동안 그림자 아저씨의 말을 떠올렸다. 산 정상이 가까워질수록 안개는 더욱 깊어졌다. 얼마를 걸었을까. 발아래 안개가 깔리는 것이 느껴졌다. 비트는 서서히 안개 속 산 정상을 향해 걸었다.

멀리서 바라본 산 정상은 손을 뻗으면 쉽게 잡힐 것 같은 나뭇가지의 하나로 생각되었다. 그러나 그 정상의 끝은 시간의 속도나 그림자의 배려 등으로 따라잡을 수 없는 절대적인 것이었다. 비트가 발을 딛는 대지는 산의 기운을 가득 담고 있었다. 그의 발자국이 한발 한발 흔적을 남기고 걸을 때마다 안개는 비트의 발목을 넘어 몸과 머리까지 감쌀 정도로 깊어갔다. 그동안 이상한나라에서 안개를 접하는 게 어려운 일은 아니었다. 안개는 어디서나 쉽게 생겨났다. 그러나 안개나라를 다녀온 이후 비트는 안개가 단순한 자연현상을 넘어 사람들의 삶에 깊이 관여하고 있음을 알 수 있었다. 안개 속을 걸으면서 비트는 산 정상에 오르는 길에 우물을 만날 수 있으리란 기대를 하게 되었다. 한참을 올라가니 비트와 함께했던 나무와 바위는 흔적도 없이 시야 밖으로 사라져버렸다.

비트는 조금 전 바위가 이야기한 '붉은 기운'이라는 말을 떠올렸다. 한번 들어가면 영원히 되돌아올 수 없을지 모른다는 바위의 말은 그에게 두려움을 안겨주기에 충분했다. 붉은 기운에 대한 두려움과 소녀와의 만남이라는 두 갈래의 가능성을 일단 접어두고, 비트는 우선 안개 속에 울리는 자신의 발걸음 소리를 의식했다. 안개가 짙어서 걸어가는 발의 움직임보다는 안개와 부딪히거나, 대지와 호흡하는 소리가 더욱 크게 들려왔다. 가면 갈수록 짙어지는 안개 속에서 그는 가던 길을 멈추고 길을 되돌아갈까 몇 번을 망설였다.

그러나 비트는 안개에 대한 두려움보다 소녀를 만날 수 있다는 설렘에 더 기대기로 했다. 안개 속에서 처음 만난 소녀. 이름마저 가질 수 없었던 소녀를 생각하니 가슴 저편에서 뜨거운 심장의 박동 소리가 들려왔다. 그리움이란, 만남을 위해 세상에 던져진 또 다른 아득함인가. 소녀에 대한 그리움을 가슴 깊이 간직해왔으면서도 한 번도 불러보지 못한 그녀의 이름. 비트는 야속하게 흐르는 시간속에서 공허하게 오가는 인간의 언어가 얼마나 부질없는지 알 수 있었다.

비트는 산 정상에 가까이 가는 게 아니라 안개의 심장부에 더 가까이 다가가고 있었다. 그러나 산 정상이 나타나지 않자, 제대로 산 정상을 향해 가고 있는지 확신마저 희미해졌다. 산속에서 길을 잃은 것이 아닌가 하는 두려움이 밀려들었다. 순간 언덕 위 그림자 아저씨 말이 생각났다. 그의 말처럼, 비트는 자기가 산을 바라보는 대상이 아니라 정복하려는 대상으로 삼았기에 산안개가 주위를 더욱 강하게 둘러싸고 있는 것이 아닌가 생각되었다. 그래서 안개에게 말했다.

"난 단지, 산이 보고 싶었을 뿐이야. 정복은 생각조차 해본 적 없어. 아름다운 너의 모습에 반해서 오르고 또 올랐을 뿐. 더 이상의 의미는……."

비트는 안개 속에서 허공을 향해 혼자 외치다가 말끝을 흐렸다. 그의 마음속에 말 못할 언어가 감춰져 있었다. 사실 안개를 바라본 순간부터 그는 소녀에 대한 만남을 간절히 원했다. 소녀는 안개를 통해, 그리고 장미와 우물을 통해 모든 상징으로 다가왔기 때문이다.

비트는 시간이라는 흐름조차 느낄 수 없는 안개 속에 갇혀버렸다. 그는 바위가 한 말이 또다시 생각났다. 바위의 충고를 받아들여 길을 내려갔더라면 하는 후회가 물밀듯 밀려왔다. 되돌아갈 수 없는 지점에서 비트는 깊은 안개 속에 몸을 내맡겨야 했다. 두려움이란 일시적 공포에서 올 뿐 시간이 지나면 익숙해지는 법이다.

주위에 안개가 자욱했지만 비트는 두렵지 않았다. 항상 바라보던 산에 안개가 자욱히 깔린 것뿐이라고 생각하자 그 다음에는 안개에 대한 두려움보다 소녀를 만날 수 없을지 모른다는 두려움이 더욱 커졌다.

'혹시나 하는 생각에 안개산의 정상을 향했는데 찾으려는 안개나라는 보이지 않고 두려움만 밀려온단 말인가.'

비트는 마음을 가다듬고 발걸음을 재촉했다. 밝은 빛을 쫓으며 숨가쁘게 달려왔던 지난날을 생각하면, 안개 속을 걸어가는 것은 그리 빠른 게 아니었다. 한참을 걸었을까, 어디선가 향기가 흘러나왔다. 비트는 냄새를 맡으려고 안개를 더듬어보았다. 아주 오래 전 어디선가 이 낯익은 향기로 삶의 내음을 맡은 적이 있었다. 비트는 혹시 소녀가 말한 적 있는 장미정원이 아닐까 생각했다. 소녀를 만났을 당시 아침이라는 시간과 장미정원이라는 두 개의 고리가 소녀와의 숙명적 이별을 재촉했다고 생각하자 그녀를 만나고 싶다는 기대감은 더욱 간절해졌다.

비트가 빠르게 발걸음을 옮기는 동안, 주위는 붉은 기운으로 가득 찼다. 그는 바위가 말한 붉은 기운이 자신의 주위를 감싸자 두려웠다. 비트가 살고 있는 이상한나라에서는 붉은색은 열정을 상징하며 사랑의 뜻을 담고 있었다. 그러나 안개와 함께 뒤덮여 피어오르는 붉은 기운은 사랑의 열정보다는 두려움의 상징처럼 느껴졌다. 인간에게 붉은 피는 삶을 상징했다. 육체에 피가 순환함으로써 인간은 살아간다. 그리고 육체에서 피의 순환이 멈추면 인간의 육체는 영혼과 함께 사라진다. 붉은색은 사랑과 삶의 열정을 상징하기도 했지만, 증오와 죽음을 뜻하기도 했다.

붉은 기운은 더욱 커다란 원을 그리며 비트를 감싸왔다. 붉은 덩어리의 기운이 너무 커, 끝이 어디까지인지 가늠할 수 없었다. 비트는 붉은 기운이 그를 덮치면 어떡하나 걱정되었다. 깊은 산속에서 사나운 늑대 무리들이 그를 위협하더라도 이보다 두렵지는 않을 것 같았다.

붉은 기운은 안개의 이슬 속에서 더욱 성장하고 커졌다. 안개는 그들의 가느다란 몸을 통해 세상을 감싸고 시간마저 잠재웠다. 시간을 잠재우는 것은 두려움을 잠재우는 것이었다. 붉은 기운에서 느껴지는 두려움이 엄습했지만 그 두려움은 안개 속에선 영원할 수 없었다. 비트가 붉은 기운을 뚫고 한참을 걸어가자 지금까지의 안개보다 더 짙은 안개가 마치 시골집 굴뚝에서 흰 연기를 내뿜

듯 뿜어져나왔다. 비트는 어디선가 본 듯한 낯익은 형체에 이끌려 발걸음을 재촉했다. 그가 도착한 곳은 안개가 생성되어 나오는 우물이었다! 처음 목이 말라 우물을 찾았을 때도 우물과 대지의 경계는 불분명했다. 붉은 기운의 중심에 위치한 우물 또한 안개를 만들어내고 있어 정확히 어디에 있는지 그 경계를 알 수 없었다. 비트는 그가 안개나라에 들어와 있음을 확신할 수 있었다.

"안개나라!"

비트는 마음속의 기쁨을 자신의 음성을 통해 확인하고 싶었다. 예전처럼 우물가에 앉아 있으면, 소녀가 다가와 자신에게 말을 걸어줄 거라 생각했다. 하지만 한참을 기다려도 소녀는 오지 않았다. 소녀뿐 아니라 살아 있는 그 어떤 것의 미세한 소리도 들려오지 않았다. 비트는 지친 몸을 우물가에 기대었다. 소녀를 만나고 싶다는 커다란 희망이 우물가에서 실현되지 않자 순식간에 절망에 빠져들었다. 그러다 우물가에 기대앉아 스르르 잠이 들고 말았다. 잠은 육체의 피곤함을 달래줄 수 있는 유일한 휴식이었다. 붉은 기운의 소용돌이 속에서 비트는 흔적 없는 잠에 빠져 시간의 흐름도 잊고 있었다.

얼마나 흘렀을까. 잠에서 깨어났지만 역시 소녀와의 만남은 이루어지지 않았다. 비트는 그저 이상한나라가 그리워졌다. 안개나라는 그에게 너무나 신비한 나라였다. 모든 것이 불투명하여 어느 것 하나 분명한 실체를 찾을 수 없었다. 비트는 붉은 기운의 중심에서 자신이 걸어온 길을 다시 찾으려 애썼다. 그러나 그가 지나온 길은 이미 붉은 기운으로 꽉 들어차 있었다.

비트는 우물을 벗어나려고 발걸음을 옮겼다. 그런데 그가 발걸음을 옮길 때마다 붉은 기운들은 그의 발자국에 밟히기라도 한 듯, 힘들어하는 것 같았다. 붉은 기운도, 비트가 산을 오르며 무심코 밟으려 했던 개미들과 같은 생명을 가졌단 말인가? 주위를 둘러싼 붉은 기운에서 벗어나기 위해 그는 숨가쁘게 발걸음을 옮겼다. 그러나 옮기는 발걸음의 속도가 아무리 빨라도 붉은 기운이 맴도는 광활한 대지를 벗어날 수는 없었다. 비트는 두려웠다. 붉은 기운이 두려웠고, 무엇보다 혼자됨이 두려웠다. 소녀에 대한 아득한 희망마저 사라진 이곳에서 그는 바위의 말을 듣지 않은 것을 후회하고 또 후회했다. 인간의 삶은 언제나 후회를 동반하듯 비트도 후회로 가득한 지금의 현실과 마주하고 있었다.

한참을 달려도 벗어날 수 없는 붉은 기운의 주변을 누군가 따라오는 느낌을 받았다. 비트는 외쳤다.

"도와주세요!"

그의 목소리는 안개에 반사되어 메아리로 돌아왔다. 비트는 다가오는 형체가 혹시 사람이 아니면 어떡하나 가슴이 철렁했다. 붉은 기운이 소용돌이치듯 비트의 몸을 감쌌다. 비트는 또다시 외쳤다.

"도와주세요!"

이 소리가 끝나기가 무섭게 알 수 없는 형체 속에서 "무슨 일이야?" 하는 목소리가 들려왔다. 순간 소녀가 그에게 다가오고 있음을 직감적으로 알았다. 소녀는 비트를 보면서 "안녕!" 하고 인사를 했다. 그는 두려움과 싸워야 했던 시간들이 일순간 사라짐을 느꼈다. 그녀는 비트를 향해 말을 던졌다.

"무엇이 두렵니?"

소녀의 말에 비트의 얼굴이 붉어졌다. 정작 무엇 때문에 자신이 그토록 두려워했는지 알 수 없었다. 산을 오르며 안개를 만나게 되었고 어려운 고비를 넘기며 산 정상에서 붉은 기운이 자신을 휘감았다는 것을 제외하고는 그 어떤 위협도 그에게 없었다. 그런데 소녀에게 두려움과 싸우며 어떻게 시간을 보냈는지 대답할 수 없었다. 두려움이란 현실로 다가오기보다 소리 없는 적막을 통해 늘 마음속에 자리하기 때문이었다. 비트는 자신이 느꼈던 모든 두려움이 그의 마음속에서 시작되었으며, 두려운 마음이 더 큰 두려움을 몰고 온다는 점을 알게 되었다.

　소녀는 비트를 향해 다가오라고 손짓했다. 그는 소녀 곁으로 다가갔다. 소녀는 비트의 손을 잡고 걸었다. 소녀의 손에서 따스함이 전해왔다. 비트의 가슴은 붉은 기운과 함께 뛰어올랐다. 조금 전까지만 해도 두려움의 대상이었던 붉은 기운이 가슴에 뜨겁게 타오르고 있음을 느낄 수 있었다.

　소녀의 손에 이끌려 한참을 걸었다. 얼마의 시간이 흘렀을까. 소녀는 비트를 조그마한 집으로 데리고 들어갔다. 집 안에는 지난번 소녀를 찾다 다리 밑에서 만난 소녀의 동생이 커다란 의자에 몸을 기대고 잠들어 있었다. 소년은 두 사람의 인기척에 놀라 잠에서 깨어났다. 소녀는 비트에게 의자를 내주면서 앉으라고 말했다. 비트는 소녀가 권한 의자에 앉았다. 모든 것이 일상으로 돌아온 느낌이었다. 비트는 이상한나라에서 바쁜 하루 일과를 마치면 항상 자기 방으로 들어가 의자에 앉아서 하루를 반성하는 버릇이 있었다. 지금 그는 의자에 앉아 하루 동안 일어난 많은 일들을 생각했다. 바람과 구름과 바위의 만남, 바위에게 들은 세 사람의 이야기, 그리고 붉은 기운이 감도는 안개나라. 비트가 짧은 시간을 통해 다가온 모든 일을 머릿속으로 되새기고 있을 때 소녀가 말을 걸어왔다.

"오면서 장미정원을 보았니?"

비트는 소녀의 말이 무슨 뜻인지 몰랐다.

"장미정원?"

비트가 소녀에게 물었다. 그러고 보니 비트를 두려움에 떨게 했던 붉은 기운은 안개 속에 가려져 정확한 형태를 알 수 없었다. 그러다 보니 단순히 붉은 기운일 것이라고 생각하게 되었던 것이다. 그런데 소녀의 질문을 받고 보니 그 붉은 기운의 정체가 장미정원이었음을 비로소 알 수 있었다. 소녀는 그에게 장미정원 이야기를 들려주었다.

"지난번 내가 말해주었던 안개나라 이전의 동방나라를 기억하니?"

소녀가 비트에게 물었다.

"물론!"

비트는 짤막하게 대답했다. 비트는 처음 소녀와 만나서 다리 밑에서 하룻밤을 지새우며 나누었던 안개나라의 형성과정을 기억해냈다. 소녀는 장미정원이 생겨난 이유를 설명했다.

"안개나라의 장미정원은 너무 붉어서 사랑의 신처럼 세상을 아름답게 만들었단다. 사람들은 동방나라의 장미정원을 보기 위해 하루에도 수천 명씩 방문하여 장미꽃의 아름다움에 취하곤 했어. 사람들은 장미정원에 와서 서로 입맞춤만 하여도 사랑이 싹트고 그들의 사랑이 이루어진다고 믿고 있었지. 그래서 사

람들은 장미정원을 사랑의 정원이라고 말하기도 하였단다."

소녀는 창밖에 가득 찬 붉은 기운을 보면서 장미정원의 아름다움을 되새겼다.

"동방나라의 장미는 너무 붉어서 보는 사람마다 모두 장미에 반해버렸지. 장미는 아름다울 뿐 아니라 사랑의 마술사처럼 그 도도한 자태가 얼마나 멋진지 몰라! 사람들은 장미의 그 자태를 확인하려다 장미 가시에 손이 찔려도 아픔을 느낄 수 없었어. 동방나라 사람들은 장미정원을 가지고 있다는 것만으로도 자부심이 대단했지. 그런데 동방나라에 말할 수 없이 큰 고난이 닥쳐왔단다."

옛일을 떠올리는 소녀의 얼굴에 슬픈 표정이 묻어나왔다. 소녀는 말을 이어나갔다.

"인근의 많은 나라들은 동방나라의 장미정원을 탐냈어. 동방나라 사람들의 순수한 마음씨가 장미정원에서 생겨난다는 사실을 그들은 알고 있었지. 동방나라 사람들은 다른 나라 사람들의 마음도 자신들처럼 순수하리라 믿고 있었지. 할아버지는 모든 사람을 선하게 만드셨으니까. 그러나 할아버지가 만든 사람의 본성에 동물적 야성이 숨어 있음을 동방나라 사람들은 모르고 있었어. 그들은 너무 순진해서 자기 마음이 타인의 마음과 같다고 믿었지. 그런데 세상엔 참 이상한 파동이 존재하나봐."

소녀는 동방나라에 닥쳐온 불운을 떠올리는 것 같았다. 비트는 소녀의 말을 들으면서 소녀에게 그녀의 부모가 따뜻한 마음씨를 물려주었다는 생각이 들었다. 소녀는 계속 말을 이었다.

"동방나라의 행복을 하늘이 질투했을까? 불행은 내부에서 시작되었어. 외부의 적보다 내부에서 싹트는 적이 더 무서운 거야. 동방나라의 장미정원은 세 명의 사기꾼에 의해 도난당하고 말았지. 그들은 사람들을 선동하는 재주가 뛰어났나봐. 순수한 동방나라 사람들을 선동하기 시작했지. 장미 한 송이를 따오면 부자가 될 수 있다고."

소녀의 말을 듣고 있는 동안 비트는 이상한나라를 잠깐 떠올렸다. 이상한나라에도 소녀가 사는 동방나라처럼 소유욕이 많은 사람들이 살고 있다는 생각이 들었다.

"그들은 사람들에게 말했어. 장미 한 송이를 가져오면 한 달을 아무것도 하지 않고도 먹고살 수 있게 해준다고. 동방나라 사람들은 그들의 선전에 속아넘어가고 말았지. 너무 순수했기에. 사람들은 동방나라의 장미정원이 아주 크기 때문에 자신이 한 송이를 가져가는 것에 조금의 죄의식도 느끼지 않았어."

비트는 이상한나라에서도 사람들이 아름다운 꽃을 보면 쉽게 꺾어 자신의 것으로 만들어버리는 것을 자주 보았기에, 동방나라 사람들의 행동이 그리 나쁘게 생각되지 않았다. 소녀는 비트를 향해 물었다.

"장미 한 송이의 소중함을 알고 있니?"

전혀 예기치 않는 질문에 당황한 나머지 비트는 답을 할 수 없었다. 소녀는 비트를 향해 말했다.

"장미 한 송이는 장미의 전부야!"

비트는 그녀의 말에서 약간의 모순을 느꼈다. 사람들이 예뻐서 꺾는 장미 한 송이가 어떻게 장미의 전부란 말인가. 여전히 소녀의 말을 이해하지 못하는 가운데, 그녀의 말은 계속 이어졌다.

"동방나라에는 장미의 수보다 더 많은 사람들이 살고 있었어. 그들이 보기에 한 송이의 장미는 장미정원의 장미에 비하면 아무것도 아니었지. 그러나 장미정원의 모든 장미는 동방나라 사람들의 수보다는 적었어. 세 명의 사기꾼은 동방나라 사람들에게 장미정원의 장미 한 송이를 꺾는 것은 아무 문제가 없는 것처럼 말했지.

사실, 장미정원은 한 사람의 눈으로 바라보면 너무나 큰 정원이었고 셀 수 없이 많은 장미가 자라고 있었어. 그렇기에 동방나라 사람들은 세 명의 사기꾼이 선전한 한 달치 식량을 타기 위해 한 송이의 장미를 아무 생각 없이 꺾어버렸던 거야. 한 사람에겐 하나의 장미지만, 열 사람에겐 열 개의 장미이고, 동방나라 사람들 전부에겐 그들의 수를 채울 수 없는 장미였어. 그들이 꺾어 가져간 장미는 장미정원의 모든 장미였지."

소녀의 말을 들은 비트는 왜 소녀가 한 송이의 장미가 장미정원의 전부라고 말하는지 이제야 알 것 같았다. 비트는 소녀에게 물었다.

"그렇게 중요한 장미정원을 왜 국가에서 관리하지 않았니?"

"국가?" 하고 소녀가 말했다.

소녀는 한참을 생각하더니 비트에게 물었다.

"넌 국가가 뭐라고 생각하니?"

비트는 잠시, 국가에 대해 생각했다. 소녀가 먼저 말했다.

"국가란 서로의 행복을 위해 함께 타는 배와 같아. 바다에서 풍랑을 만나도 배에 있는 사람들은 자신들의 생명이 배와 함께하기 때문에 배를 지키려고 목숨을 바치지. 그래서 배를 국가라고 말할 수 있어. 동방나라 사람들은 모두 애국심이 투철하여 국가가 부르면 언제든지 달려가 국가를 위해 목숨을 바칠 준비가 되어 있었어."

소녀의 말에 비트는 동방나라 사람들이 얼마나 국가를 사랑했는지 알 수 있었다. 소녀는 동방나라 사람들의 국가 사랑이 모두 장미정원에서 나왔다고 했다. 소녀의 말은 계속되었다.

"그러나 이러한 애국심을 가졌던 동방나라 사람들도 장미 한 송이의 소중함은 몰랐던 거야. 자기 하나가 꺾어간 장미 한 송이가 장미정원의 전부라는 걸 아무도 인식하지 못했기 때문이지. 단 세 명의 사기꾼 말고는!"

소녀가 세 명의 사기꾼에 대해 다시 언급하자 순간, 비트는 산을 오르다 만난 바위의 비밀스러운 이야기가 떠올랐다. 이상한나라의 세 명의 사기꾼도 이상한나라를 안개나라에 팔아먹을 계획을 짜고 있다고 했다. 비트는 두려웠다. 그의 나라에서도 소중한 어떤 것을 다른 사람들이 모르는 사이 짓밟는다면 동방나라와 같은 어리석음을 범할 것이 분명하기 때문이다.

마음속으로 비트는 굳게 다짐했다. 만약 이상한나라에 돌아가서 이러한 징후가 조금이라도 보이면 이 사실을 사람들에게 알려 동방나라 사람들이 장미정원에 범한 실수를 막아야 한다고. 비트가 이런 생각을 하고 있는 사이 소녀는 그를 잠시 바라보더니, 계속 말을 이어갔다.

"사람들이 장미 한 송이씩을 꺾어가고 난 다음날 동방나라엔 암흑의 그림자가 덮쳐왔지."

무엇 때문에 동방나라가 혹독한 고통 속으로 빠져들었는지 궁금한 비트는 소녀의 입에서 다음에 어떤 말이 나올지 기다려졌다. 소녀는 한참 동안 기억을 떠올리고는 말을 이었다.

"여느 때와 마찬가지로 아침이 밝아오면서 동방나라 사람들은 집을 나와 장미정원을 찾기 시작했지. 그런데 장미정원에 모여든 사람들 모두는 입을 다물고 말았어."

"왜?" 재촉하듯 비트가 물었다.

"왜냐구? 동방나라 사람들이 아침에 일어나 장미정원을 방문했을 때 모든 장미가 뿌리째 뽑혀 사라진 거야. 장미정원에는 장미 한 송이도 남아 있지 않았지. 사람들은 그제야 자신들이 얼마나 어리석었는지 알게 되었어. 그러나 이미 너무 늦었지. 사람들은 그 자리에 주저앉아 땅을 치며 후회했어. 이들의 후회는 국가를 잃는 슬픔보다 더 컸을 거야. 장미가 뽑힌 자리엔 장미의 향기마저 사라져버렸어. 이러한 일을 꾸민 세 명의 사기꾼은 장미정원을 팔아먹을 생각만 했지, 자신도 같이 팔려간다는 사실을 모르는 멍청이였어. 결국 이들이 꾸며낸 계획이 커다란 사건을 만들어낸 거야."

소녀는 약간 흥분된 목소리로 말했다.

"그날 이후 동방나라는 희망 없는 삶을 살아갈 수밖에 없었어. 동방나라 사람들은 장미정원이 없는 현실을 잊기 위해 세상의 모든 재물을 영혼과 바꿔버릴 수밖에 없었지. 이후 동방나라는 걷잡을 수 없는 혼란의 세월을 보내야 했어. 그리고 장미정원을 잃은 아픔보다 더 큰 아픔이 다가오리란 것을 아무도 몰랐지. 안개나라에 붉은 기운이 도는 것도 장미의 영혼이 생명을 되찾기 위한 기다림의 몸부림이라 할 수 있지. 그들은 장미정원을 되찾겠다는 마지막 희망을 안고 살아가고 있는 거야."

소녀의 말을 듣고 있노라니, 창밖에 감도는 붉은 기운들의 아픈 상처가 비트의 가슴속으로 파고들었다. 동방나라의 장미정원이 안개나라의 붉은 기운으로 왜 바뀌게 되었는지 이유를 알 것 같았다. 하지만 동방나라가 안개나라로 변한 이유에 대해선 아직 듣지 못했다. 비트는 조심스럽게 소녀에게 물어보았다.

"혹시…… 동방나라가 안개나라로 변한 이유에 대해서 알고 있니?"

소녀는 비트의 말에 잠시 동안 눈을 감고 생각에 잠겼다. 첫 만남 때 그에게 이야기해주었지만, 동방나라가 안개나라로 변하기까지 얼마나 많은 고통의 시간이 뒤따랐는지 생각지 않을 수 없었다. 소녀는 비트를 바라보며 말했다.

"아마 시간이 조금 필요할 거야."

그리고 소녀는 말이 없었다. 비트와 소녀가 이야기를 나누는 동안 옆에 있던 소녀의 동생은 아무 말 없이 창밖만 바라보고 있었다. 들을 수 없는 아픔보다 말할 수 없는 침묵의 무게가 더욱 크게 느껴지는 시간이 흘러갔다. 소녀는 가야 할 시간이 왔는지 자리에서 일어났다. 소녀의 동생도 평소 들고 다니던 악기를 집어 들었다. 문을 열자 차가운 공기와 함께 안개가 집 안으로 스며들었다. 집 밖에는 생의 영혼을 잃은 붉은 기운들이 소리 없는 흐느낌을 뿜어내고 있었다. 소녀와 비트는 안개 속을 걸어갔다. 안개 자욱한 산을 내려와 처음 만났던 우물 앞에 마주 섰다.

"가야 할 시간이야."

소녀가 비트에게 말했다.

"가야 하니?"

"그래, 만남은 헤어짐을 약속하고 시작하잖아."

"하지만 너에게 하고 싶은 말이 많아. 듣고 싶은 말도 많고. 조금만 더 있다 가면 안 될까?"

비트가 말했다.

"미안해. 하지만 우리는 또 만나게 될 거야."

소녀는 비트와 다시 만날 수 있다는 가능성만 남겨두고 잡고 있던 그의 손을 살며시 놓았다. 눈앞에 있던 소녀와 동생은 안개가 사라짐과 동시에 비트의 시야에서 사라졌다. 헤어짐의 슬픔을 담은 그의 발걸음이 이상한나라의 대지로 향했다. 말없는 발걸음만이 도시의 그림자를 쫓고 있었다.

물을 사려는 사람들

커튼 사이를 비집고 들어온 빛은 비트의 아침을 깨우기에 충분했다. 침대에서 일어나 잠자리를 벗어나기 전 아침은, 산을 오른 일과 바람, 구름, 바위와의 만남을 기억하기엔 너무 빠른 시작이었다. 상체를 일으켰던 비트는 다시 침대에 누워 소녀와의 기억을 더듬었다. 소녀의 부모가 사랑했던 안개나라! 비트는 장미의 영혼이 붉은 물결을 이루며 아침안개와 함께 사라진 일들을 떠올렸다. 비트의 영혼은 찾아가는 시간속에 존재하는 게 아니라 기다림에서 오는 끝없는 떨림 같았다.

이상한나라 일상이 예전 같지 않았다. 거리를 거니는 사람들의 발걸음이 예전보다 빨라졌다는 것을 느낄 수 있었다. 거리의 일상이 시간의 속도보다 더 빠르게 변화해갔다. 예전에 맞이했던 아침은 따스한 햇살이 중천까지 가는 데 한나절이 걸렸다. 그런데 지금은 태양이 중천을 지나면 내일을 기약하듯 빠르게 서산을 넘으려 했다. 비트가 산을 넘기 위해 달렸던 시간의 속도를 더욱 빠르게 만들었다. 사람들의 발걸음이 빨라지니 생각도 빨라지는 것 같았다. 이상한나라 사람들은 서로의 이야기를 들을 시간이 없었다. 그들의 귀는 또 다른 소리에 취해 있었다.

  도심의 거리는 알 수 없는 기운이 감돌았다. 비트는 지나가는 사람들을 붙잡고 무슨 일이냐고 물었다. 그런데 그의 말에 대답해주는 사람이 아무도 없었다. 비트는 사람들이 변해가는 데는 뭔가 이유가 있을 거라고 생각했다. 하지만 모두들 자신의 시간에 쫓기어 아무도 그에게 관심을 갖지 않았다. 비트가 걸어가고 있는 길옆으로 소방차가 사이렌 소리를 내며 빠르게 달려갔다. 사람들의 손에는 뭔가를 담은 커다란 가방이 들려 있었다. 이상한나라의 도시는 비트의 일상을 넘어 정말 빠른 속도로 질주하고 있었다. 빛이 그림자를 쫓는지, 그림자가 빛을 쫓는지 모를 일상이 비트의 눈앞에 다가오고 있었다. 비트가 안개나라에 다녀온 동안 이상한나라의 일상은 너무 많이 변해 있었다.

  도시의 일상에서 한나절을 보낸 비트는 다리가 아팠고 피곤하고 허기졌다. 주변을 둘러보니 조그마한 식당이 있었다. 비트는 발걸음을 옮겨 식당으로 향했다. 식당 앞에는 많은 사람들이 줄 서 있었다. 그 사람들은 손에 뭔가 가득 담긴 커다란 가방을 들고 있었다. 조금 전 도심에서 사람들이 큰 가방을 들고 다니던 모습과 똑같았다. 게다가 그들은 무엇인가를 찾으려고 혈안이 되어 있었다. 비트는 사람들이 식당에 들어가려고 기다리는 줄에 합류했다. 줄 선 사람들은 서로의 얼굴을 보면서 대화를 나누고 있었다. 비트는 이들이 무슨 이야기를 하나 가만히 귀를 기울였다. 비트 앞에 있던 뚱뚱한 사내가 말했다.

"많이들 모았니?"

"그럼, 나는 두 통 모았어."

한쪽 다리에 붕대를 감은 옆의 남자가 말했다. 다리가 불편해 보이긴 했지만, 그의 온몸엔 무언가 열심히 모으기 위해 뛰어다닌 흔적이 역력했다. 비트는 궁금했다. 이렇게 많은 사람들이 커다란 가방을 들고 다니며 대체 무엇을 모으고 있는 것일까. 비트는 다시 어른들의 대화에 귀를 기울였다.

"사람들이 우리가 모아야 할 것까지 가지고 가버린 것 같아!"

홀쭉한 사내가 말했다. 비트는 이들의 말 속에서 뭔가 중요한 일이 벌어지고 있음을 감지했다. 옆에서 듣고 있던 또 다른 사내도 비슷한 얘기를 했다.

"우리는 하루 종일 돌아다녀도 한 통밖에 못 모았는걸."

뚱뚱한 사내는 자신이 열 통을 모았다고 자랑했다.

"너희들은 방향을 잘못 잡고 있는 거야. 그래서 한 통 이상을 모을 수가 없는 거지."

뚱뚱한 사내는 자랑하듯 말했다. 옆에 있는 사람들이 이구동성으로 물었다.

"방법이 있니? 조금만 가르쳐줘!"

뚱뚱한 사내는 헛기침을 하며 사람들을 둘러보았다. 그러다 비트를 발견하고는 약간 멈칫했다. 사내는 사람들에게 말을 해줄 수 없다고 말했다. 사람들이 웅성거리기 시작했다. 뚱뚱한 사내는 이들의 숨소리에 위압감을 느꼈는지 이렇게 말했다.

"알았어요, 알았어! 당신들은 모두들 한곳에서 그것을 찾으려 하기 때문에 한 통 이상을 구하지 못한 거요. 그것을 찾기 위해 땅만 바라보았던 거죠. 나도 한때는 땅을 보며 원망을 많이 했어요. 하지만 오랜 투쟁 속에서 나는 그것이 어디에 생명을 두고 있는지 알게 됐어요. 이제 그곳에서 내가 원하는 수량을 구할 수 있게 되었어요. 여러분들은 그곳이 어디인지 아시나요?"

뚱뚱한 사내의 질문에 모여든 모든 사람들이 대답했다.

"아니요!"

군중들의 호기심이 더욱 고조되었다. 뚱뚱한 사내는 자기가 알고 있는 비밀을 남에게 그냥 이야기할 수 없다고 말했다. 자신의 비밀을 들으면 매일 한 통에서 자기처럼 열 통을 모을 수 있기 때문에, 얘기를 듣는 대가로 가지고 있던 한 통씩을 자신에게 주어야 한다고 했다. 이야기를 듣고 있던 사람들은 서로 소곤소곤 따지기 시작했다.

"하루 곱하기 한 통은 한 통(하루×한 통=한 통)."

"한 통 빼기 하루는 영 통, 영 통 곱하기 열 통은 영 통(한 통-하루=영 통×열 통=영 통)."

비트가 보기에 이들의 계산 방법은 터무니없었다. 그 사이 군중들이 화를 내기 시작했다.

"저 뚱뚱이가 우리를 현혹시켜 우리가 가진 한 통마저 빼앗으려 한다!"

한 사람이 외쳤다. 옆에 있던 사람들도 덩달아 외쳤다.

"저놈을 죽여서 저놈 것을 나눠 갖자!"

군중들의 분위기가 갈수록 험악해졌다. 뚱뚱한 사내는 분위기를 눈치 채고는 옆에 있는 부서진 나무의자로 올라가 큰 소리로 말했다.

"여러분 계산이 잘못되었어요!"

뚱뚱한 사내는 사람들이 하나도 없는 상태에서 어떻게 열 통을 가지느냐의 문제를 산술적으로 계산했기에 그러한 결론에 도달했다는 것이다.

"여러분이 오늘 제 이야기를 듣고 그 대가로 나에게 한 통을 준다고 합시다. 물론, 여러분의 가방에 있는 한 통마저 줘버리는 것이 아쉬울 수 있습니다. 하지만 여러분은 제 이야기를 통해 열 통을 만들 수 있는 방법을 알게 되었습니다. 한 통을 잃었지만 열 통을 만들 수 있게 된 거죠. 즉 다음과 같은 계산이 나옵니다. 열 통 빼기 한 통은 아홉 통(열 통 - 한 통 = 아홉 통)."

뚱뚱한 사내는 자신의 계산법으로 사람들을 설득했다. 주위 사람들은 자신의 손가락을 열심히 접었다 폈다 하면서 계산해보았다. 모여든 모든 사람들의 열 손가락 중 아홉 손가락은 접혀 있었다. 사람들은 일제히 말했다.

"저 사람의 계산이 맞아!"

"그래, 우리 모두 저 사람에게 한 통씩 주고 아홉 통씩 가질 수 있는 방법을 배웁시다. 생각해봐요! 오늘 하루 한 통을 주고 매일매일 아홉 통씩 더 모을 수 있다면, 우리는 얼마 가지 않아 큰 부자가 될 겁니다."

똑똑한 체하는 남자가 말했다. 사람들의 의견이 하나로 모아졌다. 비트는 이들이 무엇을 주고 무엇을 받겠다는 건지 도대체 알 수가 없었다. 비트가 궁금해하는 사이 사람들은 각자의 가방에서 소중한 보물을 꺼내듯 통 하나씩을 꺼내 들었다. 이 장면을 보고 비트는 깜짝 놀라지 않을 수 없었다. 투명한 통 속에 들어 있는 건 비트가 일상에서 마시는 물이었다. 뚱뚱한 사내는 사람들 틈을 헤집고 다니며 물 한 통씩을 받아 챙겼다. 그리고 사람들에게 말했다.

"자 여러분! 이제 제가 방법을 알려 드리겠습니다."

뚱뚱한 사내는 손가락으로 군중들의 뒤쪽을 가리켰다. 그곳은 바로 군중들의 뒤에 버티고 있는 산이었다. 사람들은 산을 보면서 말했다.

"뭐야, 장난치는 거야?"

군중들은 떠들기 시작했다. 뭔가 우롱당하다고 있다고 생각한 것 같았다. 사람들 분위기가 심상치 않았다. 그들은 주먹을 움켜쥐고 뚱뚱한 사내에게 험악한 말을 해대기 시작했다. 그런데도 뚱뚱한 사내는 웃으며 말했다.

"여러분, 잠깐만 기다려봐요! 저 산으로 가면 수많은 나무들이 있지요. 여러분은 나무가 무엇을 먹고 산다고 생각하시나요?"

뚱뚱한 사내의 질문에 똑똑한 체하는 사내가 대답했다.

"물, 물이요!"

뚱뚱한 사내는 신이 나서 말했다.

"맞습니다. 여러분! 산에 가면 수많은 나무들 속에 물이 담겨 있어요. 여러분은 나무에 호스를 꽂고 기다리기만 하면, 하루에 열 통 이상의 물을 받아낼 수 있지요."

식당 앞에 줄 서 있던 사람들은 뚱뚱한 사람의 말을 듣고 고개를 끄덕이더니 쏜살같이 산을 향해 달려갔다.

비트는 사람들을 이해할 수 없었다. 우물가에 가면 공짜로 얻을 수 있는 물인데, 무엇이 중요하길래 어른들이 그토록 야단법석인지 알 수가 없었다. 너무 궁금한 나머지, 비트는 산을 향해 달려가는 한 사내를 붙잡고 물었다.

"이 물통을 모아서 어디에 쓰려는 거예요?"

사내는 가만히 그를 쳐다보더니 이렇게 말했다.

"너 같은 꼬마는 몰라도 돼!"

사내는 다시 달려갈 태세였다. 비트는 궁금해서 견딜 수가 없었다. 달려가려는 사내의 옷소매를 붙잡고 물었다. 사내는 귀찮은 듯 말했다.

"궁금하면 광장 앞에 가봐."

비트에게는 식당에서 허기를 채우는 것보다 지금 어른들이 뭔가 모를 혼란에 빠져 있는 이유를 아는 것이 더 중요했다. 그 즉시 시간의 수레바퀴를 타고 광장 앞으로 달렸다. 시간의 속도는 그의 마음을 읽었는지 어느 때보다 빨리 달려주었다. 전속력으로 달리고 있는 비트의 시야에, 길가를 지나다니는 사람들이 일제히 식당 앞에서 본 커다란 가방을 들고 이리저리 기웃거리고 있는 모습이 들어왔다. 걸어가는 사람들뿐만 아니라 승용차를 타고 있는 사람, 버스를 타고 있는 사람, 자전거를 타고 가는 사람, 누구나 할 것 없이 그들의 가방 속에 물통이 들어 있었다.

한참을 달려 비트는 광장 앞에 도착했다. 광장 앞에는 이미 수많은 사람들이 모여 있었다. 그들의 손에도 커다란 가방과 물통들이 가득 쥐어 있었다. 이들의 틈에서 저 멀리 어떤 사람들의 고함 소리가 들려왔다. 비트는 소리 나는 곳을 찾아 사람들을 비집고 들어갔다. 많은 사람들 틈을 뚫고 들어가자 그 앞에서 멋지게 차려입은 신사들이 마이크를 잡고 사람들에게 홍보를 하고 있었다. 상황을 알지 못하는 비트에겐 지금의 모습이 콘서트 무대처럼 보였다. 그들은 신나는 음악을 틀어놓고 이상한나라 사람들에게 마이크를 통해 말하고 있었다.

"여러분! 물 한 통을 가져오면 둥지 하나를 살 수 있는 돈을 드리겠습니다. 여러분은 물만 가져오세요. 우리는 여러분에게 모든 것을 살 수 있는 돈을 드리겠습니다. 여러분 중 더 많은 것을 갖고 싶다면 물을 더 많이 가져오세요. 여러분은 물을 가져오고 우리는 돈을 드립니다."

마이크를 잡은 사내가 커다란 목소리로 달콤하게 떠들어댔다. 사람들은 그의 목소리에 빠져들었다. 사람들은 그들의 말에 신이 났는지 부산히 움직였다. 어떤 사람은 자기 혼자 감당할 수 없을 정도의 가방을 들고 와서는 옮길 것을 찾고 있었고, 어떤 사람들은 하루 종일 돌아다녀도 물 한 병 담아오지 못해 안절부절 못했다. 비트는 혼자 중얼거렸다.

"이상하다!"

"영혼을 파나봐."

비트의 목소리에 살며시 대답하는 소리가 있어 뒤돌아보니 그동안 만나지 못했던 그림자였다. 비트는 떨 듯이 반가웠다. 얼마 만에 만나는 것인가. 비트는 그림자를 껴안고 반가워서 껑충껑충 뛰었다. 그림자도 함께 뛰었다. 둘은 오랜만에 서로를 알아보았다. 사실 그림자는 항상 비트와 함께였다. 단지 비트가 세상나들이에 너무 재미를 느껴 앞만 보고 달리느라 자신의 친구를 알아보지 못했을 뿐이다. 비트가 그림자에게 물었다.

"그림자야. 너는 저들이 왜 저렇게 물을 팔고 사는지 아니?"

그림자는 비트의 질문에 걱정스러운 표정을 지으며 말했다.

"영혼을 파는 거야."

"영혼? 무슨 말이야? 물은 얼마든지 있고 저들은 물을 살 뿐이잖아."

그림자의 말을 못 알아듣겠다는 투로 비트가 말했다.

"물은 얼마든지 있지. 하지만 물도 물질이야."

물이 물질이라는 그림자의 말은 어쩌면 당연했다. 물은 이상한나라의 어디서든 쉽게 찾을 수 있고 쉽게 구할 수 있는 물질이었다. 또한 사람들은 물을 구하는 데 돈을 들이지 않아도 얼마든지 구할 수 있다고 믿고 있었다. 그러나 그림자는 비트가 사건의 본질을 못 알아듣고 있다고 판단했는지 계속 말을 이었다.

"저들은 물을 받아서 안개나라에 팔려는 거야!"

비트는 그림자의 말에 깜짝 놀라 뒤로 자빠질 뻔했다.

"안개나라?"

비트는 그림자가 어떻게 안개나라를 알고 있는지 궁금했다. 비트가 안개나라라는 말을 처음 들은 것은 소녀를 만나서였다. 그리고 또다시 안개나라라는 말을 듣게 된 것은 바위를 통해서가 전부인데, 그림자가 안개나라를 알고 있다니 놀라웠다.

"너도 안개나라를 알고 있니?"

비트가 그림자에게 물었다. 그림자는 싱긋 웃었다.

"그럼, 네가 알고 있는 전부가 바로 나야!"

비트는 그림자의 말에 다시 놀랐다.

"네가 나의 전부라고?"

그림자는 대답하지 않았다. 그림자는 비트가 자기와 함께 들은, 바위가 말한 세 사람의 이야기를 기억하지 못하고 있음을 눈치 채고 있었다. 그림자가 비트에게 말했다.

"너, 바위가 그때 털어놓았던 비밀 이야기, 기억하지 못하니?"

"바위의 비밀?"

그제야 비트는 산을 오른 기억과 산에서 만난 바람, 구름, 바위의 이야기가 생각났다.

"맞아, 바위에게서 비밀 이야기를 들었지."

그림자의 말에 대답을 하던 비트는 놀라 소리쳤다.

"그러면……"

"그래, 저들이 바로 그들인 것 같아."

비트는 그림자의 말이 믿겨지지 않았다. 그림자의 말대로 저들은 돈이 많았고, 말을 잘했다. 그렇다고 저들이 이상한나라를 안개나라에 팔아먹을 거라는 생각은 들지 않았다. 그들은 단순히 물을 사는 것이고, 물은 이상한나라에 얼마든지 있기 때문이었다. 그림자는 비트에게 설명이 필요하다고 생각했는지 하던 말을 계속했다.

"안개나라의 안개 생성은 우물을 통해 이루어져. 저들은 안개나라에 안개나라의 영혼과도 같은 물을 팔아서 자신들의 이익을 챙기려는 거야."

그림자의 말은 저들이 안개나라에 물을 팔기 위해 물을 사들이는 것이라고 했다. 그림자의 말대로 이 세상의 모든 물을 다 사들이겠다니, 저들의 어처구니없는 계획에 비트도 황당했다. 그림자는 이들의 계획이 사람들 모르게 철저한 비밀 속에서 세워졌다고 말했다. 이상한나라 사람들은 누구도 감히, 물 한 통에 세상이 바뀌리라는 것을 생각해내지 못했다. 저들의 계획이란 한 통의 물을 모아 호수를 만들고, 강을 만들며, 바다를 만들려는 것이었다. 이상한나라 사람들이 그들의 계획대로 따라만 주면 얼마 지나지 않아 이상한나라의 모든 물은 저들의 손에 들어갈 수밖에 없었다. 비트는 그림자의 이야기를 들으면서 그 계획이 우습기도 했지만, 한편으로는 무섭고 두려웠다. 순간 비트는 소녀가 말했던 안개나라의 장미정원이 생각났다.

"맞아!"

"뭐가?"

그림자가 물었다. 비트는 안개나라의 장미정원 이야기를 떠올리며 말했다.

"장미정원도 한 송이 장미 때문에 모든 장미정원이 사라져버렸거든. 저들도 물 한 병으로 이상한나라를 팔려는 거야!"

비트가 놀란 목소리로 말했다. 그림자는 비트가 이제야 자기 말을 알아듣는 것 같아 기뻤다. 그림자는 비트의 말에 동의하면서 말했다.

"그래, 저들은 세상의 모든 물을 다 사들일 생각인가봐. 저들이 계획을 실행에 옮긴다고 생각해봐. 이상한나라 사람들은 더 이상 팔 물이 없어지고, 그러면 어떻게 될까?"

"글쎄……."

비트는 그림자의 질문에 대답하지 못했다. 그러다가 조금 전 식당 앞에서 사람들이 산을 향해 몰려가던 모습을 떠올렸다. 갑자기 비트가 소리쳤다.

"저들이 산의 모든 나무에서 물을 빼내려나봐!"

"그래, 그들은 이상한나라의 모든 물을 빼내려 할 거야. 그곳이 어디이든 상관없이 말이야. 강에서 물을 퍼내고, 나무에서 물을 뽑아내고, 마지막에는 자신의 몸에서 피를 빼내지 않을까?"

비트는 그림자의 말에 소름이 끼쳤다.

'그림자의 말대로 저들이 물을 다 팔아버리면, 이상한나라 사람들은 어떻게 살아가지.' 그림자는 생각에 잠겨 있는 비트를 흔들어 깨웠다.

"정신 차려!"

비트는 그림자의 목소리에 정신을 가다듬었다. 그리고 저들의 음모를 세상에 알려야겠다고 결심했다. 그런데 이 사실을 어떻게 알린단 말인가. 비트는 광장에 모여든 사람들을 잡고 말했다.

"아저씨, 저들의 말에 속지 마세요. 저들은 우리 이상한나라를 팔아먹으려고 해요."

비트는 저들의 음모를 막아야 한다는 생각으로 사람들 사이를 뛰어다녔다. 그러나 비트의 말을 들어주는 사람은 아무도 없었다. 그들은 오히려 비트를 미친

아이로 취급했다.

"어린아이는 저리 가!"

"저 아이가 우리 삶을 망치려고 하나."

그들은 서로 자신들이 가진 물병을 팔기 위해 줄을 섰고, 물병을 판 사람들은 둥지 살 돈을 세면서 기뻐했다. 비트는 이들의 음모를 세상에 알릴 힘이 없었다. 그리고 세상사람들은 쉽게 구한 물을 돈과 바꿀 수 있다는 현실에 너무 행복해했다. 비트는 할아버지가 우리에게 주신 영원한 생명을 인간이 만들어놓은 종이와 맞바꾸는 모습을 보면서 인간이 얼마나 어리석은지 느꼈다. 머지않아 이상한나라도 안개나라처럼 되어버릴 것만 같았다.

비트는 그림자와 머리를 서로 맞대고 저들의 계획을 어떻게 막을 것인지 궁리해보았지만 별다른 방법이 없었다. 그러다 그림자가 좋은 생각이 떠올랐는지 비트에게 말했다.

"나에게 좋은 생각이 있어."

대안이 없던 비트는 그림자의 말이 너무나 고마웠다.

"그래, 어떤 방법이야?"

그림자는 자신의 계획을 비트에게 귓속말로 전했다.

"먼저 저들이 물을 다 모을 때까지 기다리는 거야."

"그러다 저들이 물을 다 모아서 안개나라로 가져가면 어떡하지?"

비트는 다시 물었다.

"걱정할 것 없어. 저들이 물을 옮기기 위해선 이상한나라 사람들의 도움이 필요할 거야. 생각해봐. 저 많은 물들을 어떻게 저들의 힘만으로 옮길 수 있겠니."

"맞아, 저들은 자신들의 힘만으로는 저렇게 많은 물을 다 옮기지 못할 거야."

비트는 그림자의 계획에 동의했다.

"사람들은 물이 자신들의 생명이라는 것을 아직 알아차리지 못할 거야. 그러나 시간이 지나면 차차 알게 될걸!"

그림자는 자신의 계획에 자신 있다는 듯 힘주어 말했다.

"그럼, 구체적인 계획은 뭔데?"

비트가 물었다.

"우리는 저들이 가져가려는 물을 이상한나라에 하루 동안만 머물게 하면 돼."

"왜 하루인데?"

비트는 물었다.

"왜냐구? 사람들이 물 없이 하루도 살 수 없다는 것을 깨닫는 순간, 저들이 무슨 음모를 꾸미는 자들인지, 자신들의 생명에 얼마나 위협적인 존재인지 알게 될 거야."

비트는 그림자의 계획을 이해할 수 있었다. 사람들은 물의 소중함을 모르고 살아왔다. 자연이 제공하는 많은 것들을 당연한 것으로 받아들여왔기 때문이다. 사람들은 자연의 모든 것 중 하나만 없어져도 인간 생명을 위협한다는 사실을 망각하고 있었다. 비트는 그림자의 말에 동의하면서 구체적 계획에 들어갈 방법을 논의했다.

"우리는 저들이 물을 싣고 나가는 길을 유인하는 거야."

"어떻게?"

"안개가 필요하겠지."

"안개!"

비트는 이상한나라의 모든 물을 안개나라에 팔아버리려 하는 저들에게 안개를 제공하려 한다니, 그림자의 계획이 이상해 보였다. 그림자는 비트의 얼굴에서 그가 자신의 계획에 반신반의하고 있음을 헤아릴 수 있었다.

"비트야, 걱정할 것 없어. 안개는 저들을 유인하는 술책일 뿐이야. 저들은 안개 속에서 길을 찾을 수 없을 거야. 저들이 물을 싣고 길을 떠나면, 우리가 저들을 안개의 길목으로 안내하자. 그리고 그들이 도착하기 전에 우리가 미리 그 길목의 안개나라로 가는 팻말을 우리가 원하는 방향으로 돌려놓는 거야. 저들은 안개 속에서 안개나라로 들어섰을 거라고 믿고 우리가 세운 팻말만 보고 따라가겠지. 이처럼 저들이 길을 잃고 안개나라에 도착할 수 없도록 우리가 하루 동안 저들을 묶어둔다면 저들의 음모를 충분히 막아낼 수 있어."

하지만 비트는, 그림자가 말한 대로 물의 이동경로를 하루 지연시켜 어떻게 저들의 음모를 막아낼 수 있을지 궁금했다. 저들이 안개 속에서 하루 동안 길을 잃는다 해도, 저들이 우리가 팻말을 바꾸어놓은 것을 알아차리고 즉시 길을 바로잡아 안개나라로 물들을 실어가 버릴 수 있기 때문이다. 그림자는 비트가 걱정하는 것은 문제가 아니라는 듯 말했다.

"걱정할 필요 없어. 사람들은 물이 없어지기 전에는 물이 얼마나 소중한지 모르지. 하지만 이상한나라에서 물을 더 이상 구할 수 없다는 걸 알게 되면, 그들이 어떻게 반응할지 생각해봐."

비트는 그림자의 말에 박수를 치며 기뻐했다.

"그래, 사람들은 물이 항상 있어 왔고, 오늘도 그리고 또 내일도 물이 있을 거라고 믿고 있기에 물의 중요성을 잘 모르는 거야. 하지만 네 말대로 물이 하루만이라도 없어진다면 그들은 세상이 끝나버리는 아픔을 느낄 테고, 자신들이 저지른 짓이 얼마나 어리석고 위험한 일이었는지 알게 되겠지."

비트는 그림자의 계획이 너무 멋지고 훌륭하다고 생각했다. 그림자는 비트가 좋아하는 모습을 보고 흐뭇해했다. 계획을 실행에 옮기기 위해선 많은 준비가 필요했다. 우선 이들의 계획에서 가장 큰 문제는 안개를 어떻게 만들어내는가였다. 안개나라에서는 우물에서 안개가 솟아오르지만, 이상한나라에서는 날씨의 변화에 따른 자연현상으로 안개가 생성되었다. 특히 안개는 물이나 습한 기운이 많아야 잘 발생하는데, 사람들이 이상한나라의 모든 물을 저들에게 팔아버렸기 때문에 안개가 발생할 확률이 거의 없었다. 비트와 그림자는 이 점을 고민했으나 해결할 방법을 찾기 어려웠다. 안개나라로 가는 물을 안개로 막는다는 이열치열의 작전은 좋았지만 안개를 만드는 방법이 문제였다. 이때 이들의 곁으로 무언가가 다가왔다. 사람들은 이들을 알아차리지 못했지만 비트는 이들을 만난 적이 있어 쉽게 알아보았다.

바람과 구름이었다. 바람과 구름은 비트와 그림자의 이야기를 처음부터 곁에서 듣고 있었다. 그러나 비트와 그림자가 너무 진지하게 계획을 짜다보니 바람과 구름이 곁에 오는 것을 느끼지 못한 것이었다.

"우리가 도와주면 어떨까?"

바람이 말했다.

"그래, 우리가 도와주면 너희들의 계획에 훨씬 도움이 될 거야."

구름도 거들며 이야기했다. 비트와 그림자는 그들의 말에 뛸 듯이 기뻤다.

"정말이야?" 하고 비트가 응수했다. 비트는 그들의 도움만 있다면 저들의 사악한 음모를 세상천하에 드러내 보일 수 있으리라 생각했다. 한편 세 명의 사기꾼은 자기들의 계획이 완전히 성공했다며 자축하고 있었다. 이상한나라 사람은 모을 수 있는 모든 물을 끌어왔고 그 대가로 물의 양만큼 많은 돈을 가지게 되었다며 좋아했다. 사람들은 물과 바꾼 돈을 보고 이 세상 모든 것을 가진 듯 흥분했다.

"돈만 있으면 모든 것을 살 수 있어."

세 명의 사기꾼은 자신들의 계획이 성공의 막바지에 왔다고 믿었다. 이제 물을 싣고 안개나라로 가 팔아넘기면 자신들은 엄청난 부를 얻을 수 있다고 자신했다. 그들은 일찍이 그동안 모아온 모든 물을 그날 밤 마차에 싣고 새벽이 되면 소리 없이 이상한나라를 빠져나가려는 계획을 오래 전에 세워놓았다. 그리고 물을 싣고 운송할 사람들도 은밀히 모아놓은 상태였다. 그들에게 물을 가져오지 않아도 한 달을 살고도 남을 만한 돈을 줄 테니 비밀을 지켜달라고 부탁해놓았다. 만약 비밀이 탄로나면 많은 사람들이 서로 이 일을 하려 달려들 것이기 때문에 그들에게 일자리를 줄 수 없다고 말해놓은 터였다. 일에 동원된 사람들은 자신들의 몫이 남에게 돌아갈까봐 서로를 감시하며 그 일의 진행에 대해서 아무에게도 발설하지 않았다. 그래서 그들이 비밀을 유지하는 데는 큰 문제가 없었다.

결전의 날이 다가왔다. 이상한나라가 생겨난 이래 가장 큰 위기였다. 그러나 이러한 위기를 아는 사람은 비트를 제외하고는 아무도 없었다. 그는 자신의 어깨에 이상한나라의 운명이 걸려 있음을 알고 있었다. 비트는 광장 앞에서 그들이 마차에 물을 싣고 있는 모습을 숨어서 몰래 지켜보았다. 일꾼들은 숨을 죽이고 일당을 받기 위해 열심히 일했다. 어떤 사람은 말에게 먹이를 주고 어떤 사람들은 물을 실었다. 세 명의 사기꾼은 마차 사이를 오가며 소리쳤다.

"빨리빨리 움직여요! 시간이 없어요!"

"우리가 빨리 물을 배달해야 여러분에게 노임을 줄 수 있습니다."

"시간이 없어요!"

세 명의 사기꾼은 자기들의 음모에 마지막 남은 에너지를 모두 쏟아붓는 듯했다. 그들은 가끔 주위를 살펴보면서 혹시 누가 눈치 채지나 않을까 살펴보았다. 그러나 이상한나라 사람들은 물을 구하기 위해 하루를 바삐 뛰어다녔고, 물을 팔기 위해 하루를 줄섰으며, 물을 팔고 나서 생긴 돈을 지키느라 하루를 보냈기에 모두 지쳐 있었다. 그들은 돈을 지키는 일 외에 다른 일에 허비할 시간이 없었다. 비트와 그림자는 그들의 동태를 살피면서 첩보 작전의 주인공처럼, 풀벌레의 숨소리마저 조용한 가운데 그들의 이동경로를 미리 조사했다. 비트와 그림자가 작전을 개시할 시간이 다가오고 있었다. 둘은 광장을 떠나 시간의 마차를 타고 그들이 지나갈 길 입구에 도착했다. 그리고 계획에 따라 이동경로의 모든 표지판을 다른 방향으로 바꾸어놓았다. 그러고 나서 광장으로 다시 돌아와 숨 죽이고 그들을 지켜보았다.

새벽이 밝아오고 있었다. 세 명의 사기꾼은 인부들을 깨워 출발해야 한다고 말했다.

"여러분! 오늘 하루 일과만 끝나면 한 달 동안 편안히 먹고살 만큼의 돈을 가지고 여러분의 가족에게 돌아가게 됩니다."

"자, 빨리빨리! 그리고 조용히 움직여주세요."

"이쪽으로, 이쪽으로!"

세 명의 사기꾼은 자신들의 계획이 마지막까지 성공적으로 끝나기 위해선 이상한나라 사람들이 깨어나기 전에 그곳을 벗어나야 한다고 판단했다. 선두 마차가 떠나고 그 뒤를 수백 대, 아니 수천 대의 마차가 뒤를 이었다. 인기척이 없는 새벽에 최대한 말을 아끼며 그들은 서로의 이익을 위해 은밀하게 협력했다. 사기꾼들은 안개나라에 물을 팔아서 챙길 이익을, 마부와 짐꾼들은 하루 일당으로 생길 큰 돈을 계산했다.

비트와 그림자는 선두 마차가 출발하는 것을 보고 자리를 떠 그들이 도착할 첫 번째 건널목에서 기다렸다. 바람은 구름과 함께 첫 번째 건널목에서 대기하고 있었다. 바람은 이미 안개나라의 우물에서 안개를 몰고 와 그들이 지나가려는 길목을 안개로 가득 채워놓았고, 안개나라의 우물은 바람이 몰고 간 안개를 보충이라도 하듯 더 많은 안개를 만들어내고 있었다.

시간이 흘러 사기꾼들의 마차가 첫 번째 건널목에 도착했다. 그들은 안개나라로 가는 길을 찾기 위해 신중하게 주위를 살폈다. 그러나 안개가 너무 자욱하여 앞을 분간할 수 없었다. 이들은 안개나라라는 표지판을 보고 아무 의심 없이 안개 속으로 들어갔다. 선두 마차가 안개 속으로 들어가자 뒤따르던 마차들도 아무 거리낌 없이 그들의 뒤를 따랐다. 세 명의 사기꾼은 마차의 행렬이 안개 속으로 들어서자 이미 이상한나라를 완전히 벗어났다고 믿었다. 이제 안개나라의 중심부로 들어가 싣고 온 물을 열심히 팔기만 하면 되는 것이다. 사기꾼들은 모든 일이 성공적으로 끝나가고 있다는 생각에 흥분했다.

물을 싣고 가는 행렬은 동방 정벌을 하러 가는 알렉산더 대왕의 군대보다 더 위용이 넘치고 웅장해 보였다. 그 마차 행렬은 처음과 끝을 헤아릴 수 없을 정도로 길게 이어졌다. 한나절을 달려온 세 명의 사기꾼은 이제 안개나라에 도착할 때가 되었으리라 생각했다. 그러나 안개나라의 우물은 보이지 않았다. 이들은 조금만 더 가면 되겠지 하고 다시 길을 재촉했다.

한편 이상한나라 사람들은 물 없이 하루를 보내야 했다. 그러다 보니 힘을 쓸 수 없을 뿐 아니라, 집 앞 나무들도 말라가고 있었다. 아이들은 물을 달라고 울어대고, 어른들은 물을 어디서 살 수 있느냐고 아우성이었다. 물을 많이 팔아서 많은 돈을 챙긴 사람들은 자신들에게 물을 살 돈이 얼마든지 있으니 물을 사는 것은 문제없다며 거만을 떨었다.

그러나 그들도 시간이 흐르자 동요하기 시작했다. 하루도 지나지 않아, 이상한나라에서 물이란 물질이 사라져버렸음을 안 순간, 그들은 자신의 영혼을 빼앗긴 듯 술렁댔다. 할아버지는 우리가 살아갈 생명의 물을 아무 대가 없이 주셨는데, 인간은 욕심 때문에 그것을 돈과 맞바꿔버린 것이었다. 이상한나라 사람들은 스스로의 어리석음을 한탄하면서 무지와 오만이 이상한나라의 종말을 불러왔다고 자성했다. 그리고 지금의 위기가, 광장에서 물 한 통만 가져오면 한 달을 먹고 살 수 있는 돈을 주겠다고 떠든 세 사람의 사기꾼 때문임을 알아차렸다. 사람들은 일제히 광장으로 몰려갔다. 사기꾼들에게 팔아버린 물을 강제로라도 되찾아야겠다는 결심으로 달려갔지만, 이곳에 도착했을 때는 텅 빈 광장만이 그들을 기다리고 있었다. 세 명의 사기꾼은 흔적도 없이 사라졌고, 물 또한 없었다. 이상한나라 사람들은 광장에 주저앉아 버렸다. 어떤 사람은 이제 종말이 다가왔다고 하고, 어떤 사람은 자신들의 욕심이 화를 불러왔다며 한탄했다. 그러나 후회해봤자 이미 흘러간 시간을 되돌릴 순 없었다.

한편 안개나라로 향한 마차의 행렬은 안개 속에서 아침 한나절을 보내야 했다. 얼마나 지났을까. 안개 저편에서 웅성웅성하는 사람들의 목소리가 들렸다. 세 명의 사기꾼은 안개나라 사람들이 자신들의 물을 받으러 마중을 나온 것이라 확신했다. 그들은 기뻤다. 이제 물을 넘겨주기만 하면 모든 것이 끝나리라. 그들은 안도와 환희에 찬 얼굴로 안개의 끝자락을 지나갔다. 그런데 안개가 걷히고 그들이 도착한 곳은 안개나라가 아닌 그들이 처음 출발한 광장이었다. 세 사기꾼은 깜짝 놀랐다.

"아니, 어떻게 된 일이야!"

세 사람의 입에서 똑같은 소리가 터져나왔다. 이들이 들어오는 것을 본, 광장에 모인 이상한나라 사람들도 놀라기는 마찬가지였다. 사람들은 너무 놀라 아무 말 없이 서로 한참을 바라볼 뿐 미동도 없었다. 물을 잃어버린 이상한나라 사람들과 물을 훔쳐간 도적떼가 광장에서 맞부딪친 것이었다. 비트, 그림자, 바람, 구름은 이 광경에 웃지 않을 수 없었다. 사람들에겐 들리지 않았지만 바람의 웃음소리가 얼마나 컸는지 주위를 감싼 안개가 모조리 안개나라로 날아가 버렸다. 안개가 걷히자 이상한나라는 마치 벌거벗은 임금님처럼 인간의 탐욕을 한순간에 드러냈다. 사람들은 소리를 지르며 세 명의 사기꾼을 향해 달려갔다.

"저놈들이 우리 물을 훔쳐간 도둑이다!"

"잡아 죽여라!"

"저들은 이상한나라를 악의 구렁텅이로 몰아넣은 자들이야!"

비트는 세 명의 사기꾼이 미웠다. 그들의 음모가 미웠고, 그들의 생각이 미웠다. 하지만 그들보다 더 미운 것은 이상한나라 사람들의 탐욕이었다. 사기꾼들이 이용한 것은 바로 그 탐욕이었다. 사기꾼들은 물을 사고 팔 뿐이지만, 이상한나라 사람들은 자신의 생명인 자연을 팔아먹은 게 아닌가! 비트는 광장을 지켜보면서 바람, 구름, 그림자에게 부끄러운 마음을 감출 수가 없었다.

꿈과 현실 사이에 서서

　　바람, 구름, 그림자와의 여정이 힘들었는지 비트는 깊은 잠에서 깨어나지 못했다. 꿈은 시간의 연속이지만 현실이 아니다. 사람들은 열두 개의 다리를 건널 때면 시간의 빠름에 대해 말하곤 한다. 하지만 태양이 잠들고 어둠이 오면 그들의 시간은 또 다른 나라를 오가는지 모른다. 비트는 평소와 달리 깊을 잠을 통해 세상에 존재하지 않는 미지의 세계로 들어갈 수 있었다.

　　그는 잠을 자면서 꿈의 세계로 빨려 들어갔다. 움직이지 않으면 존재할 수 없다고 믿는 비트는 꿈의 세계에서도 끝없이 자신을 움직였다. 그 세계는 육체에 영혼을 담아내는 이상한나라의 현실세계와는 비교할 수 없는 곳이었다. 비트의 영혼이 꿈의 세계를 여행할 때는 육체의 도움이 필요치 않았다. 꿈은 이상한나라에 빼앗겼던 영혼을 되찾아주며 새로운 에너지를 충전해주었다. 꿈은 시간과 장소를 초월한 또 다른 세계였다.

꿈속을 얼마나 달렸을까. 몸이 지치고 배가 고파왔다. 꿈속에서도 먹을 것을 찾아다니던 비트는 한 영혼이 지닌 인간으로서의 한계를 느꼈다. 잠들어 있으면서도 잠들 수 없는 것이 꿈의 시간인가 보다. 꿈은 낮과 밤을 가르는 탄생과도 같았다. 꿈속에서 비트는 새로 태어나려는 아이처럼 두 팔을 벌렸다. 그러나 여정의 고단함에 지친 두 다리는 수천 길 낭떠러지로 떨어졌다. 이제 내 생명은 여기서 끝나는구나, 비트는 생각했다.

하지만 운명의 신은 '죽음'마저 우연의 신에게 양보할 수 없었다. 비트가 수억 겹의 어둠으로 떨어지자 어둠속에서 누군가 그의 두 팔을 잡아주었다. 쳐다보니 하얀 머리에 수염을 길게 기른, 할아버지였다. 비트를 잡아준 그분의 팔은 너무 앙상하여 허공에 매달린 비트를 끌어올릴 수 없을 것 같았지만 눈에 보이는 것과 실제는 전혀 달랐다. 할아버지는 비트의 팔을 잡아채어 그를 대지로 올려놓았다.

비트는 짧은 시간 동안 두 개의 다리를 건너온 기분이 들었다. 하나는 삶과 죽음의 순간을 잇는 다리였고, 다른 하나는 연약한 할아버지의 팔에서 느낀 강인한 힘을 통해 깨달은 현상과 실제를 잇는 다리였다. 비트는 꿈이 아닌 또 다른 현실에서 새로운 사실을 발견하였다. 이상한나라에서 육체의 힘을 빌려 배운 모든 지식은 꿈의 세계에선 무용지물이었다. 이상의 날개를 펴려는 비트의 꿈은 언제나 악몽에서 출발했다. 그와 마찬가지로 비트가 태어남과 동시에 탄생한 밝은 빛도 오랜 세월 지난 어둠의 침묵에서 깨어났던 것이다. 비트의 육체는 움직일 수 없을 정도로 피곤했지만, 영혼만은 어느 때보다 가벼웠다. 하지만 어떻게 자신이 낭떠러지에 떨어질 위기에 처했는지 알 수 없었다. 그런데다 찰나의 위험한 순간인데도 비트는 이를 관리할 능력이 없었다. 그 역시 언제 자신에게 위험이 닥칠지 예측하지 못하는 나약한 인간에 불과했던 것이다. 할아버지가 비트에게 시간을 앞서 갈 수 있는 능력을 주었다면, 그는 아마도 어둠의 나락으로 떨어지지 않았을 것이다. 비트는 그나마 예지력을 지닌 할아버지 덕분에 꿈의 세계에서 잃어버릴 뻔한 영혼을 되찾을 수 있었다. 비트는 할아버지를 향해 말했다.

"고마워요, 할아버지."

할아버지는 비트에게 사랑이 담긴 인자한 눈길을 보내주었다. 강렬하고 따뜻한 시선을 보내는 할아버지의 눈빛에, 비트는 눈을 뜰 수 없었다. 그러나 비트는 영혼의 눈으로 들어오는 할아버지의 비상한 모습을 경이롭게 바라보았다. 할아버지는 비트를 보면서 말했다.

"악몽에 시달렸구나."

할아버지는 비트의 이마에 흐르는 땀을 손으로 닦아주셨다. 그러자 시원한 바람이 그의 영혼 속으로 들어왔다. 얼마 만에 느껴보는 시원함인가. 할아버지 손은 그동안 비트가 겪은 어수선한 꿈들을 한꺼번에 지워버리고도 남았다. 밝음을 통해 끝없이 추구했던 세상의 지식도 지금 이 순간, 순수의 고향 그 자체로 되돌아가는 기분이 들었다. 할아버지의 말 한마디, 손끝 하나가 세상의 만물과 함께하고 있었다. 비트는 어둠에서 깨어나기 위해 할아버지를 불렀던 옛 기억이 떠올랐다. '그 할아버지가 지금 내 앞에 있단 말인가?' 비트는 세상의 그 무엇과도 바꿀 수 없는 경이의 순간을 맞이하고 있었다. 할아버지와의 만남은 이상한나라에서 통용되는 돈이나 명예 따위와는 비교할 수 없었다.

꿈은 비트에게 또 다른 세계였다. 이상한나라를 여행하며 겪어야 했던 수많은 시간들이 할아버지 품속에서 녹아내리고 있었다. 그동안 비트는 세상을 달리며 얼마나 많은 것을 배우려 했던가. 빛과 시간의 수레를 타고 떠다니던 지난날들이 꿈속에서는 한 점의 먼지보다 작은 기억이었다. 이러한 기억은 할아버지의 입김을 통해 흔적조차 남지 않은 채 영혼의 나비가 되어 날아가 버렸다. 나비가 꽃을 찾고, 꽃이 바람을 찾듯 영혼이라는 나비는 이상을 향해 날으려 하는가!

비트는 할아버지와의 만남이 꿈이 아니길 바랐다. 꿈속은 때로 아름답지만 때로는 차갑고 냉정한 세계였다. 이상에서 이루지 못한 수많은 사랑도 그들의 간절한 바람이 꿈이 되어 진정한 결실을 맺기도 한다. 그러나 할아버지를 만난 것이 사실이 아니라면 지금 이 순간이 꿈이어도 좋다고 그는 생각했다. 만약 꿈이라면 영원히 깨어나지 말고, 현실이라면 영원히 같이하고 싶었다. 할아버지는 비트를 향해 손을 내밀었다. 그리고 조용히 일어나 걷기 시작했다. 비트는 어린아이가 엄마의 그림자를 쫓듯 할아버지를 말없이 뒤따랐다. 할아버지와 걸어가는 길은 꽃과 나비가 춤추는 아름다운 들판이었다. 비트가 살던 이상한나라가 천 길 낭떠러지에서 삐걱대는 나무다리를 건너는 느낌이라면, 할아버지와 같이 걷는 길은 자연이 노래하고 춤추는 낙원이었다.

할아버지가 딛는 발걸음 하나하나가 생명이요, 길이었다. 할아버지가 지나는 메마른 땅에 새싹이 돋아났고, 기어가던 애벌레가 껍질을 벗고 한 마리 나비가 되어 날아갔다. 비록 꿈이 무의식의 세계이지만, 꿈을 꿀 수 있다는 것은 좋은 일이었다. 이상한나라에서 본 수많은 가치 있는 일들이 꿈속에서는 무의미했다. 비트는 지금 걸어가고 있는 이 길이 분명 꿈은 아니리라 생각했다. 그는 할아버지 손을 잡고 가면서도 혹시 꿈인가 싶어, 지금 이 순간이 날아가 버리면 어떡하나 걱정했다. 그래서 한 손으로 자신의 뺨을 꼬집어보았다.

"맞아, 지금 나는 느끼고 있잖아. 이건 꿈이 아니야."

비트는 안도의 숨을 쉬며 두려움을 떨쳐버릴 수 있었다. 할아버지는 비트의 마음을 읽었는지 그에게 말했다.

"두렵니?"

"예."

"무엇이 두렵니?"

"모르겠어요."

"모든 것은 네 마음에 있단다. 꿈이면 어떻고, 현실이면 어떠니."

할아버지는 비트가 무엇을 생각하고 있는지 훤히 내다보고 계셨다. 비트는 할아버지 손에 이끌려 한참을 걸어갔다. 얼마나 걸었을까. 할아버지는 광활한 대지 위의 장미가 만발한 정원을 가리키며 물었다.

"장미정원을 본 적 있니?"

비트는 할아버지가 가리키는 장미정원을 보자 깜짝 놀랐다. 안개나라에서 본 그 장미정원이 아닌가. 좀더 정확히 말하자면, 소녀에게 이야기를 들은 장미정원이었다. 비트는 실제로 장미정원을 본 적이 없었다. 다만 안개 속에서 붉은 기운이 감도는 현상만을 보았을 뿐이다. 그런데 지금 할아버지가 꿈속에서 그의 영혼을 통해 장미정원의 실체를 보여주고 있는 것이 아닌가. 할아버지와 함께 들어선 장미정원에는 장미 향기가 풍기고 있었다. 장미 넝쿨이 서로 줄기를 얽고 대지를 가득 메우고 있었다. 할아버지는 말했다.

"장미정원을 본 적이 없나 보구나."

"예."

비트는 할아버지께 소녀에게 들은 안개나라의 장미정원 이야기를 하고 싶었다. 그러나 할아버지가 먼저 말을 꺼냈다.

"장미는 인간의 영혼을 담아내는 꽃이란다. 장미가 붉은색으로 물드는 것은 인간의 생명을 그 속에 담아 꽃을 피우기 때문이지. 아주 오래 전, 생의 동산에 젊은 처녀와 젊은이가 살고 있었지. 그들은 서로를 너무 사랑한 나머지 두 개의 육체를 가졌지만 하나의 영혼처럼 살았단다. 그런데 이들 사이를 질투하는 한 여인이 있었지. 그 여인은 자신의 아름다움을 몰라주는 청년이 야속했어.

그러던 어느 날, 질투에 사로잡힌 여인은 젊은 처녀를 청년에게서 멀리 떨어뜨려 놓을 결심을 해. 질투의 여인은 젊은 처녀를 찾아가 청년에 대한 신탁神託을 보았다고 말했어. 처녀가 그 내용이 무엇인지 묻자, 여인은 신탁 내용이 너무 가혹하여 말하기가 두렵다고 주저했어. 젊은 처녀는 놀라서 꼭 알려달라고 간절히 애원했고, 결국 여인은 차마 못 이긴 척 마지못해 그 비밀을 털어놓았어.

'사랑의 신 에로스가 둘의 사랑을 못마땅하게 생각하여 보름달이 지는 밤이 오면, 사랑의 화살을 청년에게 쏘아서 청년의 사랑과 영혼을 모두 가져가 버리겠다' 고. 처녀는 여인의 말을 믿을 수밖에 없었지."

"왜요?"

"여인은 마을에서 유일하게 신탁을 볼 수 있는 신녀였거든. 처녀는 선택을 해야 했지. 사랑하는 청년과 함께 영혼을 마감하느냐, 아니면 자신의 사랑을 희생해서 목숨보다 소중한 청년을 구하느냐. 처녀는 그 갈림길에서 갈등했고 결국 사랑의 힘은 청년을 살리는 쪽으로 기울었지. 청년 곁을 떠나기로 결심한 거야. 그래서 보름 전날 밤, 그녀는 편지 한 장만을 남겨놓고 청년 곁을 떠나버렸지."

어떻게 사랑하는 사람을 남겨놓고 떠날 수 있을까. 비트는 처녀의 편지 내용이 궁금했다. 그래서 할아버지에게 편지 내용을 말해달라고 졸랐다. 할아버지는 기억의 저편에서 그녀의 편지를 기억에서 꺼내 저음의 목소리로 읽어 내려갔다.

시간이란 참 무서운 것인가 봐요. 내가 처음 당신을 만났을 때는 나의 사랑이 영원히 당신 것이라고 믿었어요. 그러나 해가 지고 달이 뜨고 나면, 나는 당신을 떠나 저 달빛을 떠나 새로움을 찾아가겠어요. 내 가슴은 달빛으로 가득 차 있어요. 내게 남겨진 모든 사랑을 달빛에 담아 당신 곁을 떠납니다. 과거에는 영혼으로 사랑했고, 미래에는 그리움으로 사랑할 것입니다.

— 한때 당신을 사랑했던 사람으로부터

할아버지는 처녀의 편지를 읽으면서 비트의 미묘한 감정 변화를 관찰하려는 것 같았다. 할아버지는 계속 말을 이어나갔다.

"청년은 처녀의 편지를 받아들고 무척 슬펐어. 가슴이 말라가는 고통을 느꼈지. 하지만 처녀를 잊지 못한 청년은 그녀가 자신 곁으로 돌아올 거라고 확신하며 기다리기로 마음먹었단다. 그리고 처녀가 돌아오기 전까지 아무것도 먹지 않고 기다리기로 결심했지. 만약 기력이 다해 신이 그의 목숨을 빼앗아갈 때까지 처녀가 돌아오지 않는다면, 그의 육신과 영혼을 할아버지 나라에 스스로 바치기로 마음먹고 몇 날 며칠을 먹지도 자지도 않고 기다렸지. 하지만 처녀는 신탁으로부터 청년을 보호하기 위해 돌아올 수 없었단다.

인간의 육신이란 시간이 다하면 어쩔수 없이 영혼과 분리될 수밖에 없는 숙명을 안고 있지. 결국, 청년은 돌아오지 않는 처녀를 기다리다 영혼이 날아가서 생명을 잃게 되었어. 이 소식을 들은 처녀는 절망에 빠져 정신없이 그의 곁으로 달려왔어. 그러나 처녀가 도착했을 때는 청년의 영혼은 더 이상 생명의 향기를 피울 수 없었지. 처녀는 자신의 어리석음에 울어야 했고, 사랑하는 이의 죽음에 울어야 했지. 마침내 처녀의 눈물은 붉은 피가 되어 흘러내렸고, 그녀의 영혼 또한 육체의 무게를 벗어버렸어. 그리고 처녀가 흘린 피눈물 자리에 붉은 꽃이 피어나기 시작했지. 사람들은 그 꽃이 너무 아름다워서 '장미'라고 이름을 붙였어. 그런데 청년은 장미의 황홀한 아름다움을 사람들이 탐할까봐 두려웠어. 죽어서도 처녀를 아낀 청년은 영혼을 벗은 제 육체의 뼈를 녹여 장미의 몸에 가시를 달아주었지. 이러한 소식을 들은 마을사람들은 장미와 가시로 맺어진 두 연인의 사랑이 영원하도록 장미정원을 만들었던 거야."

할아버지의 말에 비트는 장미정원을 생각했다. 안개나라에서 모두 꺾인 장미정원의 오래된 영혼들이 여기 이 꿈의 정원에서 피어나고 있음을 알았다.

비트는 사랑과 아픔을 모두 담고 피어난 장미정원을 거닐었다. 안개나라에서 산을 오르며 만난 붉은 기운보다 더욱 강렬한 장미 향기가 진혼곡인 양 장미정원을 맴돌았다. 이렇게 장미 향기에 취해 정원을 거닐다 보니 안개나라의 소녀가 그리워졌다. 그녀를 이곳에 데려올 수만 있다면 장미의 사랑을 그녀에게 되돌려줄 수 있을 것 같았다. 비트는 장미 넝쿨 속으로 깊숙이 들어갔다. 장미 가시가 비트의 가는 길을 가로막는 느낌이었다. 청년의 사랑이 부러웠다. 자신의 사랑을 강하게 표현할 수 있는 가시가 부러웠다. 비트는 꿈의 나라에 피어난 장미정원이 소녀의 안개나라에도 다시 피어나길 고대했다.

"장미정원이 다시 피어날 수 있다면!"

그는 혼잣말로 중얼거렸다. 안개나라의 붉은 기운이 장미정원의 영혼을 되살릴 수 있다면 소녀의 얼굴에서 슬픔을 걷어낼 수 있다는 확신이 들었다. 장미정원을 통해, 사라진 안개나라의 영혼을 다시 되돌리는 것이 중요했다. 비트는 가시에 찔려 아픔을 느낄지라도 장미 한 송이를 꺾어 소녀에게 주고 싶었다. 자기도 모르게 장미를 꺾고 있는 비트의 손에선 붉은 피가 흐르고 있었다.

할아버지가 비트의 이런 모습을 보고 말했다.

"장미를 갖고 싶니?"

"예."

"장미를 꺾어서 무엇을 하게?"

"소녀에게 주고 싶어요."

비트는 한 손에 장미꽃을 집어든 채, 황량한 장미정원에서 슬픔에 잠겨 있을 소녀를 떠올렸다. 할아버지는 비트의 마음을 알았는지 그를 향해 고개를 끄덕거렸다. 그리고 잠시 시간이 흘렀다. 할아버지가 말을 건넸다.

"장미를 가져가 장미의 영혼을 살릴 수는 있어도, 안개나라의 영혼을 되살릴 수는 없단다. 너는 한 송이 장미로 안개나라 영혼들의 슬픔을 더러 달래줄 수는 있을 거야. 하지만 그것으로 안개나라의 모든 슬픔이 가시지는 않는단다. 안개나라는 이상한나라의 영혼이 모여서 이루어졌거든."

비트는 소녀에게서 안개나라의 아버지들이 동방나라를 만들었다는 사실을 들었다. 따라서 안개나라 이전 사람들은 동방나라 사람들이라는 것을 믿어 의심치 않았다. 하지만 할아버지 말로는 안개나라가 이상한나라 영혼들이 모여 이루어졌다고 하지 않는가. 도대체 안개나라와 이상한나라는 어떤 관계가 있단 말인가. 비트는 할아버지의 말 속에 수수께끼 같은 요소가 숨어 있음을 감지했다.

비트는 자신이 살고 있는 이상한나라의 많은 부분을 이해할 수가 없었다. 일상이라는 것과 보편적이라는 말은 더욱 이해할 수 없었다. 사람들은 항상 가방 속에 가득 찬 책들을 보면서 그 안에 진리가 있다고 말했다. 그들은 자연을 이해하기보다는 자연을 알았다고 생각했다. 그리고 시간의 속도를 따라잡을 때 인간의 문화는 성숙한다고 생각했다. 비트는 이상한나라 어른들의 논리도 이해할 수 없었다. 하지만 아무리 이상하고 이해할 수 없는 나라라 할지라도 비트 자신이 자라고 현재 살아가고 있는 나라가 바로 이상한나라였다.

비트는 할아버지의 말을 이해할 수 없었다. 이상한나라와 안개나라는 분명 다른 나라일 텐데 할아버지가 무언가 오해를 하고 있다고 생각했다. 할아버지는 비트가 그의 가상의 꿈속에서 상상의 나래를 펴려고 한다는 것을 알고 있었다. 할아버지는 말했다.

"안개나라에 장미의 향기를 살릴 수 있겠니?"

비트는 자신이 꺾은 한 송이 장미의 영혼을 통해 과연, 안개나라의 장미 향기를 살릴 수 있을까 걱정했다. 할아버지가 비트에게 말했다.

"장미의 향기를 되찾는 길은, 안개나라의 영혼을 일으켜 세우는 것만이 유일한 길이란다. 하지만 그것만 가지고는 되지 않아. 사랑의 영혼이 결합된 하나의 생명이 안개나라의 영혼으로 되돌아가야 해. 그리고 안개가 걷히면 세상은 다시 동방나라의 현재로 되돌아갈 수 있단다. 두 개이던 영혼이 하나가 되고, 안개나라 사람들의 마음에서 죽었던 영혼이 되살아나며 솟아올라야 해. 그렇게 된다면 이상한나라는 오늘의 새로운 세상을 향해 날개를 펼 수 있게 될 거야. 우물은 안개를 통해 구름을 만들고, 사람들은 구름의 날개를 타고 새로운 동방나라를 만들게 되겠지. 이들의 모든 비밀은 이상한나라에 있어."

할아버지는 비트에게 안개나라를 동방나라로 되돌리려면 영혼과 영혼이 결합되어 하나가 되어야 한다고 말했다. 비트는 할아버지의 말을 잘 이해할 수 없었다. 할아버지는 말이 끝나자 장미정원을 벗어나 빠른 속도로 시간 위에 올라탔다. 비트는 두 손을 내뻗어 할아버지를 불렀다.

"잠깐만요!"

비트가 손을 뻗은 곳은 그가 처음 시간의 절벽으로 떨어져내릴 때 할아버지가 구해준 그곳이었다. 비트는 있는 힘껏 할아버지를 향해 손을 뻗었다.

"할아버지 제 손을 잡아요."

그러나 할아버지는 흔적조차 보이지 않았다. 비트는 절벽 아래로 떨어지는 할아버지를 향해 또다시 소리쳐 불렀다.

"할아버지!"

비트는 자신의 목소리에 깜짝 놀라 잠에서 깨어났다. 할아버지를 불러대던 자신의 목소리가 그의 귓가에 맴돌았다. 온몸이 땀으로 흠뻑 젖어 있었다. 얼마 동안 꿈속에서 시간을 보냈던 것일까, 비트는 시간을 헤아릴 수 없었다. 현실을 넘어선 꿈의 세계가 현실보다 더 가까이 있는 것처럼 느껴졌다. 비트는 꿈과 현실 사이에 서 있었다.

침대에서 일어난 비트는 자신의 손에 흐르고 있는 피를 보았다. 장미를 든 가느다란 손가락이 가시에 찔려 붉은 피가 흐르고 있었다. 비트는 주위를 둘러보았다. 장미정원은 흔적조차 없고 할아버지 또한 찾을 수 없었다. 그는 자신의 뺨을 꼬집어보았다. 분명 현실이었다. 어느새 피는 멈추고 아픔의 흔적만 남았다.

손에 든 장미 한 송이의 향기가 아찔할 정도로 강렬한 내음을 뿜어내고 있었다. 장미와 가시의 영혼이 살아나는 것 같았다. 비트는 손에 쥔 장미 한 송이를 가슴으로 끌어안았다.

되찾은 장미정원

꿈이란 참 이상한 것이었다. 미래를 예측하는 메시지가 담겨 있으면서도 어떨 때는 허황된 생각을 현실로 만들어주는 힘이 꿈의 세계에 존재했다. 빨간 장미를 손에 든 비트는 아침 일찍, 안개나라의 소녀를 만나야겠다는 생각으로 길을 나섰다. 소녀에게 그동안 고백할 수 없었던 그의 마음을 한 송이 장미에 담아 말하고 싶었다. 장미 한 송이의 향기가 비트가 걸어가는 길목을 뒤덮고 있었다. 그만큼 청년의 육신이 화한 장미 가시도 생생해지는 느낌이었다. 행여 누가 장미를 훔쳐가지 않을까 염려하여 자신의 몸에 날카로운 가시를 세웠던 청년을 잠시 생각했다. 그리고 비트는 예전처럼 시간의 바퀴에 올라타고, 이상한나라 도심을 지나 기억을 더듬으며 소녀를 처음 만났던 우물을 뒤쫓았다.

도시를 걷고 있던 비트는 과거와는 달리 이상한나라 사람들의 모습이 많이 달라져 있음을 느낄 수 있었다. 물을 훔치려는 사기꾼들의 사건이 있었던 이후부터 이들 생활이 변화되고 있었다. 물 소동을 계기로, 사람들은 아무리 많은 돈이나 물질도 자연 속에 존재하는 하나의 미물만 못하다는 사실을 배웠을 것이다. 비트는 과거를 회상하며, 물질을 좇아 자신의 가장 소중한 생명을 팔아넘기려는 불행이 이 땅에 다시는 오지 않길 바랐다. 할아버지가 주신 자연은 인간의 영혼이 쉬어갈 수 있는 지상 낙원이었다. 하늘에 새들이 날고 구름은 비 되어 대지를 적시는 이것이 할아버지가 인간에게 주는 축복의 선물이었다.

비트는 비 한 방울의 소중함이 종이에 비할 바 못 된다고 생각했다. 인간이 문화를 만들면서 종이를 발명한 것은 참으로 대단한 일이었다. 원시 인간들은 종이를 발명하기 이전에 돌이나 나무에 그들의 일상을 새겨넣었다. 그러나 채후지라는 종이가 발명되고 나서 인간은 이를 이용하여 인간의 역사를 기록했다. 역사는 기록에 기록을 더하며 이상한나라에 이르렀다. 종이의 쓰임이 기록뿐 아니라 세상의 큰 힘으로 등장한 것은 종이로 만든 화폐의 활용 덕이었다.

돈은 모든 것을 소유할 수 있는 징표였다. 돈을 통해 땅도 사고, 집도 사며, 자동차도 살 수 있었다. 화폐제도란 참 좋은 제도였다. 그러나 아무리 좋은 제도라도 쓰임새가 잘못되면 득이 아닌 실이 될 수 있음을 물의 소동을 통해 알게 되었다. 그 일이 있은 후부터 이상한나라 사람들은 돈도 중요하지만 물 한 방울의 가치를 다시 한번 생각하게 되었다. 비트는 안개나라로 발걸음을 옮기면서, 자연에 대한 사람들의 가치관이 변화되어가는 것을 보고 기뻐했다.
 얼마를 달렸을까. 비트는 중천에 오른 태양이 그 힘든 무게를 내려놓고 산을 넘기를 기다렸다. 우물은 밝은 빛을 통해서는 볼 수 없기 때문이다. 검붉은 어둠이 산 그림자를 만들 때 비트는 안개나라에 들어갈 수 있을 거라 생각했다. 소녀를 만난다는 생각에 벌써부터 가슴이 벅차왔다. 가시 청년도 장미를 만났을 때 자기와 같은 마음이었을까 생각해보았다. 세상사람들이 그의 마음을 훔쳐보는 것 같아 장미를 든 그의 손이 왠지 부끄러웠다. 그러나 비트는 장미를 감추려 하지 않았다. 지금 이 순간 세상사람이 자신을 어떻게 보는가는 중요하지 않았다. 비트에겐, 소녀를 만나서 장미를 손에 쥐어주고 안개나라에 장미정원을 되돌려 놓는 일이 중요했다. 붉은 기운이 감도는 안개나라에 모든 안개가 걷히고, 장미정원이 되살아나며 정원 가득 장미 향기가 퍼지길 기도했다. 태양은 산등성이를 넘어서면서 그에게 붉은 노을을 비춰주었다. 비트의 손에 있는 장미는 노을빛에 더욱 붉은 빛으로 빛났다.
 어둠이 깔리기도 전에 안개가 소리 없이 다가오고 있었다. 비트는 바람이 안개를 몰고 오나 하고 두리번거렸으나 곁에 바람은 없었다. 안개를 기다리는 잠깐 동안 비트는 바람, 구름, 바위 그리고 자연의 친구들을 모두 생각했다. 그에겐 가장 소중한 친구들이었다. 하나가 아닌 둘이어서 좋고, 함께할 수 있어 좋은 것, 그것이 바로 좋은 친구 아닌가. 자연의 친구들은 욕심이 없어서 좋았다. 이들은 스스로의 존재 의미를 알고 있었다. 자기 자리에서 제 역할에 충실할 때 자연은 하나가 된다는 사실을 모두 알고 있었다. 비트는 이런 속 깊은 친구들이 좋았다.

　이렇게 자연의 친구들을 생각하고 있는 동안, 비트의 주위는 짙은 안개로 가득차기 시작했다. 안개가 금방이라도 그를 삼켜버릴 것 같은 분위기였다. 안개나라는 마치 이방인의 출입을 꺼리기라도 하듯 안으로 걸어 들어갈수록 안개가 깊어졌다. 우물을 찾을 거라는 희망과 소녀를 찾을 거라는 희망에 부풀어 그는 안개 속을 걸었다. 비트가 한 발을 내딛을 때마다 안개의 바다는 장미 향기로 채워졌다. 이것이 자신의 손에 든 장미 때문이라는 것을 비트는 알고 있었다. 한 송이 장미 향기가 안개를 뒤덮을 듯 점점 더 깊은 향기를 발산했다. 비트가 처음 목마름을 해결하고자 우물을 찾을 때의 상황과는 사뭇 달랐다. 그때의 시든 장미와는 달리 지금의 장미는 그 향기로 안개를 되살리는 분위기였다. 비트가 발걸음을 옮길 때마다 안개나라의 안개들은 춤추듯, 알 수 없는 형체를 생성하며 피어올랐다.

　얼마를 걸었을까. 그는 드디어 우물가에 도달했다. 우물은 예전처럼 끊임없이 안개를 만들어내고 있었다. 비트가 우물가에 도착했을 때 우물가에서는 소녀가 그녀의 동생과 함께 손을 잡고 서 있었다. 소녀를 본 순간, 비트는 가슴이 벅차왔다. 내면에 숨어 있던 파동이 꿈틀대며 말 못하던 가슴을 제치고 스스로의 내막을 깨우려 하는 것 같았다. 비트는 소녀가 자신을 기다려준 것이 기뻤다. 설레는 마음으로 소녀를 향해 그는 말했다.

　"어떻게 알고 나왔니?"

　"안개나라 사람들이 말해주었어."

비트는 주위를 둘러보았으나 안개나라 사람들은 보이지 않았다. 소녀가 다시 말했다.

"네 눈에는 보이지 않아. 그들은 영혼만 있기 때문이야."

비트는 그의 곁에 안개나라 사람들이 형체 없는 존재로 함께한다는 소녀의 말을 들으면서 두렵고 부끄러웠다. 그의 손에 든 장미 한 송이를 아무도 보지 않는 둘만의 공간에서 전해주고 싶었기 때문이다. 그러나 이러한 생각을 한다는 자체가 더 부끄러웠다. 무안한 마음을 감추려는 듯 비트는 손에 들고 있던 장미를 소녀에게 얼른 내밀었다. "너를 위해 장미를 가져왔어."

"어디서 이 장미를 구했니?"

소녀의 질문에 비트는 그동안 자신이 꿈꾸었던 꿈의 세계와 할아버지, 그리고 꿈속의 장미정원에 대해 말했다. 소녀는 비트의 말에 무척 놀랐다. 비트가 안개나라의 장미정원을 꿈속에서 보았고, 장미정원을 되살릴 수 있는 장미를 안개나라로 가지고 왔기 때문이었다. 슬픈 과거를 생각하는 소녀의 눈에 눈물이 어렸지만 그 눈물은 소녀의 영혼을 통한 것이었기에 눈에서 흐를 수는 없었다. 비트는 소녀를 보면서 마음이 아파왔다. 슬픔이 있어도 눈물을 흘릴 수 없는 소녀가 가련하기 짝이 없었다. 소녀는 잡고 있던 동생의 손을 더욱 힘주어 잡았다. 그럼에도 불구하고 끝없는 슬픔은 그 무엇으로도 걷어낼 수 없었다.

소녀는 비트가 들고 온 장미에서 다시 안개나라의 장미정원을 볼 수 있었다. 그리고 안개에 갇힌 붉은 기운들이 장미의 영혼을 되살려 새 삶을 찾을 수 있다는 희망을 보았다. 소녀는 비트를 향해 달려와 그를 끌어안았다. 소녀의 체온이

 그의 가슴에 와 닿는 순간 따스한 행복감이 그를 감쌌다. 소녀는 잠시 비트를 껴안았던 손을 놓고 그의 손을 잡았다.
 "고마워. 너의 장미는 안개나라를 꽃피우는 사랑의 영혼이야. 우리들 영혼은 장미를 통해 다시 태어날 수 있어."

소녀는 비트를 향해 장미정원의 영혼과 안개나라의 새로운 삶을 말하고자 했다. 그리고는 소녀에게 비트가 넘겨받은 장미 한 송이를 안개 속으로 던졌다. 안개 속에서 형체를 알 수 없는 누군가가 장미를 받아드는 것 같았다.

그러자 이상한 일이 일어났다. 하나의 장미가 손에 손을 거치면서 수십 개, 수천 개, 그리고 셀 수 없이 많은 장미로 피어나며 안개 속을 뒤덮었다. 장미는 안개나라 사람들의 영혼과 영혼을 통해 안개 속의 이름 없는 형체들에게 전달되었다. 이들은 장미와 함께 영혼을 빼앗긴 안개나라 사람들이었다. 안개나라는 한 송이의 장미를 쥔 사람들로 넘쳐났다. 한 송이의 장미를 받아들자 그들은 모두들 한 목소리로 외치며 어딘가로 달려갔다. 이러한 광경을 바라보던 비트도 소녀 남매와 함께 이들을 따라 달려갔다.

얼마를 달렸을까. 이상한나라 사람들은 붉은 기운이 감도는 광장에 모였다. 그 수가 얼마나 많은지 끝을 헤아릴 수 없었지만 그들은 정연하게 붉은 기운의 자리를 하나씩 하나씩 채워나갔다. 붉은 기운은 곧 장미를 든 사람들로 가득 찼고 그들은 자신의 손에 쥔 장미 한 송이를 붉은 기운의 자리에 심기 시작했다. 그러자 기적 같은 일이 일어났다. 안개 속에 뿜어내던 붉은 기운이 장미의 형상으로 바뀌면서 향기를 발산하기 시작한 것이다. 안개나라의 도시가 끝없는 장미 향기로 가득해졌다. 그 가운데서 안개나라 사람들의 얼굴은 해맑게 빛나고 있었다. 그 모습을 바라보며 비트와 소녀는 서로의 손을 꼭 잡았다. 안개나라의 장미정원이 새 생명을 찾고 있었다. 사람들은 서로의 손을 잡고 외쳤다.

"장미의 정원이여!"

제2부 비트의 안개나라

동방나라는 가족이라는 이름으로 분열될 수밖에 없었어
하나의 통합된 동방나라는 또 다른 세 개의 동방나라로 분할된 거야
사람들은 서로의 생각에 따라 그들이 원하는 사람을 군주로 받들었어
군주란 정의를 위해 자신을 희생하는 거야
산맥은 대지의 뼈이고 중심이야
산맥을 중심으로 새로운 지도를 그려봐

인간의 지식은 그들의 삶을 성공적으로 이끌기 위한 투쟁에 사용되었을 뿐
자신을 아는 데는 실패의 요소로 작용되었다
아는 것은 지식이요, 모르는 것을 아는 것은 지혜라고 말해!

변화하는 세상

    홀로 설 수 있는 나이가 되기까지 세상은 비트에게 많은 것을 가르쳐주었다. 걷는 것이 부족하여 달려야 했고, 달리는 것이 부족하여 날아야 할 지경이었다. 사람들은 빠른 속도를 등에 업고 더욱 빨라야 살 수 있는 급변하는 사회 속에서 살고 있었다. 산업사회는 기계에 의해 생산능력의 속도를 몇 배로 확장시켰다. 기계는 인간사회에 없어서는 안 될 가장 가까운 친구가 되었다. 인간의 땀과 수공으로 생산되던 모든 물품들이 기계의 힘을 빌려 엄청난 속도, 엄청난 양으로 생산되었기에 누구나 나누어 쓸 수 있는 풍부한 사회가 되었다. 계급간의 차이를 없애고 신분보다는 개인의 능력이 높이 평가되는 사회가 되었다. 자유라는 이름의 푸른 깃발은 하늘보다 더 푸른색을 펄럭이고 있었다. 비트는 과거의 흔적이 송두리째 없어지는 것이 두려웠지만, 새롭게 다가오는 사회를 거부할 수 없었다. 분명 세상은 바뀌고 있었다. 기계를 넘어선 또 다른 세상, 그것은 디지털 세상이었다.

　이제 인간과 기계 사이는 자연과 인간의 관계보다 더욱 가까웠다. 인간이 만들어낸 기계친구들의 능력은 인간의 행복에 물질의 풍요라는 선물을 보태주었다. 겉으로 보기엔 모든 것은 풍부해 보였기에 풍요 속에 빈곤이라는 말이 생겨날 정도였다. 비트가 바라본 세상은 예전처럼 고상한 언어를 사용하여 개인의 삶이나 존재를 이야기할 수 있는 사회가 아니었다. 개인의 존재 자체를 누구든 스스로 증명해야 했고 삶 또한 스스로 개척해야 했다. 한 번의 실수쯤은 애교로 눈감아주던 사회는 이미 흘러가 버렸고, 지금 서 있는 자리는 얼음판처럼 차가웠다. 비트는 어린시절이 그리웠다. 소녀가 그리웠고, 바람과 구름, 바위가 그리웠다.

　이상한나라에도 시간보다 빠른 속도가 다가오고 있었다. 과거는 아날로그 속에서 추억되고 디지털의 미래가 그림을 그리기 시작했다. 새로운 세상이 다가오고 있었다. 꿈꾸던 가상세계가 현실이 되고, 현실이라 믿었던 많은 것들이 안개처럼 사라져갔다. 사람들은 변해가는 속도에 익숙해져야 했다. 따라가지 못하면 도태되어 자신의 존재조차 드러낼 수 없었다. 옛 세상의 모든 것은 꿈처럼 전해졌다. 마음을 울리던 글귀들도 옛 성인의 입 속에서 잠들어버리는 듯했다. 수동적으로 기계를 다루던 시대는 지나고, 자동화 시스템을 갖춘 인공지능의 시대로 변화하고 있었다.

　비트는 무서웠다. 한 번도 경험하지 못한 세계가 그의 곁에 다가오고 있음을 직감할 수 있었다. 사회의 변화 속도는 이상한나라의 일상 속에서도 드러났다.

새로운 언어가 생겨나고 새로운 직업이 생겨났다. 세상의 그 누구도 빠르게 변모하는 사회의 변화 속도를 예측할 수 없었다. 세상의 중심으로 다가선 비트조차 디지털 세계의 미래를 예측할 수 없었다. 하나면 충분했던 사람의 이름이 디지털을 통해 새로운 이름들을 생성하기 시작했다. 많은 것들이 가상공간에서 공유되고 현실공간은 낡은 거미집처럼 오래된 흔적으로 남아 있었다. 과거의 먼 나라는 이웃나라라고 부르기에도 너무 가까운 이웃이 되어갔고 대지의 경계는 가상의 세계에서 무너져내렸다.

비트는 세상으로 나아가, 또 다른 눈으로 세상을 바라보아야 했다. 사람들은 달라진 새로운 세계를 좋아했다. 편하고, 빨라서 좋은 새 세계는 더구나 육신을 벗어난 영혼처럼 자유로워 좋았다. 비트는 사람들의 망각된 눈망울을 보았고 풀려버린 그들의 눈동자는 가상공간을 한없이 떠돌았다. 이름 없는 얼굴들은 얼굴을 내보이지 않고 가상세계에서 서로를 비난했다. 조금만 떠들어도 세상이 들썩였다. 그는 거리를 거닐며 떠들어대는 많은 사람들을 보았다. 각자의 의견들이 넘쳐나고 있었다. 사람들은 변화된 세상 속으로 달려가고 있었다.

비트는 세상의 변화가 두려웠다. 세상의 물질이 가식의 가면을 걷어내기도 전에 세상은 더욱 미궁 속으로 빠져들고 있었다. 비트는 거리를 지나는 사람들을 붙잡고 물어보고 싶었다. 무엇이 당신들을 이런 세상으로 이끌고 있는지. 하지만 사람들은 표정 없는 얼굴 속으로 자신을 묻어갔다. 비트는 이러한 세상을 깨워내려 몸부림쳤다. 한 고개가 넘어가면 두 고개가 다가왔다. 냉철한 이성도 현실적 힘을 발휘할 수 없는 가상의 세계가 눈앞에 펼쳐지고 있었다. 비트는 자신의 두 발을 세상 중심으로 향했다. 그림자는 세상 속에 고민하는 비트를 위해 그의 발자국을 인도하려 했다. 그림자가 말했다.

"세상은 혼란스러울 수밖에 없어."

비트는 그림자의 말에 동의를 표했지만, 그 심각성은 그림자가 말하는 이상이었다. 이어서 비트가 말했다.

"이제는 세상이 뭔지 말할 수 없고 알 수도 없을 것 같아."

이 말을 듣고 있던 그림자는 이제 비트가 혼란스런 현실세계에서 벗어나 뭔가 새로운 것을 갈망하고 있음을 알 수 있었다. 그림자는 비트에게 말했다.

"너는 사람들이 알 수 없는 꿈의 나라도 보았어! 그리고 장미정원에서 해답을 찾았지. 세상은 네가 하려는 의지대로 되지는 않아. 그러나 간절히 원하면 네 눈을 통해 세상의 미래를 밝힐 수 있을지도 몰라!"

그림자는 깊은 수면 상태에 빠져 있는 비트의 영혼을 깨어나게 하고 싶었다. 그러나 헤아릴 수 없는 깊이를 지닌 세상은 짙은 어둠속에서 생활해온 그림자에겐 알 수 없는 것들로 다가왔다. 그림자는 인간이 만들어놓은 새로운 디지털 세계를 감당하기 힘들었다. 시간의 역사성 속에서 빛을 빌려 그 밝음을 간직한 그림자는 인간이 만들어낸 디지털의 변화 가능성을 예측할 수 없었다. 그림자는 말했다.

"너는 변화의 속도를 인간의 속도로 바꿀 수 있는 시간의 연결선상에 존재해 있어."

그림자는 이러한 시간의 연결선상에서 비트가 새로운 세상의 비전을 재현할 수 있다고 생각했다.

"과거는 시간의 바퀴를 거꾸로 돌리려 하지 않아. 순수한 시간은 역사의 인식을 통해 앞으로 나아가려 할 뿐이지. 우리는 또 다른 세계에서 시간마저 초월한 이상을 꿈꾸며 새로운 세상을 만들어가려 하는 것이고.

모든 것은 우리라는 공동체 생각 속에서 발전할 수 있어. 생각은 시간의 속도마저도 잠들게 할 수 있지. 우리는 그동안 너무 빨리 모든 것을 이루어왔어. 인간의 기본욕구가 다 채워지기도 전에 새로운 욕구가 이상한나라의 세상 속으로 파고들고 있단다.

지금 일어나지 않으면 영원히 일어나지 못할지 몰라. 사람들이 우리 등을 올라타고 저 높은 산을 뛰어넘어 가도록 도와야 해. 그 길을 가는 데 사람들이 선뜻 동의하지 않을 수 있어. 그들의 동의를 구하지 못해, 산을 뛰어넘으려는 것을 포기해야 할 상황이 올지도 몰라. 사람들은 자신의 이익에 따라 움직일 수밖에 없는 동물이거든. 물론 모두 그렇지는 않지만 말이야.

세상은 역사의 기록을 아무에게나 맡기지 않았어. 어지러운 이 세상을 구하고자 예수나 석가 같은 위인이 나오기도 했지. 어쩌면 우리는 이 시대, 새 위인이 나타나며 기다리고 있으면 되는지도 몰라. 그러나 언제까지 오지 않을 새 위인을 기다리면 우리 스스로 버린 자연을 그대로 방치할 수는 없잖아."

그림자는 비트에게 새 시대의 주역이 되어볼 것을 권고하듯 평소보다 많은 말을 해주었다. 비트는 격변하는 세상에서 이런 이야기를 해줄 친구가 있어 좋았다. 그의 말을 듣고 있노라면 이 시대 새 인물이 말을 타고 대지 위로 솟아오를 것만 같았다. 그림자는 실체를 드러내지 않는 또 다른 세계를 마치 태어나기 이전부터 알고 있는 것처럼 보였다. 어쩌면, 역사는 새롭게 만들어가는 것이 아니라 이미 예정된 시간의 굴레를 답습하고 있는지 모른다. 그림자는 비트를 향해 다시 말했다.

"눈을 크게 뜨고 세상을 봐! 세상은 둥글지도 않고, 평평하지도 않아. 하지만 우리는 둥그런 굴렁쇠를 돌리며 우리 자신을 굴렁쇠 울타리 속에 송두리째 가두고 있어. 한번 날아간 화살이 되돌아올 수 없듯, 이 세상에서 뒤처지면 정말로 끝장날지 몰라!"

그림자는 비트에게 진정어린 조언을 했다. 그림자는 비트를 통해 새로운 세상을 보고 싶었다. 아니, 세상을 보는 것에 그치지 않고 또 다른 세상 속에서 살고 싶었다. 많은 것이 변해야 했다. 이상한나라의 모든 것들은 변하고 있고, 변해야만 했다. 변화의 중심에 많은 것들이 있었다. 이들의 변화 중 하나는, 숱한 물질 문명으로 상실한 '행복'이라는 가치를 다시 깨우치는 일이다. 세상의 물질에 자리를 내주고 잠들어 있던 행복은 스스로 깨어날 수 없기에 깨어나게 해야 했다. 행복은 멀리 있는 것도 가까이 있는 것도 아니었다. 스스로 행복이 멀리 있을 것이라고 생각하는 것이 문제였다.

자연을 버리고, 행복을 버리고, 인간이기를 버리는 오류의 시간이 다가오고 세상에 던져질 주사위는 다시 들어올려졌다. 비트는 이상한나라의 변화 속에서 과거를 보았고, 현재를 보았으며, 미래를 보려 했다. 그 수많은 변화를 감당하기에 비트 자신 역부족임을 깨달았다. 많은 것들이 변화를 원하면서도 근원적으

로 깨어날 수 없는 장벽들이 있었다. 그 근본적 장벽을 걷어내지 않고서는 제 길을 갈 수가 없었다.

비트는 그림자의 말 속에서 스스로 깨어남을 느꼈다. 깨어날 수 없다면 태어남도 무의미했다. 서서히 어둠이 다가오고 있었다. 사람들의 숨소리마저 잠재워버릴 어둠이 온전히 내려앉으면 이제 그림자와 헤어져야 할 때인 것이다. 두려움이 앞섰다. 두려움보다는 그림자를 다시 볼 수 없다는 아쉬움 때문에 가슴이 아팠다. 시간은 언제나 한 개의 몸에 두 개의 얼굴을 가지고 있었다. 아침이 오면 반드시 어둠이 올 것을 알았고, 어둠이 오면 반드시 아침이 밝아온다는 것을 뜻했다. 그러나 비트는 아직 스스로 깨어나기 위해서는 어둠속으로 들어가야 한다는 것은 알지 못했다. 다만 날이 밝아오면 장미정원처럼 향기가 온 세상을 덮었으면 하고 바랐다. 장미 향기가 잃어버린 영혼을 되돌려주길 원했다. 이름 없는 자연이 끝없이 뿜어내는 생명의 내음이 좋았다.

그러나 세상은 여전히 알 수 없는 또 다른 세계로 이어졌다. 지식의 가방은 컴퓨터의 키보드에 의해 가벼워졌다. 사람들은 검색이라는 것을 좋아했지만, 인간 대신 컴퓨터가 그 역할을 실행했다. 사람들은 이제 세상을 벗어나 스스로 만든 골방으로 들어가 버렸다. 가상세계가 끝이 없듯, 그 세계에 깊숙이 들어가면 갈수록 그 세계는 공허하고 덧없었다.

사람들의 목소리는 하나의 눈으로 거듭나기보다는 천 개의 소리로 거듭났다. 모든 것은 빠르게 더욱 빠르게 변화했다. 비트는 변화하는 세상에 함께 발맞춰 굴릴 수 있는 바퀴가 있길 바랐다. 바퀴는 스스로의 희생을 통해 세상의 무게를 덜어줬다. 움직임은 속도를 만들어 날개를 달려 했다. 비트는 어둠속으로 달렸다. 새롭게 다가올 밝은 세계를 알기 위해 더욱 빨리 달렸다. 어둠은 비트의 속도를 가늠할 수 없을 정도로 짙게 깔리고 있었다. 비트는 어둠을 벗어나려 달리고 달렸지만 그는 어둠속에 빛이 존재한다는 사실을 몰랐다. 비트가 달린 어둠은 잠시 후 다가올 밝은 길을 향한 것임을 그는 아직 깨닫지 못했다. 그러나 빛은 언제나 스스로를 밝히고 있었다.

어둠을 뚫고 한참을 달린 후에야 비트는 어둠속에 묻혀 있는 그림자의 고독을 발걸음 옮길 때마다 더욱 가깝게 느꼈다. 선택할 수 없는 고독이라면, 버려진 고독보다는 스스로 담아내는 고독을 택하고 싶었다. 어린시절 고백할 수 없었던 마음의 불씨가 사랑이었음을 이제 알았다. 안개나라가 그리웠다. 장미 한 송이를 전해줄 때 전해오던 소녀의 따뜻한 온기가 그리웠다. 말없이 악기를 켜던 그녀의 동생도 그리웠다.

시간이란 참 아득한 추억의 온기를 담고 있는가 보다. 냉정한 현실 속에서 과거의 추억을 되새기는 시간은 더욱 그랬다. 비트는 어둠의 그림자 속에서 다가올 밝음보다 소녀와의 만남이 그리웠다. 어둠속에서 어린시절의 기억을 떠올리며 그는 방황하던 발걸음을 멈춰 세웠다. 다시 한번 안개나라를 찾고 싶었다. 어둠이 두려워서가 아니라 빠르게 변하는 사람들이 두려워서였다. 어린시절 소녀가 했던 말이 불현듯 생각났다.

"네가 시간의 속도에 끌려가지 않고 너를 찾을 수 있으면, 난 항상 너와 함께 할 수 있어."

비트는 혼잣말로 중얼거렸다.

"시간의 속도!"

과연 시간의 속도가 무엇일까 궁금했다. 소녀의 말을 이해하기 어려웠다. 빠르게 변해가는 세상의 시간이 두려웠던 비트에게 시간의 속도는 역시 희망보다 두려움을 주었다. 시간은 세상의 모든 아름다움을 고개 숙이게 했다. 아름다운 여인도, 활짝 핀 꽃들도 시간 앞에선 그 빛을 잃었다. 비트는 소녀가 말하는 시간의 속도에 끌려가지 않고 자신을 찾을 수 있는 방법이 무엇일까 생각했다. 시간이 속도를 멈춘다면 나의 존재 또한 무의미한데, 어떻게 시간의 속도에 끌려가지 않을 수 있단 말인가. 그저 소녀의 말이 야속하기만 했다. 인간의 힘으로 바꿀 수 없는 시간의 속도에 끌려가지 말라니. 차라리 시간보다 더 빨리 달리라고 한다면 얼마나 좋았을까. 어릴 때부터 시간의 바퀴를 타고 수많은 곳을 달려본 그로서는 시간의 속도를 등에 업고 빨리 달릴 수는 있어도, 시간의 속도를 멈추게 할 수는 없었다.

어둠속 어디선가 향기로운 내음이 풍겨왔다. 비트는 단박에 그것이 장미 향기임을 알아챘다. 풀 수 없는 수수께끼의 소용돌이 속에서 장미 향기는 비트의 발자국 소리와 함께 피어올랐다. 향기는 어둠의 저편, 비트의 반대편 방향에서 퍼져오고 있는 것 같았다. 어둠은 안개마저 뒤덮어 그 어떤 것도 볼 수 없었지만 볼 수 없다고 느낄 수 없는 것은 아니었다. 비트는 직감적으로 안개나라에 다시 들어섰음을 느꼈다.

그는 소녀를 만날 수 있다는 기대감으로 부풀어올랐다. 어둠과 안개뿐이었지만 언젠가 소녀의 손에서 느껴본 그때의 촉감을 다시 느낄 수만 있다면……. 인간으로 태어나 미지의 소녀를 만났다는 것만으로 행복했다. 행복은 이렇듯 우연히 다가오는 것일까. 변해가는 세상의 소용돌이 속에서 소녀는 비트의 오롯한 안식처였다. 비트는 소녀를 통해 안개나라를 알았고 안개나라는 비트의 영혼이 쉬어갈 고향이었다. 인간의 능력이 아무리 뛰어나서 세상을 뒤집는다 해도 자연의 신비를 넘어설 수는 없었다. 비트는 소녀와의 만남을 통해 이상한나라에 불어오는 변화의 세상을 잠재우고 싶었다. 그는 소녀를 만나 숱한 이야기를 나누며 이 문제를 풀어보고 싶었다. 소녀가 들려준 동방나라의 교훈을 통해 안개나라에 희망을 주고 싶었다.

얼마를 걸었을까. 안개가 어둠을 뒤덮어 앞을 볼 수 없었다. 비트는 소녀와의 만남이 과거의 흔적을 더듬는 것이 아니라 현재를 통해 존재하지 않는 과거를 보는 것이라 생각했다. 비트는 한편으로 소녀의 말을 이해할 수 있을 것도 같았다. 그와 소녀의 사이에 이미 흘러간 과거는 존재하지 않으며, 다가올 미래 또한 아직 오지 않은 것이므로 존재하지 않는 것이다. 결국 비트가 서 있는 지금 이 순간이 시간의 속도에 끌려가지 않고 자신을 찾는 순간임을 깨달았다. 시간은 영원하고 미래는 다가오리라 예측하지만 비트에게 오늘은 어제의 오늘이며, 내일의 오늘임을 헤아릴 수 있었다. 비트는 소녀의 말에 확신을 가질 수 있었다. 비트가 자신의 오늘을 바라볼 수 있다면, 언제 어디서나 그의 곁에 있다는, 소녀가 한 말은 어둠속에서 빛을 향해 질주해온 비트의 두 다리에 그 의미가 있었다. 비트는 대지에 두 다리를 딛고 버티어 설 수 있다면, 언제든지 소녀를 만날 수 있으리란 확신이 생겼다.

깨달음의 끝자락엔 언제나 만남이 있었다. 비트는 소녀를 볼 수 있었다. 어둠과 안개가 뒤섞인 혼돈의 순간이었지만 비트는 '현재'라는 시간을 통해 소녀를 볼 수 있었다. 소녀가 다가왔다. 너무 오랫동안 그녀를 잊고 살았음을 새삼 느낀 비트는 순간 당황했다. 오늘을 통해서 다시 그녀를 볼 수 있다는 것은 그가 오늘이라는 본질을 이해했기 때문이다. 만약, 육신이 영혼을 떠나는 날까지 세상의 논리 속에서 헤어날 수 없다면, 비트는 영원히 소녀를 만날 수 없었을지 모른다.

그러나 비트는 오늘이라는 순간의 영원을 통해 소녀를 간절히 원했기에 그녀를 만날 수 있었다. 둘은 걷기 시작했다. 어둠을 울타리 삼아 누구도 보지 않는 길을 단 둘이 걷고 있었다. 세상은 무언으로 말하고 바람만이 그들의 길을 인도했다. 한참을 걸은 후 소녀는 어둠속에 비치는 불빛을 가리켰다. 그것은 커다란 호수에 비친 달빛이었다. 어둠과 안개의 벽이 너무 두꺼워 달은 자신을 내려놓지 못하고 그저 그림자만 드리웠다. 둘은 달빛을 벗 삼아 커다란 나무 아래로 걸어갔다. 뛰놀던 노루와 사슴들도 날아가 버린 새들처럼 자취를 감추었다. 차가운 강바람만이 이들을 반겨주었다.

비트는 변화된 사회 속에서도 변치 않는 세상이 있음을 알았다. 그는 오늘 자신의 영혼을 통해 이상한나라의 오늘을 말하려 했다. 소녀는 비트의 얼굴을 바라보았다. 달빛이 비트의 눈동자에 어려 있었다. 비트도 소녀를 보았다. 소녀의 눈동자에도 달빛이 어려 있었다. 둘은 서로의 눈동자를 통해 달빛을 보았고 오늘을 보았다. 이들은 거기에서 시간의 속도에 끌려가지 않는 안개나라를 보았다.

디지털 시대의 국가 속으로

　　　　　소녀는 어둠의 안개 속, 달빛 호수에서 안개나라의 아버지나라, 동방나라의 과거를 비트에게 들려주었다.
　"고향은 사람들에게 어떤 의미일까? 고향은 사람들이 마음속에 그리는 정도에 따라 지역이 결정될 거야. 어떤 사람은 이를 마을이라 하고, 어떤 사람은 이를 도시, 국가, 세계라 하고, 어떤 사람은 이를 자연이라 하겠지.
　자연인인 인간은 세상이 고향이었어. 끝없는 들판이 앞마당이었고, 누워서 등을 붙이면 집이었지. 그러나 사람들이 모여 살면서 스스로의 자연을 포기하고 국가라는 틀을 형성하였어. 국가는 여러 작은 집단이 모인 하나의 커다란 모임이었지. 동방나라는 하나의 국가가 형성되기 이전부터 많은 부족들로 이루어진 부족공동체였어. 부족들은 서로의 영역을 스스로 다스리고 필요에 따라 연합하고, 이익에 반하면 전쟁을 일삼았지.

그러나 알에서 깨어난 사내아이가 있어 이들의 부족을 하나의 국가로 탄생시켰어. 새로운 국가는 그 힘이 강성하여 끝없이 대지를 넓혀나갔지. 하지만 아무리 강하고 용감한 영웅이라도 시간 앞에선 어쩔 수 없었나봐. 그는, 자신만은 시간이 이끌고 오는 육신의 나약함을 넘어설 것이라고 장담했지. 그러나 시간은 언제나, 누구에게나 공평한 거야. 세상에선 힘 있는 자가 힘없는 자보다 많은 걸 소유할 수는 있지만 시간만은 예외야.

시간이란 인간에게 두 가지를 가르쳐주었지. 하나는 무無로부터 생명이 태어날 수 있다는 것이었고, 다른 하나는 그것이 얼마 되지 않아 사라질 거라는 것이었지. 동방나라 아버지들은 국가의 통합을 위해 자신들 육신에 주어진 시간을 불꽃으로 사르고 사라졌어."

비트는 소녀의 말을 들으면서 자신의 몸이 시간을 타고 얼마나 성장했는지, 또 아득했던 어린시절이 얼마나 찰나와 같은 짧은 시간이었는지 느낄 수 있었다. 동시에 오늘 앞에 서 있는 자신의 왜소함을 어둠의 그림자 속으로 감추고 싶었다. 소녀가 말했다.

"국가란 참 이상한 거야!"

비트는 소녀가 던진 말이 궁금했다. 비트 자신도 안개나라를 알기 전부터 이상한나라의 많은 것들에 의문을 가지고 있었던 터였다.

"사람들은 국가라는 말에 모든 복종을 아끼지 않았지. 복종뿐 아니라 사랑까지도 포함해서 말이야. 동방나라 사람들은 국가라는 대의를 위해 싸워야 했고, 정복과 파멸의 역사를 맛보아야 했지. 이긴 자는 새로운 이름으로 새로운 국가를 만들겠다고 하고, 진 자는 언젠가는 잃어버린 국가를 되찾겠다고 말하곤 했지. 그러나 국가의 커다란 틀도 지역의 이익을 넘어설 수 없을 때가 많았어."

"왜 그렇다고 생각하지?"

비트는 물었다.

"아무리 좋은 국가라도 가족의 단위가 보장되지 않고는 하나가 될 수 없기 때문이야. 가족은 부족에 우선하고 부족은 국가에 우선하지. 이는 국가에서 보면 반역과 같은 행위야. 그래서 국가는 가족을 희생해서라도 공동의 이익이 우선이라고 말하지. 하지만 여기서 발생하는 모순은 누구도 극복할 수 없어. 아무리 훌륭한 군주라도 자신을 포함한 가족이 없었다면 자신 또한 존재할 수 없으니 말이야. 자기 존재가 없으면 국가가 형성될 수 없다는 것은 자연의 이치가 아니겠니?"

소녀의 말에 비트는 국가 또한 많은 것들이 모여 하나가 되는 자연과 같다고 느꼈다. 지구의 수많은 동식물들이 우주의 눈으로 보면 하나의 점에 불과하다. 그러나 그 속으로 들어가면 세상은 알 수 없는 것들로 가득 차 있지 않은가. 비트는 점점 더 난해한 세상 속으로 휘말려 들어가는 것만 같았다. 소녀는 하던 말을 계속 이어나갔다.

"하나가 되었던 동방나라는 가족이라는 이름으로 분열될 수밖에 없었어. 한 사람의 군주가 한 사람의 자식만 낳았으면, 국가는 또 다른 이름으로 분열되지 않았을 거야. 하지만 인간은 종족 번식의 본성을 할아버지의 유언으로 잘못 받아들이고 있었나봐. 그들은 자기가 잡은 권력에 매료되어 그것을 남에게 그냥 물려주려 하지 않았거든. 여기서 가족이라는 것의 모순이 나오지. 만약 군주가 가족을 이루지 않고 홀로 설 수만 있다면 국가는 시간을 통해 영원할 수도 있을 거야."

"할아버지 나라처럼?"

비트가 말했다.

"그래, 할아버지 나라처럼. 그런데 동방나라의 군주는 자식이 여럿이었지. 부인이 하나가 아닌 여럿이라면 문제는 더욱 심각하게 돌아갈 수밖에 없어. 아버지는 한 명의 자식을 선택해서 자신의 권력과 재산을 물려주고 싶어하지. 하지만 인간의 욕심이 가족단위마저도 무너뜨리고 말았어. 또 다른 자식들은 그것을 인정할 수가 없는 거야."

"왜 인정할 수가 없지?"

비트는 궁금해서 되물었다.

"왜냐구? 사람은 각자 다른 욕심을 가지고 있기 때문이지."

"각자 다른 욕심?"

"그래, 군주의 자식들은 서로가 동등하다고 생각하지. 그래서 각자 자기가 아버지의 뒤를 이어받아야 한다고 생각해. 문제는 이러한 자기 중심의 생각에서 발생하는 거야."

비트는 소녀의 말이 일리가 있다고 생각했다. 이상한나라 사람들도 얼마나 많은 부분 자신들의 이익만을 위해 달려왔나를 생각했다. 스스로 깨어나지 않으면 해결할 수 없는 자기식의 논리가 사회의 논쟁으로 발전하는 예를 많이 보아왔다. 소녀의 이야기를 듣고 있던 비트는 세상은 모두가 하나의 동일한 속성을 가지고 있다는 생각이 들었다. 소녀는 하던 이야기를 계속했다.

"하나로 통합해 있던 동방나라는 또 다른 세 개의 동방나라로 분할된 거야. 사람들은 서로의 생각에 따라 그들이 원하는 사람을 군주로 받들었어. 군주란 별거 아니었지. 사람을 모을 수 있고 그들에게 충성을 맹세받을 수만 있다면, 모두가 자신이 군주라고 생각하는 거야. 너는 군주의 역할이 무엇이라 생각해?"

비트는 군주에 대해 생각해본 적이 없어 순간 당황했다. 그동안 자신의 존재를 알기 위해 수없이 여행을 해왔을 뿐, 사람을 다스리거나 국가를 다스리는 것에 대해 고민해본 적이 없었다. 비트는 소녀의 질문에 명쾌하게 답하지 못했다.

"군주란 정의를 위해 자신을 희생하는 자야."

"정의가 뭔데?"

비트가 궁금하다는 듯 물었다.

"먼 나라의 이야기를 들어봐."

소녀는 비트에게 정의를 설명하기 위해 먼 나라의 철학자가 말한 정의에 대해 들려주었다.

"정의는 어떠한 기술이나 통치를 통해 자신의 이익을 기대하지 않는 거야. 기술은 기술의 대상에 이익을 주고, 통치는 통치의 대상에 이익을 주는 거야. 군주는 국가라는 힘을 이용하여 통치를 하고, 통치자로서 갖는 강자의 이익보다 통치를 받는 약자의 이익을 우선적으로 생각하는 사람이야. 결국 정의란 자신의 이익보다 대상의 이익을 우선시하는 것이라고 말했어."

비트는 국가의 정의가 바로 서기 위해선 통치자의 자세가 중요하다는 뜻을 소녀의 이야기를 통해 배웠다. 소녀는 다시 동방나라의 역사로 말을 돌렸다.

"하나의 국가는 세 개의 국가로 분열되었어. 세 개의 국가 분열은 동시에 세 개의 부족 분열이기도 했지. 동방나라는 오래도록 이러한 분열을 종식시키지 못했어. 사람들은 가족과 부족의 통합을 통해 이루어진 하나의 나라를 믿고 따르려 했지. 그러나 하나가 되는 것을 싫어하는 사람들이 문제였어. 그들은 하나가 되면 세 개의 나라보다 권력을 차지할 기회가 적기 때문에 자신들에게 돌아올 것이 적어질 거라 생각한 거야. 결국, 우리 선조들은 또다시 굴렁쇠의 쳇바퀴를 되돌릴 수밖에 없었어."

소녀는 자신의 아버지 세대를 사랑하고 존경하면서도 결국은 넘어설 수 없는 인간의 한계를 아쉬워했다.

"암울했던 동방나라에 또 다른 영웅이 나타났지. 그는 하나 된 군주를 거울삼아 분열되지 않는 국가를 만들고 싶어했어. 그는 자신의 열정을 하나로 묶었지. 그러나 그 또한 인간이었어. 시간은 또다시 찾아왔고 우리는 분열의 쳇바퀴 속에서 다시 살아가야 했어. 국가는 하나지만 권력은 분할되고, 서로의 이익에 따라 국가는 하나가 되기도 하고 세 개가 되기도 하였지. 모두가 동일한 민족임에도 불구하고 말이야."

소녀의 말을 들으면서 비트는 자신이 살고 있는 이상한나라에도 이 같은 일이 자주 발생하고 있음을 떠올렸다. 비트는 소녀에게 말했다.

"그래, 내가 사는 이상한나라에도 항상 하나가 되는 것은 쉬운 일이 아니었어.

사람들은 늘 영웅을 그리워하는 것 같아. 어린 공주가 백마 타고 오는 기사의 꿈을 꾸듯 말이야. 우리는 언제나 새로운 위인이 구름 속에서 나타나 우리를 구원할 거라 믿고 있지. 생각은 정말 자유로이 못할 게 없지.

"그럼, 생각에 따라 내가 국가가 되고 국가는 세계가 되지."

소녀는 비트의 말에 맞장구를 쳤다. 비트는 신이 나서 소녀에게 이상한나라에 불어오는 변화에 대해 말하고 싶었다. 비트는 소녀가 살아온 안개나라에서는 상상할 수 없는 이상한나라의 변화를 들려주었다.

"혹시 컴퓨터라는 말을 들어본 적이 있니?"

비트는 조심스럽게 물었다.

"컴퓨터? 그게 뭔데?"

소녀는 호기심으로 물었다. 소녀는 컴퓨터라는 새로운 발명품을 모르는 것 같았다. 비트는 신이 났다. 자신도 소녀에게 새로운 이야기를 해줄 수 있다는 생각에 기쁨이 넘쳤다.

"먼 나라에서 들어온 이상한 기계야! 이 기계는 참 많은 일을 할 수 있어. 인간이 기억하지 못하는 수많은 것들을 한 번 저장만 하면 언제든지 그 일을 기억하고 우리에게 알려줘. 그뿐 아니야. 그것을 작동시키는 디지털이라는 이름의 새로운 방식은 전혀 다른 세상을 만들기도 하지.

사람들은 자신이 이루지 못한 꿈을 컴퓨터 속 가상공간을 통해 실현하려고 해. 그것의 속도가 얼마나 빠른지, 내가 시간의 수레바퀴를 타고 너에게 오는 것보다 몇십 배, 아니 몇백 배가 빠른지 모를 지경이야."

"시간의 수레바퀴보다 빠르다고?"

소녀는 믿기지 않는다는 얼굴로 말했다.

"그럼, 시간의 수레바퀴보다 훨씬 빨라."

비트는 소녀가 자신의 말에 빠져들고 있음을 알고 신이 나서 말했다.

"디지털은 사람들에게 많은 것을 가르쳐주지. 이상한나라에서는 이것을 정보라고 해. 디지털은 컴퓨터를 통해 수많은 정보를 단 몇 초 안에 우리에게 전해주고 있어. 온 세상 컴퓨터들은 서로 연결돼 있는데 우린 그걸 인터넷이라고 불러. 컴퓨터 하나로 인터넷을 통해 세상 정보를 다 가질 수 있는 거지."

소녀는 이상한나라에는 자신이 알지 못하는 많은 일들이 일어나고 있음을 비트를 통해 알게 되었다.

"그럼 그것을 가지고 무엇을 하니?"

소녀의 질문은 명쾌했다. 이상한나라 디지털이 사람들에게 어떻게 사용되고 있는지가 궁금했던 것이다. 비트는 한참을 생각하다 말했다.

"주로 정보를 공유하고, 문제를 해결해. 세상의 모든 것들이 디지털 기술로 접목되어 있지. 아마 시간이 흐르면 세상은 완전히 디지털 공간으로 바뀔지도 몰라."

비트는 소녀에게 디지털의 가능성에 대해 이야기하면서도 다가올 시간의 변화에 대해서 한 번도 생각지 못했던 것이 부끄러웠다.

"세상은 디지털에 의해 많은 것이 변화할 것 같아. 아니 벌써 변화하고 있어. 수만 권의 책을 조그마한 칩 하나에 모두 저장하는데, 그 위력은 인간이 발명한 종이의 유용성을 무색하게 만들 정도거든. 그뿐 아니야. 사람들은 실시간으로 인터넷에 접속해서 세상을 한눈에 바라볼 수 있어. 그들은 천 개의 눈보다 더 많은 눈을 가지고 있지. 정말 엄청난 변화야."

비트의 말에 소녀는 디지털에 대해 더욱 궁금해했다. 소녀가 물었다.

"그러면 디지털에 의해 국가가 많이 바뀌었겠구나?"

소녀의 물음에 비트는 잠시 생각에 잠겼다. 시간의 속도보다 빠르게 변화하는 디지털 시대를 맞이하고 있지만, 국가의 형태는 변한 것이 없고 여전히 지역성을 벗어나지 못하고 있지 않은가. 비트는 자신의 주머니에서 무언가 꺼내들었다. 그리고 소녀 앞에 펼쳐 보였다.

"이게 뭐니?"

소녀가 물었다.

"이상한나라의 지도야!"

비트는 대답하면서 이상한나라의 지도를 달빛 아래 비추었다. 지도에 나타난 비트의 나라는 소녀가 생각했던 것보다 훨씬 작았다. 소녀의 안개나라는 비트의 나라보다 몇십 배는 큰 것 같았다. 비트는 지도를 펴고 소녀에게 가까이 다가갔다. 말로 설명하는 것보다 지도를 보여주면서 설명하는 것이 훨씬 쉬울 것이라 생각되었다. 옆에 있는 소녀의 따뜻한 체온을 느끼며 그는 행복했다. 비트는 소녀에게 이상한나라에 대해 설명했다.

"여기를 봐!"

비트는 손가락으로 한 지점을 가리켰다.

"이곳이 이상한나라의 수도야. 이곳에 군주가 살고 있지. 군주는 항상 새로운 국가의 틀을 그리려 해. 하지만 사람들한테는 그 틀이 보이지 않았나봐. 매일 새로운 국가를 말하지만 사람들은 들으려 하지도 않아."

"왜 그럴까?"

소녀가 물었다.

"왜냐구? 사람들은 군주가 정리되지 않은 생각을 말하고 있다고 단정해버리기 때문이야. 사실 군주의 자리에 오르면 누구나 국가를 우선시한다고 생각해. 하지만 국가를 다스리는 방법에서 사람들의 동의를 구하지 못했기 때문에 그들은 군주의 말을 듣지 않는 거야."

"사람들의 동의?"

소녀가 물었다.

"그럼, 국가는 사람들의 동의를 필요로 해. 먼 나라에서는 이것을 민수수의라고 하지. 다수의 동의는 다수의 행복을 뜻하거든. 그런데 이런 동의가 일부 사람들에 의해 악용되는 경우가 많아. 한 사람이 손바닥에 대해 이야기하면, 다른 사람은 손등에 대해 이야기해. 똑같은 손을 봐도 서로가 보는 방법이 다른 거지. 의견의 불일치는 인정할 수 있어. 하지만 하나의 국가가 여러 개로 분열되는 것은 눈뜨고 볼 수 없을 것 같아."

비트는 이상한나라에서 벌어지는 행태에 대해 못마땅한 표정을 지었다.

"어떻게 하나의 나라가 여러 개의 나라가 될 수 있어?"

소녀는 궁금하다는 듯 비트의 말을 끊으며 물었다.

"국가는 하나지만, 부족은 세 개라고 주장하는 사람들이 있기 때문이야. 이것은 힘없는 자들이 그들의 세력을 결집하기 위해 필요한 수단인지 몰라. 그렇지만 그것은 힘이 왜 필요한지를 모르는 자들의 행태일 거야. 권력은 곧 힘이고, 군주에게는 권력이 따르지만, 이는 군주의 진정한 의미가 무엇인지 모르는 사람들의 허망한 몸짓에 불과하다고 할 수 있어. 군주는 정의로워야 한다고 우리가 말했지?"

"그래!" 소녀가 비트의 물음에 대답했다.

"군주가 정의를 지키려면 모든 사람들을 보호할 수 있어야 해. 일부를 보호하고 일부를 보호하지 않는다면 이는 정의라 말할 수 없을 거야."

소녀는 비트의 말에 끼어들면서 가볍게 물었다.

"그럼 정의로운 사회가 되려면, 먼저 부족 중심의 사고를 없애면 되잖아?"

"그게 그렇게 쉽지 않아. 역사는 오랜 세월 동안 이런 분열을 반복해왔거든. 시대가 아무리 많이 바뀌어도 사람들은 그것을 쉽게 잊지 않아. 현재는 과거와 말할 수 없을 정도로 차이가 많아. 사람들은 자기가 사는 삶의 터전에서 벗어나고 싶어하지 않아. 만약 벗어난다고 하더라도 자기의 고향을 잊지 않지. 문제는 고향에 대한 근본적인 생각이 바뀌어야 한다고 봐."

비트는 사람들의 생각이 바뀌지 않는 이상 부족 중심적 사회는 영원히 지속될 것이라 믿었다. 소녀는 비트의 걱정을 덜어주기라도 하려는 듯 말했다.

"그러면 부족사회의 끈을 끊으면 되잖아!"

"부족사회의 끈?"

"그래, 부족사회의 끈!"

"그게 뭔데?"

"너희에겐 디지털이라는 도구가 있다면서?"

"그래, 우리에겐 디지털이라는 새로운 혁명이 다가오고 있지."

"그럼, 그것을 이용해 지도를 다시 그려봐! 지도란 사람들이 그려넣은 경계일 뿐이니까. 만약, 디지털의 속도를 이용한다면 너는 새로운 국가를 만들 수 있을 거야."

비트는 소녀가 말하는 새로운 지도라는 말에 정신이 바짝 들었다. 소녀는 말을 이어갔다.

"할아버지는 인간의 오만함을 물을 통해 새롭게 바꾸셨지. 그것을 물이 가져온 심판의 칼날이라고 하면 맞을 거야. 세상은 할아버지의 칼날에 도려내진 빙하기를 거치고 간빙기 때 얼음이 녹기 시작하자, 물은 대지의 지도를 다시 그리기 시작한 거야. 간단하잖아! 디지털의 열기를 통해 얼었던 물을 녹이고 그것을 이용해 새로운 지도를 그리는 거야.

하지만 중요한 것이 있어. 세상의 대지는 언제나 산맥을 가지고 있지. 산맥은 대지의 뼈대이고 중심이야. 산맥을 중심으로 새로운 지도를 그려봐. 부족의 경계에서 시작하지 말고."

비트는 소녀의 말을 듣고 새로운 희망이 생기기 시작했다.

"새로운 지도를 그린다고? 그런데 그게 정말 가능할까?"

"물론 수많은 생각들이 지도 위에 덮겠지. 자신의 득과 실이 되는 지점을 시작으로, 부족의 득과 실이 되는 곳을 지도 위에 수놓을 거야. 하지만 그들에게 미래를 보여줄 순 있지 않겠니? 과거는 지나가고 존재하지 않지만, 부족 중심적 사고가 얼마나 많은 고통을 안겨주었는지 알려줄 수 있을 거야. 그리고 세상의 중심에 디지털 시대가 다가오고 있음을 알려줘. 먼 나라 사람들이 너희들의 생존권을 다 가져가기 전에 말이야."

소녀의 말이 매우 단호하게 들렸다. 비트는 변화하는 세상나들이를 통해 세계는 또 다른 정복을 준비하고 있음을 느낄 수 있었다. 그것이 기술이든, 자연이든 상관없이, 앞으로 다가올 사회의 변화 중심에 디지털 시대가 도래할 거라는 확신이 강하게 들었다.

"디지털을 통해 어떻게 부족 중심적 사고를 떨쳐버릴 수 있을까?"

비트는 소녀의 직관력에 의지하고 싶었다.

"네가 말한 디지털의 속도는 시간의 바퀴보다 빠르다면서?"

"그래, 그것은 사실이야."

"그럼 속도를 이용하는 거야. 한 달이나 걸려서야 전달되던 정보를 단 한순간에 전달할 수 있는 기술이 있잖아. 언제 어디서나 하나의 시스템으로 연결되어 있다면 국가의 지도는 그림에 불과할지 몰라. 이제는 말이나 자동차나 그저 동일한 운송수단에 불과해. 움직임 자체가 중요하던 시대는 물러가고 있거든. 너희는 디지털을 이용해 시간의 속도를 넘을 수 있는 국가가 필요해."

비트는 소녀의 말에 흥분을 감출 수 없었다. 국가의 지도가 새롭게 바뀔 수 있다는 가정이 비트를 흥분시켰다. 소녀는 뭔가 더 할 말이 많은지 계속 이어갔다.

"국가의 조직은 대단히 크고 복잡하지. 그래서 군주는 국가의 정의를 위해 노력하지만 그것이 각 개인에게 미치지 못하는 거야. 하지만 디지털은 정보를 얼마든지 저장할 수 있다고 네가 말했잖니."

"그래, 하나의 칩에 모든 국가 정보를 집어넣고도 남을 공간이 담겨 있지."

"그러면 더욱 쉬운 문제구나!"

국가의 지도를 바꾸는 게 쉽다고 말하는 소녀의 판단이 조금 성급하다고 비트는 생각했다. 그러나 소녀의 말에는 확신에 찬 믿음이 담겨 있었다.

"새로운 지도는 국가의 행정능력을 위해 필요할 뿐, 부족의 경계는 국가라는 틀 속에 귀속시키는 거야. 예를 들어 여덟 개의 포스트를 만들고 각각의 포스트는 서로의 네트워크를 통해 연결되는 거지. 서로 상호 네트워크를 관리하는 기능을 부여하는 거야.

물론, 국가를 유지하기 위한 기본적 체제는 가지고 가야 하겠지. 하지만 빠른 속도와 대량의 정보처리 능력은 몸집을 줄이기에 최적의 기술이지. 너희는 그러한 디지털 사회를 만들고 있잖아."

비트는 소녀의 말을 이해할 수 있었다. 부족 중심적 사회를 종결하고 새로운 체제의 디지털 국가를 만들자는 것이 꿈이 아닌 현실 가능의 세계임을. 비트는 소녀와의 만남을 통해 변화해가는 이상한나라의 디지털 현실이 무한한 발전 가능성을 열어주었다는 사실에 고마워했다.

열변을 토한 소녀는 피곤해 보였다. 자연의 변화가 아침이 밝아오고 있음을 알려주었다. 이제 헤어질 시각이었다. 소녀는 날이 밝기 전에 동생에게로 돌아가야 한다고 말했다. 소녀는 동생과 함께 아버지의 기억 속으로 들어가 안개가 걷힐 날을 준비해야 했다. 영원히 함께할 수 없음에 비트의 마음은 아팠고, 소녀와의 만남이 언제나 일상을 벗어나 안개 속에서 이루어져야 했기에 가슴이 더욱 아렸다. 안개는 흔적 없이 자신을 거두어가고 있었다.

# 새들은 새장을 떠나고

이른 아침부터 안개비가 대지를 적셨다. 도시는 자욱한 안개 속에서 불빛만이 반짝이고 있었다. 비트는 창 너머로 도시를 휘감고 있는 안개를 바라보고 있었다. 잠시 그는 자신이 안개나라에 들어와 잠이 들었다는 착각에 빠졌다. 주위를 둘러보았지만, 소녀의 흔적은 어디에도 없었다. 창을 열고 밖을 보니 안개비가 내리고 있었다. 상상의 날개를 단 안개는 새벽이 밝아오자 어디론가 사라지고, 아침부터 안개구름이 부산한 움직임을 보이고 있었다. 비트는 일상 속에서 살아가는 사람들의 모습을 바라보았다. 도시는 사람들로 넘쳐나고 모든 것들이 하늘로 치솟고 있었다. 사람들은 그들의 보금자리를 찾기 위해 치열한 투쟁을 벌이고 있었다. 갈수록 늘어나는 집들 속의 집들을 보면서 비트는 어린시절 새장수가 생각났다. 희미한 기억 속에서 떠오르는 추억들…….

허름한 삼륜차에 커다란 마이크를 달고 동네 구석구석을 다니던 새장수가 있었다. 텁수룩한 수염, 구레나룻까지 기른 그는 붉은 옷에 하얀 모자를 쓰면 산타클로스 할아버지를 연상케 했다. 체구는 작지만 다부진 그의 음성이 온 동네를 떠들썩하게 했다. 그가 마이크를 집어 들고 "새 사시오!" 하고 떠들어대면 동네 아이들은 녹음기에서 들려오는 새소리에 맞춰 발걸음을 띄우며 따라다녔다.

새장수가 다녀간 그날도 안개비가 가시고 아침햇살이 서서히 모습을 드러내는 중이었다. 새들도 새장 속에서 아침을 맞고 있었다. 새들은 그들의 의도와 무관하게 살며, 새장 속에 스스로의 삶을 가두고 있었다. 새장 속에는 사백 년 동안 자신의 울타리를 찾지 못하고 방황하는 카타리나와 일곱 개의 알을 품고 있는 십자매가 가장 높은 자리에 앉아 있었다. 이들의 새장은 나뭇가지처럼 바람에 흔들렸다. 새들의 안전을 배려하여 특수 제작된 새들이 머무는 새장의 사각 틀은 격자형 철재 프레임의 형태였고, 사각 프레임 안에는 각각의 새장이 견고하게 매달려 있었다.

비트는 이러한 새장을 바라보면서 동네에 이상한 모습으로 들어서기 시작한 커다란 집들을 떠올렸다. 사람들은 이것을 먼 나라에서 들여온 인공둥지라고 했다. 카타리나와 십자매의 아래 둥지를 차지하고 있는 새들은 두 마리의 녹색잉꼬와 휘파람새였다. 사람들은 두 마리의 녹색잉꼬를 사랑의 앵무새라고 불렀다. 그리고 가장 낮은 자리의 새장을 차지하고 있는 새는 검은 가면모랑앵무였다. 아이들은 이 새가 검은 가면을 쓴 네로를 닮았다고 해서 네로라고 불렀다.

새장수가 "새 사시오!" 하고 외쳐대면 네로는 "새 사시오!" 하고 따라했다.

그는 새장수가 외치는 소리가 무슨 뜻인지 몰랐다. 단지 네로는 새장수가 외치는 목소리에서 그가 뭔가를 애타게 갈구하고 있다는 것쯤은 헤아릴 수 있었다. 얼마 동안 외치다가 그는 지쳤는지 얼굴에 흐르는 땀을 닦으며 마을 어귀에 위치한 고목나무 그늘 아래로 걸어갔다. 나뭇가지를 두드리는 시원한 바람이 새장수의 흐르는 땀을 식혀주었다. 새장수는 갈증이 났는지 준비해온 물을 꺼내 들고 단숨에 마셔버렸다. 그리고 불만스러운 목소리로 "오늘은 장사가 되지 않아!" 혼잣말로 중얼거렸다. 옆에 있던 네로가 "오늘은 장사가 되지 않아!" 하면서 그의 말을 따라했다. 새장수는 네로를 바라보며 "그만해!" 하고 소리쳤다. 네로는 새장수가 자신을 알아주고 있다고 생각했는지 "그만해!" 하면서 계속 따라했다. 새장수는 화가 났다. 날씨는 덥고 힘은 드는데 새마저 자신의 마음을 몰라주는 것 같아 속상했다. 그렇지만 아이들은 신이 났다. 새장수의 말을 따라하는 네로의 모습이 그저 신기하기만 했다. 아이들 중 하나가 네로를 보면서 말했다.

"너는 우리의 말을 알아듣니?"

그러자 네로가 되물었다. "너는 우리의 말을 알아듣니?"

아이는 자신이 새의 말을 알아들을 수 없다고 생각했다. 그래서 아이는 "아니!" 라고 대답했다. 그러자 네로도 "아니!" 하고 대답했다. 사람들은 그들이 하는 말을 새가 알아듣지 못한다고 생각했다. 그래도 네로는 사람들이 하는 말을 그대로 따라하고 있었다. 비트는 아이들 틈에 끼어 이 모습을 바라보면서 새들과 아이들이 자연과 하나 되는 모습을 보았다. 어른들은 새들의 말을 알아듣지 못했지만 아이들은 새들의 소리를 들을 수 있었다. 서로 내는 소리가 다르고 그것이 의미하는 것도 다르지만, 모든 것이 자연의 소리라는 것을 비트는 알 수 있었다.

새장수는 아이들이 모여드는 것이 귀찮았는지 "저리 가!" 하고 소리쳤다. 그래도 아이들은 새장수의 말에 개의치 않고 새들에게 모여들었다. 휘파람새는 목소리를 가다듬고 휘파람을 불었고 아이들은 이를 따라했다. 아이들은 새들과 하나가 되었고, 소리는 소리를 타고 흥겨워졌다. 비트도 즐거웠다. 두 마리의 녹색잉꼬가 휘파람새가 내는 말소리에 고개를 돌렸다. 그리고 휘파람새를 향해 말했다.

"뭐가 그렇게 즐거우니?"

"저기를 봐!"

"어딜!" 하고 녹색잉꼬가 물었다.

휘파람새는 아이들을 가리키며 말했다.

"저 아이들은 우리에게 자유를 가져다줄 거야."

휘파람새는 휘파람 소리를 내며 말했다.

"쟤들이 우리에게 자유를 가져다준다고?"

옆에 있던 네로가 물었다.

"그럼!"

휘파람새는 자신 있는 목소리로 말했다. 휘파람새는 아이들이 따라하는 휘파람 소리에서 아이들이 그들에게 자유를 가져다줄 것을 확신했다. 아이들은 휘파람 소리를 통해 새들과 대화하고 있었다.

"어떻게 저애들이 우리에게 자유를 가져다줄 수 있어?"

사백 년 간의 침묵을 깨고 카타리나가 말했다.

"자유라는 것이 이 세상에 있기나 하는 거야. 자유가 뭐지? 나는 인간들이 만들어준 둥지가 좋아. 그동안 살아오면서 이 둥지가 나의 보금자리라고 생각한 지 오래되었어."

카타리나는 자기에게 잠잘 자리와 먹을 것을 주는 새장수가 좋았다. 그는 세상에서 가장 자신을 잘 돌봐준 사람이었다. 하늘의 구름도, 미풍의 바람도 카타리나에겐 아무 도움을 주지 못했다. 그는 태어날 때부터 새장에서 태어났고, 새장이 그의 고향이었다. 카타리나는 새들이 아이들과 함께 큰일을 낼 거라는 예감이 들었다. 카타리나가 말했다.

"휘파람새의 말을 들으면 안 돼!"

"왜 내 말을 들으면 안 되지?"

휘파람새는 카타리나의 말에 화가 났다.

"너는 우리의 보금자리를 자유라는 것과 바꾸려고 하잖아."

카타리나는 휘파람새의 무책임한 말이 싫었다. 휘파람새의 말대로 저 아이들이 그들을 자유라는 이름으로 새장 밖으로 날려버린다면, 잠잘 곳과 먹을 것을 스스로 해결해야 한다는 불안감에서 벗어날 수 없었기 때문이다. 카타리나는 오로지 새장수를 통해 세상을 보았고 세상의 크기를 알았다. 세상은 크지도 않고 복잡하지도 않았다. 자기 하나의 몸이 들어앉을 공간만 있다면 그것으로 충분했다. 카타리나도 가끔은 하늘을 나는 새들을 본 적이 있었다. 그러나 그들은 자유를 얻는 대신 얼마나 많은 적으로부터 생명에 위협을 받고 사는지 보아왔다. 카타리나는 새장수를 떠나서는 살 수 없을 것 같았다.

"저기를 봐!"

카타리나가 새들을 향해 외쳤다. 카타리나의 목소리가 얼마나 컸던지 새들은 일제히 카타리나가 있는 쪽으로 고개를 돌렸다. 옆에 있던 아이들도 함께 고개를 돌렸다. 카타리나가 가리키는 곳은 멀리 회색 안개가 피어오르는 곳이었다. 사실은 안개가 아니라 먼지가 나는 공사장이었다. 카타리나는 먼지 속으로 희미하게 보이는 곳을 가리키며 말했다.

"사람들이 자기들 보금자리를 얼마나 좋아하는지 너희는 모를 거야!"

카타리나의 말을 듣고 있던 휘파람새가 물었다.

"인공둥지와 우리 새장이 무슨 관계가 있니?"

"무슨 관계가 있냐고? 저들을 봐! 저들은 자신의 울타리를 보금자리라고 생각하고 애지중지하잖아. 어느 누가 자신들이 새장 속 우리에 갇혔다고 생각하겠니. 보금자리를 갖게 된 것만으로도 만족해하고 있어. 그것이 저들의 삶을 풍요롭게 하는지 그것과는 관계없이 말이야."

"하지만 저들은 자신의 내면을 잃고 있잖아!"

가장 아래에 있던 네로가 말했다.

"그게 무슨 말이지?"

카타리나는 네로의 말을 이해할 수 없었다.

"그들은 자신들의 삶을 회색빛 콘크리트에 잃어가고 있어. 너희들 중 어느 누가 저들이 콘크리트의 오염으로부터 벗어날 거라고 생각해본 적이 있니? 인간은 자신이 만들어놓은 문명으로 자연의 소리를 감추려 해."

카타리나는 네로의 말이 무엇을 뜻하는지 몰랐다. 네로는 카타리나가 오랜 세월 동안 인간의 품에 익숙해졌기 때문에 자신의 말을 알아듣지 못하는 거라고 생각했다. 네로는 카타리나의 이해를 돕고자 인간이 살고 있는 둥지의 모순성에 대해 알아듣기 쉽게 설명하려 했다.

"저들은 자신들이 만든 인공물질로 높은 나무를 심고 싶었는지도 몰라. 나무가 태양을 보고 위로 솟는 것은 자연의 이치야. 나무는 최소한 우리가 살기 위한 집을 짓는 것에 대해선 어떠한 불평도 하지 않아. 그래서 우리 친구들은 나무를 벗 삼아 그 가지 위에 새로운 둥지를 틀 수 있어.

인간은 그런 우리 삶을 모방하려 했지. 그들은 자신의 물질을 이용해 하늘을 찌르는 인공의 마천루들을 세우기 시작했어. 처음에는 우리를 모방해서 자연과의 조화를 위해 자연 속의 둥지를 생각했겠지. 그러나 문화란 물질의 부가 뒤따라야 풍요로워질 수가 있거든. 결국 그들은 남보다 크고, 남보다 더 높은 둥지를 찾기 시작한 거야. 서로를 의식하고 경쟁하면서 말이지. 저들도 우리처럼 종족을 무서워하는 것 같아."

"자신의 종족?"

그동안 아무 말이 없던 십자매가 네로의 말에 반문했다.

"그래, 자신의 종족 말이야. 우리는 자연의 섭리에 따라 우리보다 높이 나는 자에게 공포를 느끼지. 우리에게 그는 두려운 포식자였으니까. 그는 항상 하늘

을 맴돌며 자신의 동족인 우리를 위협하지."

옆에서 듣고 있던 아이 중 하나가 말했다.

"독수리를 말하는구나!"

"그래, 사람들은 그를 독수리라고 말하지. 어떤 사람들은 그를 새 중의 왕이라고 말하기도 하고. 하지만 우리에게 그는 독수리도 왕도 아닌 힘 있는 포식자로 공포의 존재일 뿐이야. 더 이상의 의미는 우리에게 없어. 새장은 우리가 알고 있는 포식자와 같은 공포를 주지. 우리의 영원한 자유를 빼앗아가는 공포적 존재!"

아이들은 네로의 말을 들으면서 네로가 얼마나 강한 새들에게 공포를 느끼고 두려워하는지, 또 얼마나 자유를 갈구하는지 짐작할 수 있었다. 아이들은 네로의 자유를 뺏고, 아예 자유의 의미를 모르게 새들을 가둬둔 새장수가 미웠다. 새장수는 이들의 대화에 아랑곳하지 않고 큰 소리로 코를 골며 자고 있었다. 카타리나는 새장수가 자신들에게 얼마나 고마운 사람인지 설명하기 위해 네로의 말에 반박했다.

"너희들은 모를 거야!"

"무엇을?"

십자매가 물었다.

"우리의 주인 새장수는 얼마나 좋은 사람인지 몰라. 그는 인간사회에서는 가난한 아들의 아버지이지. 그는 자신이 먹을 양식이 충분치 않고 배가 고파도, 그것을 꾹 참고 우리의 행복을 위해 먹을 것과 잠잘 곳을 제공했어. 우리처럼 새장 속에 사는 새들은 더 이상 포식자를 두려워하지 않아도 되었지. 우리를 보호해 주는 새장수가 있었거든. 그는 자신의 인생을 희생하면서까지 우리를 보살펴주었어. 그러다가 자기보다 더 좋은 사람이 우리를 원하면 그동안 우리에게 베풀었던 모든 사랑을 아낌없이 다른 사람에게 넘겨주었어. 그는 자기보다 더 좋은 사람이 우리를 데려가 행복하게 키워줄 거라고 믿고 있기에 눈물을 흘리지도 않아."

카타리나의 말을 듣고 있던 아이들과 새들은 새장수를 쳐다보았다. 그의 얼굴이나 잠자는 모습 그 어디에도 카타리나 말처럼 온화하거나 덕이 있어 보이지 않았다. 그의 얼굴은 탐욕과 욕심이 가득한 평범한 사내로 보일 뿐이었다. 모두들 새장수와 카타리나를 번갈아 쳐다보면서 카타리나에게 연민의 정이 솟아오르는 것을 느꼈다. 세상에 태어나서 한 번도 세상을 제대로 바라보지 못한 카타리나가 갑자기 불쌍해지기 시작했다. 그의 인생은 새장 속 세상이 전부였던 것이다. 새장 속에서 태어나 새장 속에서 살아온 카타리나는 녹색잉꼬, 십자매, 네로, 휘파람새와는 전혀 다른 태생의 운명을 가지고 태어났다. 아이들과 새들은 카타리나가 그토록 순진하고 아름다운 생각을 할 수 있음에 감사했다. 아름다운 눈으로 세상을 바라보면 모든 것이 아름다워 보이는 법이다.

네로는 카타리나의 말을 듣고 세상사람들과 새장수가 자신들을 보호하기 위해 새장을 만들고 먹을 것을 주는 것이 아님을 알려주고 싶었다.

"카타리나야! 나는 네 말을 듣고 인간을 사랑하기로 했어. 세상의 모든 것을 너처럼 볼 수 있다면 내가 알고 있는 모든 것을 시간의 그림자 속에 묻어버리고 싶어.

하지만 우리는 보호받는 것이 아니고 우리의 삶을 구속당하고 있는 거야. 물론 네 말대로 자유를 얻고 세상을 얻으면 포식자의 손에 걸려 일찍 죽을 수도 있고, 먹을 것을 구하기 위해 열심히 하늘을 날아올라야 할지 몰라.

그러나 그것이 우리가 태어난 목적의 전부는 아니야. 우리도 인간처럼 자유를 가지고 태어났어. 자유는 소중한 거야. 비록 내가 하늘을 날다가 지금 이 순간 포식자의 발톱에 죽음을 당한다 해도 나는 자유를 택할 거야."

카타리나는 네로의 말을 들으면서 자유가 무엇이고 얼마나 중요한가를 알고 싶었다. 카타리나가 물었다.

"자유가 무엇인지 조금 더 설명해줄 수 있겠니?"

"물론이지! 자유란 스스로 하나가 되길 원하는 마음이야. 저 하늘의 구름을 봐! 저들은 자연 그대로 생성되어 자유롭게 살지. 누구의 간섭도 받지 않고, 구속하지도 않아. 우리도 자유를 찾는다면 하늘의 구름처럼 자유로워질 거야."

카타리나는 네로의 말을 듣고 자유라는 것에 매료되기 시작했다. 네로는 하던 말을 계속 이어갔다.

"우리는 스스로의 삶을 자유롭게 선택할 수 있어야 해! 인간의 노리개나 강압적 구속은 우리 스스로 거부해야 해. 새는 하늘을 날아야 하고, 물고기는 물속에서 헤엄을 쳐야 하지. 세상의 모든 만물이 자연의 본성대로 살아갈 수 있도록 말이야."

옆에 있던 십자매가 네로의 말에 덧붙였다.

"나는 인간과의 조화가 필요하다고 봐! 새들은 하늘을 날고, 나무는 태양을 받으며 성장하고, 인간은 대지와 함께 살아가고……. 무엇보다 서로에 대한 배려가 필요하다고 생각해. 하지만 인간들이 우리의 보금자리를 자기들이 세운 인공숲으로 옮기려고 하는 것은 정말 싫어. 그들은 자신들마저 회색빛 도시에 가두려 하잖아. 그들은 자기 몸속으로 소리 없이 스며드는 검은 무리의 음모를 모르나 봐."

카타리나는 검은 무리의 음모라는 말에 두려움을 느꼈다. 저들이 사람들을 해하고 우리까지 해하려는 것은 아닌가 걱정이 들었다. 십자매는 카타리나의 걱정을 덜어주려는 듯 말했다.

"너무 걱정하지 않아도 돼! 우리는 검은 무리의 음모를 벗어나 자유를 찾을 수 있으니까. 하지만 그들이 걱정돼."

십자매는 회색빛이 감도는 인공둥지의 숲을 보면서 말했다.

"저들은 더 많은 둥지를 만들기 위해 스스로의 자연을 포기하려는 거야. 나무들이 그들 곁을 떠나고 우리마저 떠나면 저들에게 남는 것은 무엇이라고 생각하니?" 십자매는 카타리나에게 물었다.

"글쎄, 난 모르겠어. 그들에게 무엇이 남을지."

카타리나는 십자매의 질문에 그 어떤 대답도 할 수 없었다. 자신은 결코, 새장 속을 떠나서는 살 수 없다고 생각했기 때문이다. 그리고 새장수를 떠나서 사는 것을 생각해본 적도 없었다. 모든 것이 혼란스러웠다. 십자매는 말을 계속 이어갔다.

"그들에게 남는 것은 싸늘한 회색도시일 뿐이야. 나무도 반겨주지 않고 우리마저 떠나버린 저들의 도시를 생각해봐! 저들은 자기들이 만든 문명이라는 이름으로 인간과 공존하는 자연을 송두리째 뽑아버릴 거야. 저들의 둥지는 어둠의 그림자가 스며드는 것도 모르는 구속의 역사를 반복할 수밖에 없어."

카타리나는 무서웠다. 십자매의 말이 사실이라면, 자신이 믿어왔던 둥지 속 둥지는 캄캄한 어둠의 계곡을 향해 달려가는 것이 아닌가. 카타리나는 자기 주인에게 빨리 이 사실을 알려야겠다고 생각했다. 그는 새장수가 깨어날 수 있도록 큰 소리로 아름다운 목소리를 냈다.

그러나 새장수는 나무 그늘 아래에서 깊은 잠에 취해 있었다. 옆에 있던 아이들은 휘파람새의 목소리를 들었다. 휘파람새는 사전에 치밀한 작전이라도 세우듯 아이들과 자유를 찾기 위한 도전을 하겠다고 벼르고 있었다. 아이들은 잠들어 있는 새장수를 보았다. 그 애들의 호기심은 새장 쪽을 향해 있었다. 새들이 찾고자 하는 자유가 무엇인지 아이들은 몰랐지만 새들에게 하늘을 보여주고 싶었다. 인간이 날 수 없는 푸르른 하늘을 새들이 마음껏 날 수 있도록 그들에게 자유를 주고 싶었다. 아이들은 새장 곁으로 다가갔다. 그리고 새장을 굳게 잠그고 있는 빗장을 풀어헤쳤다. 사내아이 하나가 풀던 빗장을 땅에 떨어뜨렸다. 떨어지는 소리가 메아리를 타고 적막을 깨뜨리며 울렸다. 잠을 자던 새장수는 직감적으로 벌떡 일어나며 "안돼!" 하고 아이를 향해 소리쳤다.

아이들은 새장수의 고함소리에 깜짝 놀라 줄행랑을 쳤다. 그는 자리에서 일어나 새장의 빗장을 잠그려 쏜살같이 달려왔다. 그러나 새들은 본능적으로 날개를 힘차게 펼치며 이미 하늘을 날아오른 뒤였다. 새장수는 자신이 마치 새라도 되는 것처럼 하늘을 향해 펄쩍 뛰어올랐다. 그러나 그는 곧 길바닥에 철퍼덕 주저앉고 말았다. 그에게는 하늘을 날 수 있는 날개가 없었다.

비트는 어린시절의 추억을 떠올리며 도심을 걷기 시작했다. 사람들의 발걸음이 바쁘게 움직였다. 어린시절 비트가 걸었던 도심은 언제나 태양 빛이 골목의 구석구석까지 내리쬐었다. 한여름철 불볕 더위를 피하기 위해서 계곡이나 숲속을 자주 찾기도 했다. 그러나 세상은 많이 바뀌고, 높게 솟은 회색빛 둥지들이 세상을 뒤덮고 있는 도심은 태양의 빛을 골고루 받아들일 수 없었다.

태양 빛조차 스며들지 않는 회색의 마천루 숲에서 사람들은 그것이 만들어내는 그늘 따위에는 관심이 없었다. 그저 나무보다 더 높게 자신들의 둥지를 올리고 싶어할 뿐. 그리고는 새장수가 날아간 새들이 언젠가는 다시 돌아올 거라고 헛된 희망을 품듯, 사람들은 물리적으로 조성한 나무들 사이로 새들이 날아들길 기대했다. 그러나 비트가 어린시절에 본, 자유를 찾기 위해 새장을 뛰쳐나간 새들의 흔적은 더 이상 이 도시에서 찾아볼 수 없었다.

사람들은 산과 대지의 경계를 명확히 하려 했다. 그들이 세운 회색도시는 산과 조화를 이루지 못했다. 그러자 회색빛으로 물드는 도시가 싫어서 도심을 떠나는 사람들이 생겨났다. 사람들은 주말이면 가방을 하나씩 메고 산을 찾아 자연의 공기를 마시려 했다. 산과 나무와 바람의 고마움을 찾으려 했다. 그러나 지는 해와 함께 발길을 돌릴 때면 커다란 회색빛 도시가 그들을 기다렸다.

도심의 물질은 시간을 따라잡는 디지털에 의해 더욱 풍부해졌다. 사람들은 걷지 않고도 갈 수 있으며, 보지 않고도 알 수 있었다. 세상은 빠른 속도로 흘러가고 있었다. 먼 나라에서 천 년에 이루었던 수많은 것들이 디지털 세계에서는 시간의 구속을 받지 않았다.

비트는 회색빛 도시의 무거움에 짓눌려 나무 그늘을 찾으려 했다. 그러나 어디에도 비트가 쉴 만한 그늘은 존재하지 않았다. 휴식의 시간이 필요했다. 비트가 들어가 쉴 곳은 단지 컴컴한 어둠속 커다란 동굴뿐이었다. 비트는 회색도시에 둥지가 더 많아지면 그림자를 영원히 잃어버리지나 않을까 염려됐다. 그러자 갑자기 그림자가 보고 싶었다. 너무 오랫동안 그림자를 찾지 않았다. 시간의 굴렁쇠는 자신마저도 감춰버렸다. 비트는 세상이 힘들 때면 그림자를 찾곤 했는데, 그림자는 자신의 존재 속에 감춰진 또 다른 자신이었다.

"사는 것이 문제니? 아니면 잠을 자는 것이 문제니?"

오랜만에 들어보는 그림자의 목소리였다. 비트는 이상한나라에서 영원히 그림자를 보지 못할 줄 알았다. 태양 빛마저도 삼켜버린 회색도시는 그림자의 존재조차 대지의 영혼 속으로 영원히 묻어버릴 것만 같았다. 그림자는 비트가 스스로 깨어나려 한다는 것을 알고 있었다.

새들이 찾지 않는 회색빛 도시를 자연이 공존하는 녹색도시로 바꾸는 것은 불가능해 보였다. 그러나 비트는 이상한나라 사람들이 스스로 자연인으로 깨어날 수 있으리라 믿고 있었다. 높이 치솟은 회색상자들은 시간이 흐를수록 녹슨 새장처럼 자연히 소멸되어갈 것이다. 사람들은 문명의 단맛이 빨아댈 때는 꿀맛이지만 시간이 지나면 그 단맛이 독이 되어 돌아온다는 사실을 알고 있었다.

사람들은 자연을 떠나 살 수 없고, 인간이 자연의 일부라는 사실도 알고 있었다. 그러나 화려한 문명의 향기를 뿜어내는 회색빛 도시는 어둠을 밝히며 눈부시게 아름다웠다. 사람들은 어둠속에서 빛나는 수많은 불빛들을 바라보면서 만족이라는 단어로 자신을 위로했다. 비트는 변해가는 회색도시가 싫었다.

"이 도시를 떠나고 싶어!"

비트의 축 처진 어깨를 다독거리며 그림자가 말했다.

"세상은 영원히 회색빛일 수 없어! 사람은 태어나서 나이듦에 따라 자기가 가야 할 길을 알잖아. 둥지도 마찬가지야. 인간이 만든 어떠한 것도 시간이라는 거대한 힘 앞에선 어쩔 수 없는 거야. 사람도 몇십 년이 지나면 검은 머리가 바래며 은색을 띠듯, 인간이 만드는 거대한 둥지도 시간 앞에선 사라질 수밖에 없는 거야."

그림자의 말은 사실이었다. 비트가 지나온 수많은 과거들이 시간 앞에선 빛바랜 고목과 같았다.

"시간을 기다려봐! 자연은 언제나 네 곁에 있어. 네가 원하면 자연은 다시 너에게 다가올 거야. 물론 다른 곳으로 날아갔던 새들도 함께 돌아오겠지."

비트는 그림자의 희망적인 소리에 힘이 솟아나는 것 같았다. 숨 막히는 회색빛에 짓눌렸던 자유가 그림자의 소리를 타고 되돌아오는 느낌이 들었다.

"하지만 사람들은 너무 빨리 자연을 포기하는 것 같아. 물질이라는 야릇한 단맛에 너무 취해버리는 것이 싫어."

비트는 이상한나라 사람들이 풍요로운 물질의 단맛에 빠져 소중한 자연을 망각할까봐 두려웠다. 그림자는 비트의 말이 무엇을 뜻하는지 알아듣겠다는 표정으로 말했다.

"그러면 도시와 자연을 뒤집으면 어떨까?"

"도시와 자연을 뒤집는다고?"

"그래, 물이 고이면 썩는다는 것을 알고 있지?"

"물론이야!"

비트가 말했다.

"사람에게 재앙을 일으키는 자연의 힘을 본 적이 있니?"

"물론이지! 자연의 힘은 너무 거대해서, 자연이 무서울 때가 많아."

비트는 자연을 사랑하지만 한편으로 자연에 대한 두려움을 떨쳐버릴 수 없었다.

"자연은 자기를 보호하기 위해 폭풍을 일으키기도 해. 폭풍은 인간에 의해 오염되어가는 자연을 스스로 정화하도록 힘을 실어주지."

그림자가 자연의 정화능력에 대해 말하고 있을 때, 비트는 새삼스럽게 폭풍에 대한 고마움을 느끼고 있었다. 도시가 자동차 매연으로 오염되어갈 때면 간간히 내려주는 빗방울이 대지를 정화하곤 했다. 그러나 빗방울로도 정화되지 않는 손상된 자연은 또 다른 처방을 필요로 했다. 회오리치는 바람과 함께 장대비가 도시를 한바탕 지나간 후, 도시는 자연의 싱그러운 본모습을 되찾았다. 도시의 하늘은 드높고 깊은 푸르름을 여지없이 드러내고 있었다.

"너희들의 회색도시도 변화할 수 있을 거야!"

"어떻게?"

비트가 물었다.

"자연은 스스로 정화하고 인간은 자연의 일부이기 때문이지. 현재는 사람들이 문화의 속도에 힘이 달려 자연을 보지 못하고 있을 뿐이야. 하지만 시간이 흐르면 알게 되겠지. 인간이 자연을 떠나 살 수 없다는 것을. 그러면 인간은 두 가지의 길을 갈 거야. 하나는 자연으로 되돌아가는 것이고, 다른 하나는 자연을 되돌리는 거야."

비트는 그림자의 말을 이해할 수 없었다.

"자연으로 되돌아가고, 자연을 되돌린다고?"

"그래! 문명을 자연으로 되돌려봐. 그러면 문명은 자연이 되고, 자연은 문명이 되잖아. 두 개의 물방울은 하나의 원류에서 시작되었음을 알게 될 거야. 이러한 것을 조화라고 하지 않니? 인간의 조화란 자연과 어울림이며, 자연은 인간의 안식이고 삶이 되겠지. 스스로 자연인으로 다시 태어나는 거야!"

비트는 그림자로부터 인간 스스로 다시 자연인으로 태어날 수 있다는 희망을 볼 수 있었다. 그림자는 참으로 많은 것을 알고 있었다. 비트는 그런 그림자가 부러웠다.

"너는 어떻게 그렇게 많은 것을 알고 있니?"

"너도 알고 있는 것을 다시 네게 일깨워줬을 뿐이야!"

"내가 알고 있다고?"

"그럼, 나는 너의 일부이고 전부이니까."

비트는 그림자가 겸손해서 하는 말이라고 생각했다. 그림자는 비트에게 있어 태어나기 이전부터 친구였고, 태어난 후 가장 많은 것을 가르쳐준 동반자였다. 스스로 뒤를 볼 수 없는 인간의 우둔함을 일깨워준 것이 그림자였고, 갈 길 잃어 방황하는 그를 인도해준 것도 그림자였다. 그림자는 항상 그와 함께했고 앞으로도 함께할 것이지만, 그는 때때로 망각하는 습성으로 인해 그림자를 잊곤 했다. 비트는 그림자의 말에서 언뜻 이해하지 못한 것을 질문했다.

"자연으로 되돌아가고, 자연을 되돌린다는 말이 무엇을 뜻하는지 다시 설명해줄 수 있겠니?"

"물론이지!"

그림자는 비트가 그의 말에서 희망을 발견했다는 사실이 기뻤다.

"이상한나라의 도시도 시간을 역으로 되돌리면 본래의 자연상태야. 지금 세상은 원래의 자연 위에 문명이라는 덧칠을 했을 뿐이지. 하지만 시간이 흘러 덧

칠이 바래면 다시 자연을 되돌릴 수 있을 거야."

"저 멀리 회색도시를 봐!"

그림자는 비트를 자신의 등 위에 태워 변해가는 도시의 모습을 보여주었다.

"저들은 얼마 되지 않아 큰 혼란에 빠지게 될 거야!"

"큰 혼란에 빠진다고?"

"물론이지! 자연의 본성을 외면하면, 자연은 경고음을 울려 교훈을 주지. 그들은 바람, 구름, 나무, 새들이 떠나간 도시에서 이름 모를 질병에 고생하기 시작할 거야. 그들은 이러한 질병 또한 과학으로 고칠 수 있다고 장담하겠지.

하지만, 지금도 이름 없는 질병으로 얼마나 많은 사람들이 죽어가는지 너는 알고 있을 거야. 그들은 인간이 병약하거나 현대 의학으로 치료가 불가능한 불치병이어서 그런 거라고 생각하지만, 그것은 인간들의 잘못된 판단이야. 그들은 자신이 누구인지 모른 채 질병의 고통에서 벗어나지 못하고 있는 거야."

비트는 그림자의 말을 이해할 수 있었다. 과학이 발달하고 의술이 발달하면 사람들은 고통을 주는 질병으로부터 자유로울 줄 알았다. 그러나 새로운 치료제를 개발하면 인간이 알지 못하는 또 다른 질병이 나타났다. 질병과 인간의 싸움은 인간이 자연을 등지면서 더욱 심화되어갔다. 그림자는 자연과 인간의 호흡에 대해서 말했다.

"혼란을 예방할 방법은 없을까?"

비트는 그림자에게 물었다.

"글쎄, 혼란은 홀로 자신을 되돌아볼 때 잠재울 수 있지 않을까! 혼란이란 문화의 이기에서 오는 자연의 경고일 뿐이야. 인간이 스스로 깨어나길 바랄 뿐이지!"

 비트는 그림자의 말처럼 사람들이 스스로 깨어나길 바랐다. 회색의 인공둥지에서 벗어나 진정한 나무둥지로 자리를 옮기는 것은 바로 그들이 몫이리라.

바람, 구름 그리고 바위의 녹색나라

 푸르름은 자연의 축복이었다. 사람들이 자연을 말할 때 가장 먼저 녹색의 싱그런 세상을 떠올리는 것도 그 때문이다. 이상한나라의 빛바랜 회색도시에서 언젠가 녹색의 아름다움을 볼 수 있을까. 생명은 빛을 타고 물을 통해 태어났다. 비트는 어린시절 물을 팔기 위한 음모로부터 자신을 도와준 바람과 구름과 바위가 생각났다. 자연이라는 이름으로 생을 살아가는 그들이 그리웠다.

 회색빛 도시는 이름 모를 질병들로 신음하고 있었다. 물건을 파는 상인들은 새것이 옛것보다 좋다고 선전하고 다녔다. 그래서 새로운 도시가 생겨나면 모두들 무리지어 달려갔다. 회색빛 도시는 군중의 우상처럼 존재했다. 도시는 점점 더 이상 채울 곳이 없을 정도로 회색도시로 변해갔다. 사람들은 도시에 설 자리가 없자 인근 도시를 찾기 시작했다.

세상의 모든 대지는 인간의 둥지를 위해 파헤쳐졌다. 사람들은 안락한 둥지를 소유하려는 욕심에 대지의 유린을 암묵적으로 동의했다. 그러나 자기 둥지를 갖는 것은 쉬운 일이 아니었다. 물질의 가치가 더욱 높게 치솟았다. 비트는 어린 시절 안개나라에 물을 팔려 했던 이상한나라 사람들의 음모가 생각났다. 그들은 물질을 매우 좋아하여 그들의 생명을 위력적인 화폐 나부랭이에 팔아넘기려 했던 사람들이다. 비트는 가슴이 답답해 숨을 쉴 수가 없었다. 도시에 가득 찬 소음과 먼지가 싫었고, 사람들이 세워놓은 즐비한 인공나무들이 싫었다.

비트는 그림자에게 말했다.

"바위에게로 갈까봐!"

"바위?" 그림자는 의아한 표정을 지었다.

"바위는 많은 것을 알고 있거든. 그는 알고도 말하지 않는 침묵의 상징이야. 이상한나라의 문명과 바위가 있는 자연은 이제 서로 다른 세상을 살아가려 하나봐!"

비트는 어린시절 산을 오를 때 느꼈던 자연과 문명의 공존이 회색도시에서 사라져가고 있는 현실이 안타까웠다. 비트는 지금이라도 답답한 회색도시로부터 벗어나 바위에게 달려가고 싶었다. 그는 그림자에게 말했다.

"내 손을 꼭 잡아!"

비트는 그림자와 함께 시간의 바퀴 위에 올라탔다. 시간의 바퀴는 바람을 가르며 비트와 그림자를 싣고 달렸다. 회색도시를 벗어나자 중천에 떠 있던 따스한 햇살이 시간의 바퀴 위에 올라탔다. 오랜만에 보는 햇살이었다. 회색둥지에서 뿜어내는 시커먼 연기는 태양 빛마저 삼켜버려 한 줌 햇살을 구경하기도 어려울 지경이었다.

비트는 얼굴을 들어 하늘을 보았다. 잊고 있던 옛 친구들이 비트를 보면서 반갑게 인사를 했다. 구름친구는 시간 마차에 올라탄 비트에게 다양한 몸동작을 보여주며 애교를 부렸다. 비트는 구름의 애교를 보는 동안 어두웠던 회색도시가 안개 속으로 사라져가는 느낌을 받았다. 애교를 부리는 구름에게 질투가 나는지 바람은 앞으로 입을 내밀며 후, 하고 입김을 불었다. 구름친구는 "장난하지 마!" 하면서 바람에게 말을 건넸다. 그러나 거센 바람의 입김은 흰 옷에 흙탕물을 튀기듯 구름의 맵시를 구겼다. 화가 난 구름은 "너와 놀지 않을 거야!" 하고 바람에게 말했다. 구름이 속상해하는 것을 보고 바람이 말했다. "미안해! 장난이었어. 너의 모습이 너무 아름다워 가까이 가려다 그런 거야!" 자신에게 아름답다고 말하는 바람 소리를 듣고 구름은 화냈던 마음을 이내 풀었다.

비트는 바람과 구름의 다정한 만남을 바라보면서 기억 한 켠에 잊고 있던 자연에 대한 애정이 되살아났다. 바람은 비트와 그림자가 타고 가는 시간의 바퀴에 자신의 숨결을 실어주어 더욱 빨리 달리게 해주었다. 그리고 그들은 비트와 그림자의 뒤를 따랐다.

얼마를 달렸을까. 비트와 그림자는 산 중턱에 자리잡고 있는 커다란 바위를 보았다. 이들이 바위를 보며 반가워하는 사이, 뒤따라오던 바람이 제 속도를 뽐내기라도 하듯 시간의 바퀴를 앞서 달려나갔다.

"안녕! 우리가 왔어."

오랜 친구를 만난 바람은 호들갑스럽게 말을 건넸다. 홀로 먼 산 너머를 바라보고 있던 바위가 깜짝 놀라며 말했다.

"언제 왔니?"

"방금 친구들과 같이 왔어. 네가 좋아하는 친구가 왔어."

바람의 말을 듣고 바위는 육중한 몸을 돌려 뒤를 돌아보았다. 그리고는 아주 오래 전에 만난 비트가 변함없는 모습으로 찾아온 것을 보자 반갑게 인사했다.

"안녕! 네가 왔구나."

비트는 바위가 자신을 잊지 않고 알아봐준 것이 고마웠다. 사실 비트는 바위를 떠나고 난 이후 한 번도 그를 생각해본 적이 없었다. 비트는 "너무 늦게 찾아와서 미안해!" 하면서 바위에게 사과를 구했다. 바위는 비트가 어려워하는 것을 알고 다정하게 말을 걸었다.

"무슨 소리야! 나 또한 한 번도 너를 찾지 못해, 내가 더 미안한걸!"

비트와 바위의 만남을 지켜보던 주위 친구들은 서로가 서로를 배려하는 마음이 사랑스럽게만 보였다. 비트와 바위, 이들은 자연스럽게 하나가 되어 뭉클한 일체감을 맛보았다. 바위는 같이 온 그림자를 보면서 인사했다.

"안녕!"

그림자도 바위를 보면서 인사했다.

"안녕!"

모두들 오랜만의 만남을 기뻐하고 있었다. 비트가 친구들을 보면서 말했다.

"그림자는 항상 많은 것을 도와주고 가르쳐주는 나의 스승과도 같은 친구야."

그림자는 비트가 자신을 치켜세워 주는 칭찬에 부끄러웠다.

"아니야! 난 단지 비트의 친구일 뿐이야. 영원한 동반자라고 해도 되겠지."

그림자는 자신이 비트에 의해 살아가고, 성장한다는 사실을 말하지 않았다. 구름이 바위를 보면서 물었다.

"오면서 보니, 네가 먼 산 너머를 보고 있던데, 무엇을 보고 있었니?"

"응! 저 산 너머에 불고 있는 회색 연기를 보고 있었어."

"회색 연기?" 바람과 구름은 의아한 듯 물었다. 그러나 비트는 깜짝 놀랐다. 그림자와 함께 회색도시의 답답함을 벗어나기 위해 바위에게 달려왔는데 바위가 회색도시를 말하고 있는 것이었다. 비트는 바위에게 말했다.

"회색도시를 알고 있구나!"

"아니야! 사실 난 잘 몰라. 그냥 이 자리에서 인간의 문명을 바라보고 있을 뿐이지. 그들은 참 많은 것을 변화시키고 있어. 내가 사는 이곳은 시간을 역으로 거슬러오른 것처럼 옛 그대로의 자연의 모습이거든. 그런데 이상한나라 사람들은 참으로 많은 것을 변화시키는 것 같아."

"맞아!"

비트가 맞장구쳤다. 바위는 하던 말을 계속 이어갔다.

"나는 저들이 너무 위태로워 보여. 일종의 위기감을 느끼곤 해!"

"위기감?"

"그래, 위기감. 저들은 자신들에게 주어진 자연을 하나하나 도려내고 그곳에 그들의 왕국을 건설하려 하지."

"왕국?"

옆에 있던 구름이 말했다.

"그래, 왕국! 회색나라의 왕국 말이야."

"회색나라의 왕국이 뭐야?"

"저들은 드디어 자연과 문명의 경계를 완전히 가르려는 시도를 하고 있어. 하나의 나무를 들어내면 하나의 둥지가 생겨나거든. 물론 그들은 들어낸 나무의 가장자리에 조그마한 나무를 심고, 자연을 버리지 않았다고 태연히 말을 하지. 그렇다고 세상이 다 보는 하늘을 두 손으로 가릴 수는 없잖아. 그들은 두 손으로 자기 눈만 가리고 있을 뿐, 자연은 스스로의 눈을 통해 세상을 바라보고 있다는 사실을 모르나봐."

비트는 바위의 말을 들으면서 어리석고 오만한 인간이 얼마나 알량한 문화인이기를 갈망하는지 인간의 부질없는 몸부림에 염증을 느꼈다. 비트는 그 자리에 움직이지 않고 앉아서도 세상을 바라보는 바위의 능력이 놀라웠다. 바위는 자연 속에 머물러 있으면서도 세상을 읽는데, 왜 사람들은 세상을 보는 두 눈을 가리려 하는지 부끄러웠다. 비트는 바위에게 물었다.

"저들의 회색에 가린 어두운 눈을 뜨게 하는 방법은 없을까?"

"물론! 세상엔 수많은 갈래의 길이 있지. 어떤 길을 어떻게 택하느냐에 따라 가는 길이 달라질 뿐이야. 저들에게 자연을 가져다주고 우리 친구들을 그곳으로 옮기는 거야. 그들은 회색도시에서 벗어날 수 없으니 눈을 뜰 수가 없어. 회색은 암흑처럼 눈을 서서히 멀게 하거든. 그들이 녹색을 많이 바라볼수록 그들의 눈

또한 맑아지고 좋아질 거야. 그렇게 되어야 비로소 그들은 회색도시에서 벗어나 산록이 우거진 푸른 자연을 찾으려 하겠지. 항상 바로 앞만을 바라보는 인간의 우둔함으로 인해 그들은 종종 저 멀리 우뚝 선 큰 산을 보지 못하고 있지."

"큰 산을 보지 못한다고?"

비트가 물었다.

"그럼, 그들은 산을 정복하려고만 하지 그 속에서 살아갈 생각은 하지 않아. 산은 인간에게 내려준 또 다른 보금자리거든. 생각해봐! 만약 비가 많이 내리면 그 비가 어디로 간다고 보니?"

"그런 질문에는 내가 대답할게!"

옆에 있던 구름이 말했다. 구름은 자신의 아이들이 어디를 좋아하는지 알고 있었다.

"그들은 쉬지 않고 아래로 흘러 하나를 이루지. 그리고는 아버지를 찾아 우리에게로 달려와. 우리는 때가 되면 아이들을 도로 세상에 돌려보내지. 이러한 순환을 통해 우리는 자연을 살아 있게 하고 만물을 생존케 하지."

구름은 어깨를 으쓱거리며 자연에서 자신이 얼마나 중요한 존재인지 설명했다. 비트는 구름의 말에 공감했다. 구름과 물이 없는 세상은 생각조차 할 수 없었다. 구름의 말을 듣고 있던 바람도 자연에서 자신이 얼마나 중요한 존재인지 말하고 싶었다.

"맞아! 구름과 그의 아이들이 얼마나 중요한지는 우리가 잘 알지. 하지만 우리가 없다면 구름은 움직일 수도 없잖아. 움직일 수 없으면 살아 있다고 할 수 없어. 그러니 이 세상 만물을 움직이게 하는 것은 내가 있기 때문이야. 나는 삶을 실어 나르는 생명의 수레바퀴거든!"

바람의 말을 듣고 있던 친구들은 바람의 말 역시 동의했다. 구름이 다시 말을 이었다.

"사람들은 우리 아이들이 세상 속으로 조금만 더 내려가면 큰 난리가 났다고 야단들이지. 그래, 그들은 물난리가 났다며 아이들의 놀이터를 우리가 빼앗아 갔다고 투덜대지. 그들은 늘 자신들의 편안함만을 생각하는 것 같아."

구름은 말을 하면서 사람들이 홍수만 나면 물을 탓하는 것을 불평했다. 구름의 말을 듣고 있던 바위가 그의 말에 동조하면서 말을 이어갔다.

"사람들의 관습을 바꿔야 해!"

"관습을 바꾼다고?"

비트는 바위의 말을 이해할 수 없다는 듯 물었다.

"그럼, 관습을 바꾸면 많은 것이 해결될 거야. 관습은 관념을 만들어내거든. 사람들은 서슴없이 나무들을 베어버리곤 산으로 달려가지. 그리고 스스로 저지른 죄를 감추기라도 하듯 산에 나무를 심는 거야. 인간의 오만함으로 자연에게 저지른 죄의 대가를 치르겠다는 듯 말이야. 이러한 일이 반복되면서 사람들 사이에서 나무는 산에만 심어야 한다는 고정관념이 생기게 되었지."

비트는 바위의 말을 들으면서 어린시절 아버지의 손을 잡고 한 손에는 조그만 나무를 들고 산에 오르던 시절이 생각났다. '나무는 우리에게 생명을 가져다줘. 그래서 나무를 많이 심어야 한단다. 녹색나라를 만드는 게 우리의 꿈이거든!' 하고 말씀하시던 아버지의 모습이 생각났다.

그러나 비트가 어린시절 산에 심었던 나무는 몇 년 전 발생한 대화재로 모두 불타버렸다. 그리고 그해에 또다시 사람들은 산에 나무를 심었다. 아이들은 어른들이 지은 노래를 따라 부르며 열심히 나무를 심었다. "산에 산에 산에다 나무를 심자!" 어른들이 어린아이들에게 무의식적으로 심어준 '관념'은 이렇게 시작된 것이다. 그러나 나무는 산에만 심어야 하는가. 바위는 사람들의 관습을 바꿔야 한다며 얘기를 계속 이어갔다.

"오래 전 나는 이곳에서 먼 나라 사람 셋이 말하는 것을 들었어. 그들은 사십사 일 간의 긴 여행을 통해 많은 나라를 돌아다녔다고 했지. 그들은 마지막 여행지로 이상한나라를 방문한 거야. 그들은 이상한나라의 산을 오르면서 자연의 아름다움에 경탄했어. 산이 평지보다 많은 것에 놀라워했고, 자연의 수려함에 감탄했지. 그들은 먼 나라 사람들이 산 중턱과 산 위의 집터를 가장 좋아한다고 말했어. 그들은 자연경관을 한눈에 바라볼 수 있는 곳이면 어디나 사람들이 모여들어 산다고 했지. 그래서 산에 길을 만들고 나무 하나를 들어낼 때마다 그들의 둥지를 하나씩 만들어갔어.

그리고 뽑아낸 나무들은 모두 그들의 일터로 가져갔던 거야. 그들은 일을 하면서도 녹색나라의 향기를 마시고 싶었던 게지. 적어도 그들은 낮과 밤의 이치를 잘 이해하는 사람들처럼 보였어. 태양은 인간에게 움직일 수 있는 활력을 주었고 달은 인간에게 쉴 수 있는 휴식을 주었지. 그래서 사람들은 낮에는 녹색 향기 속에서 열심히 일하고 밤에는 산속의 집에서 휴식을 즐기는 거야."

바위를 중심으로 모여 앉은 친구들은 그가 들은 먼 나라 사람들의 세상이 궁금했다.

"그들은 적어도 할아버지 나라를 잊지 않았나봐." 비트가 무심코 내뱉었다.

"이상한나라 사람들은 할아버지를 잊어가고 있어!" 하면서 그림자가 맞받아쳤다. 그림자의 말처럼 이상한나라 사람들은 할아버지의 의도와 생각을 문화의 이분법적 잣대로 경계를 지으려 했다. 바위는 사람들이 새들과 같은 둥지를 틀 수 있는 방법에 대해 말했다.

"관습은 새로운 생각으로 깨뜨릴 수 있어. 관찰의 대상으로만 보아온 산을 인간의 문명 속으로 가져다놓는 거지. 나무들이 거리와 공터를 메우고 사람들은 그 속에서 녹색 향기를 맡는 거야. 산과 산들은 길과 길로 연결되고 나무와 나무는 서로의 종을 연결한 녹색 띠를 만들어 문명과 자연을 이어주는 거야. 생각해봐! 거리가 나무와 숲으로 바뀌어가고 홀로 살던 산들이 인간을 받아들이면서 서로가 하나 되는 세상을 말이야. 얼마나 멋진 세상으로 바뀔지 생각만 해도 기쁨이 절로 솟아나!"

바위는 꿈과 상상력을 동원해 황홀한 미래 세상을 그려내고 있었다. 비트는 바위가 말하는 녹색나라를 상상하자 모든 것이 꿈만 같았다. 어린시절 아이들이 새장수로부터 날려보낸 새들이 도시로 찾아들고 산과 도시의 경계가 하나 되는 나라, 바로 비트가 꿈꾸는 녹색나라였다. 하지만 비트는 이상한나라 사람들이 관념을 뒤로 접고 바위가 말하는 꿈 같은 세상을 찾을 수 있을까 걱정스러웠다. 바위는 비트의 마음을 읽었는지 말했다.

"걱정할 것 없어! 그들은 스스로 깨닫게 될 거야. 회색도시는 그들에게 물질을 주는 대신 그들의 건강을 빼앗아갈 테니까. 그러면 사람들은 자기들이 무엇을 잃어가고 무엇을 얻는지 알게 되겠지.

인간이란 항상 자신에게 일이 닥쳐야 그것에 대한 반성을 시작하거든. 우리가 회색도시의 미래를 볼 수 있는 것은 멀리서 산을 보는 것과 같아. 숲속으로 들어가면 눈앞의 나무는 보지만 숲 전체는 보지 못하거든. 그들은 도시에 둥지를 트는 인공나무를 볼 수는 있어도 도시가 죽어가는 것을 보지는 못해."

비트는 바위의 말에 마음이 아팠다. 눈이 있어도 보는 위치에 따라 동일한 사물이 다르게 보이는 현상을 사람들이 모른다는 것이 안타까웠다. 비트는 바위에게 물었다.

"하지만 그들은 너희와 달라서 문명으로부터 멀리 떨어지면 불안을 느껴. 그들이 살아가는 데 필요한 모든 것들은 도시에 모여 있거든. 그들은 매일매일 많은 것들을 사야 하고, 매일매일 학교에도 가야 하기 때문이야. 그들 중에도 회색도시를 정말 싫어하는 사람들이 많이 있어. 하지만 그 도시를 떠나면 모든 것이 불편해지거든. 사람들은 녹색나라의 향기를 맡지 못하는 대신 그들이 만들어놓은 문화의 향기를 도시에서 찾기도 해. 아마 그래서 사람들이 회색도시를 떠날 수 없는 것인지 몰라."

이상한나라 사람들도 일찍이 녹색나라가 좋다는 것을 알고 있었다. 그러나 녹색나라가 좋은들 자연인으로 돌아가지 않는 이상 회색도시를 떠나 살 수는 없었다. 바위는 비트의 말에 수긍하며 말했다.

"나도 인간들이 무엇을 생각하는지 알아! 하지만 도시에서 그들이 원하는 모든 것은 그들의 고도 기술에 의지하면 해결할 수 있잖아!"

"기술에 의지한다고?"

비트가 물었다.

"그래! 너희들의 뛰어난 기술 말이야. 너희들은 문명을 통해 자연에서 볼 수 없는 많은 발명품들을 만들어냈잖아. 특히 이동의 기술은 자연마저도 감탄케 했어."

바위의 말에 옆에 있던 바람이 말했다.

"맞아! 나도 세상의 모든 움직임을 나의 입김으로 조정하지만 너희 인간들이 만들어낸 이동의 기술은 정말 신기하기까지 해!"

비트는 바람마저 경탄하는, 인간이 녹색나라로 되돌아올 수 있는 이동의 기술이 무엇인지 궁금했다.

"이동의 기술은 대체 무엇이고, 어떻게 녹색나라로 올 수 있다는 거니?"

비트의 물음에 바위는 멀리 회색도시를 가리켰다.

"저기를 봐!"

숲속의 모든 친구들은 바위가 가리키는 곳을 바라보았다. 순간, 무엇인가 빠른 물체가 달려가는 것이 보였다. 소리도 없이 시간을 뚫고 달려가는 물체는 길이가 너무 길어 마치 뱀이 기어가는 모습을 연상케 했다. 그러나 뱀이라고 하기에는 너무 컸다. 그 물체가 섬광처럼 빠르게 사라지는 모습을 뒤에서 지켜본 비트는 소리쳤다.

"기차잖아!"

"저건 보통 기차가 아니라 회색나라에 새롭게 등장한 빠른 기차야!"

바위는 비트의 말에 고개를 끄덕거리며 말했다.

"그래, 사람들은 저걸 보고 이동 기술의 승리라고들 말하지. 그들은 자신들이 직접 만든 이동의 기술을 어떻게 활용해야 하는지 잘 몰라. 과거에는 인간의 두 발로 한 달 걸리던 일이 말과 마차의 등장으로 열흘이나 앞당겨졌지. 그리고 기차가 나오면서 그 시간마저 하루로 앞당겨져. 그러나 조금 전 지나간 이동의 신기술로 인해 시간이라는 개념이 별 의미가 없게 되었지. 그들은 지금 자신이 어디에 있든 상관없이 하루 안에 아무리 먼 거리도 이동해서 볼일을 보고 다시 돌아올 수 있게 되었지.

하지만 중요한 것은 인간이 그것을 움직이면서도 제대로 활용하는 법을 알지 못한다는 거야. 저들의 뛰어난 이동 기술을 어떻게 활용하면 좋을지 생각해봐. 저들이 회색도시를 떠나 어디에 있든 그것은 중요치 않아. 무엇보다 저들에게는 시간을 극복할 수 있는 기술이 있잖아. 이제 그것을 활용만 하면 되는데 그것을 잘 모르는 것 같아."

비트는 바위의 말을 들으면서 시간의 기술이 회색도시에 병들어가는 사람들을 녹색나라로 이주시켜줄 거라는 막연한 기대를 품었다. 하지만 회색도시의 중심에 자연을 이동시키고, 자연을 그들이 살 수 있는 둥지로 바꾸는 것이 말처럼 쉽지는 않아 보였다. 모든 것은 자연의 이치를 따르는 것이 중요했다. 새들이 새장을 떠나 자유를 찾아 날아가듯, 사람들도 언젠가는 회색둥지를 떠날 날이 머지않았다는 생각이 머릿속에 맴돌았다.

비트는 무거운 발길을 회색도시로 되돌려야 했다. 그의 이상은 먼 나라의 영혼을 헤매고 발길은 현실의 대지 속으로 들어가야 했다. 알 수 없는 수많은 운석들이 다가오고 있었다. 부질없는 울부짖음에 날아드는 돌멩이를 피할 수 없었다. 그래도 뒤돌아보지 않았다. 비트는 이제 시간의 시스템 속으로 들어가고 있었다.

시스템의 흐름 속에서

　　빠르게 변해가는 회색도시에서는 수많은 자동차들이 사람들을 바쁘게 실어 날랐다. 도시는 차도는 물론이고 인도까지 자동차로 가득 들어차서 아이들은 뛰어놀 놀이터가 없어, 골목길로 큰길로 이러저리 내몰렸다. 자동차들은 빠른 속도로 늘어났고, 회색도시의 어둠은 그들이 뿜어내는 연기로 가득 차 있었다. 사람들은 그들이 만든 자동차를 타고 그들이 세운 미로 속 회색도시에 펼쳐진 인공 숲길을 빠르게 옮겨다녔다. 제 빛을 잃은 회색도시는 자동차가 뿜어내는 연기까지 더해 더욱 우중충한 모습으로 거듭났고 사람들은 쫓기듯 정처 없이 회색도시의 흐름에 휘말려 들었다.

　　바위를 중심으로 모여 있던 친구들은 회색나라를 한참동안 바라보았다. 침묵이 잠시 흘렀다. 얼마 동안의 침묵을 깨고 바람은 자신이 본 적 있는 교통나라에 대해 말하고 싶어했다. 바람은 누구보다도 빠르게 세상을 돌아다닐 수 있었기에 교통나라에 대한 관심과 정보에 밝았다.

"나는 세상의 속도는 하나의 시간과 함께 연결되어 있다고 봐! 시간의 터널이라고 보아도 무방할 거야."

"시간의 터널?"

비트가 물었다. 비트는 어린시절 어둠에서 깨어나기 위해 수많은 고통을 겪으며 시간의 터널을 통과해야 했다.

"그래, 시간의 터널. 시간은 우리에게 수많은 기회를 주지. 시간이라는 친구가 내게 없었다면 나의 재능은 쓸 수조차 없었을 거야. 시간은 내게 많은 것을 가져다주었어. 구름을 만나게 해주었고, 바위를 만나게 해주었지. 그뿐 아니잖아! 지금 이 자리에서 너와 이 친구를 만날 수 있는 것도 이 시간이라는 친구 덕분이지."

바람이 시간의 친구에 대해 말하자, 비트의 머릿속에 소녀의 모습이 꿈처럼 스쳐갔다. 안개나라는 시간을 잠재움으로써 인간의 영혼마저 편안히 잠들 수 없게 만들었는지 모른다. 비트가 바라본 안개나라는 영혼이며, 가상이며, 꿈의 나라였다. 보면서도 잡을 수 없고, 존재하면서도 가질 수 없는 안개의 속성을 그대로 간직한 나라였다. 비트는 안개나라를 생각하면서 바람이 말하는 시간의 터널을 약간이나마 이해할 수 있었다. 바람은 시간의 터널 속에서 자신이 본 이상한나라의 속도에 대해 말했다.

"그들은 새를 보고 나는 것을 배웠고, 말을 보고 달리는 법을 배웠지. 그들이 만들어 놓은 회색도시도 만들어지는 순간을 과거로 돌리면, 모든 것이 자연에서 시작되었음을 알 수 있어. 그들이 만들고자 했던 것은 모두 할아버지의 흉내를 잠시 내보려는 시도일 뿐이거든."

바람의 말에 구름이 대화에 끼어들 절호의 기회를 찾았는지 말문을 열었다.

"바람의 말이 맞아! 사람들은 자연을 보고 탈것을 만들었고, 바람을 보고 더 빨리 달릴 수 있는 가능성에 도전했지. 하지만 그들이 빨리 달리는 것만큼 중요하게 생각하는 것이 있어!"

"그게 뭔데?" 모두들 동시에 한목소리로 물었다.

"그들은 변화를 좋아하는 거야!"

"변화?" 비트가 물었다.

"그래, 변화 말이야. 그들도 나처럼 한곳에 머무는 것을 정말 싫어하나봐. 그들은 자기들이 만든 구름을 타고 세상을 마음껏 돌아다니려 하지. 나는 그들의 마음을 충분히 이해해."

구름의 얘기를 듣는 순간, 비트는 새들처럼 하늘을 날고 싶어 인공날개를 달고 뛰어내리던 아버지들이 생각났다.

자연인 중 하나인 인간은 영장류로 나아가기 위해 자신의 앞발을 하늘로 들어올렸다. 그리고 남은 두 개의 발을 이용해 걷기 시작했다. 걷는 것만으로는 살아남을 수 없어 도구를 이용했고, 자연은 이러한 도구의 하나가 되었다. 구름의 말처럼 자연과 인간은 둘이면서도 하나인 동일 존재인지 모른다. 구름은 이야기를 계속했다.

"인간은 변화를 좋아해서 더 빠른 인공속도를 계속 만들어낼 거야. 그들도 우리처럼 유목민이었거든. 그들의 선조는 떠돌아다니길 좋아했지. 그러나 유목사회가 없어지고 국가가 형성되면서 그들의 방랑생활도 종지부를 찍을 수밖에 없었어. 결국 그들은 한곳에 정착하여 생활의 터전을 마련했고 자연을 모방하여 현재의 도시를 만들어가고 있는 거야. 그들의 사회는 우리가 생각하는 것처럼 암울하지만은 않아. 인간은 그들 나름대로 새로운 사회를 만들어가려는 것뿐이야. 문제는 가는 길의 방향이 틀렸다는 것이지."

구름은 세상의 모든 것이 유동적으로 흘러간다는 사실을 알고 있었다. 그가 말하길, 불변하는 영원한 사물은 존재할 수 없으며, 언제나 변화하는 과정의 일부라는 것이다.

"그럼, 회색도시의 생명은 자동차라는 거니?"

비트가 구름에게 물었다.

"아니야! 자동차는 단순한 운송수단이지. 사람들은 교통지옥입네, 길이 막혀서 살 수가 없네 하면서도 매일같이 자동차를 타고 길을 오가잖아. 문제는 그들이 이동수단으로 만들어놓은 발명품의 쓰임새를 제대로 찾지 못하는 데 있는 거야."

"이동수단의 쓰임새 말이야?"

비트가 물었다.

"그래, 이동수단의 쓰임새. 그들은 보다 빠르고 편하게 이동하기 위해 말 대신 자동차를 만들었지. 하지만 자동차는 할아버지가 아니라 사람이 만들었기 때문에 자연의 힘이나 생명으로 달릴 수가 없잖아. 그래서 그들은 움직임을 위해 자동차에 인공심장을 달고 자연에서 그 에너지를 구해서 쓰게 되었지.

　문제는 그들이 만든 인공물과 자연의 원료가 서로 궁합이 맞지 않는다는 거야. 그들은 움직이는 운동 에너지도 전환될 수 있는 에너지원을 필요로 했고 그것을 검은 액체에서 찾으려 했지. 과거, 그들이 말을 타고 달리던 시절에는 그것이 신의 저주에 의해 내려진 검은 악마라며 원망을 퍼부었지만 말이야.

　그러나 문명의 속도에 올라탄 사람들은 검은 액체 속에서 움직임의 에너지를 발견한 거야. 그들은 과거의 저주를 뒷주머니에 감춰버리고, 그 에너지원을 찾기 위해 혈안이 되었어. 만약 저들이 달리는 속도의 에너지를 자연과 결합시켰다면, 회색도시의 어둠은 상당부분 걷혔을 거야.

　바람과 나의 관계를 봐! 우리는 서로 다른 자연의 일부이지만 서로의 도움 없이는 움직임조차 보장되지 않아. 하지만 이렇게 빠른 속도로 세상을 돌아다녀도 어떤 공해도 일으키지 않아. 바로 자연은 하나이고 생명이기 때문이지."

　비트는 구름의 말처럼 말을 타고 달리던 시절이 그리웠다. 말은 자연과의 조화를 통해 속도를 내기 때문에 자동차처럼 매연을 일으킬 염려가 없었다. 그리고 인간이 바퀴를 발명할 때만 해도 말이나 소에 의존하여 거리를 이동하였기에 현대도시처럼 공해를 유발할 일도 없었다.

　그뿐만이 아니다. 인간의 두 발을 움직여 바퀴를 굴리는 자전거도 자연 에너지를 통해 자연인인 인간이 자전거에 운동을 전달하는 것이므로 그 어떤 오염도 일으킬 여지가 없었다. 구름의 이야기를 들으면서 비트는 이상한나라의 환경오염에 대한 해결책을 구름이 제시할 수 있으리란 확신이 들었다. 비트가 물었다.

"구름아, 너는 사람들이 회색도시의 수많은 자동차를 문명의 이기라고 부르는 이유를 알고 있니?"

"물론이지! 자동차는 지금 인간들 사회에서 없어서는 안 될 인간의 발이 되었어. 하지만 문제는 자동차에 있는 것이 아니란다. 사람들은 자꾸 길이 막히고 자동차가 속도를 내지 못한다고 불평하지. 하지만 그 근본원인은 자동차나 도로가 아니라 사회의 시스템에 문제가 있다는 점을 모른다는 사실이야."

"사회의 시스템?"

비트는 구름의 입에서 나온 사회의 시스템과 교통문제가 무슨 관계냐는 듯 물었다.

"자동차는 이동수단일 뿐 생각하는 두뇌를 가지고 있지 않아. 움직이면서 생각은 못 하는 것이 자동차 말고 또 있을까?"

구름은 자동차를 통해 나타나는 도시문제가 생각할 수 없는 기계 때문에 발생한다고 보지 않았다.

"자동차는 속도를 내기 위해 만들어졌어. 그것도 빠른 시간 내에 거리를 이동해야 했지. 하지만 한정된 공간에 그 공간을 초과할 만큼 자동차가 넘쳐난다고 생각해봐. 그것은 바퀴가 있어도 움직일 수 없는 쇳덩이에 불과할 수밖에 없어. 사람들은 그런 문제를 자동차 탓으로 돌려버리지. 사실 문제의 원인은 바위가 말했던 회색도시의 이분법적 시스템에 있는데도 말이야."

비트는 구름의 폭넓은 지식이 부러웠다. 그는 하늘을 떠다니며 세상의 모든 것을 보고 들었다. 시스템의 문제를 단순히 자동차를 통해 해결하려는 사람들의 어리석음이 안타깝게 느껴졌다. 문명은 디지털까지 도달하고 있는데 생각은 아날로그에서 벗어나지 못하고 있었다. 그럴 바에는 차라리 아날로그의 세상으로 다시 되돌아가고 싶었다. 비트는 구름이 말하는 사회적 시스템에 대해 더 듣고 싶었다.

"사회적 시스템에 대해 더 말해줄 수 있겠니?"

비트가 구름에게 물었다.

"물론이지! 사회적 시스템이란 저들이 살아가는 행태를 구분하면 알 수가 있어. 저들이 매일매일 건너다니는 열두 개의 다리를 지켜봐. 그러면 답이 나올 거야."

"열두 개의 다리를 지켜보라고?"

"그래! 그들은 매일매일 열두 개의 다리를 건너다니면서 자동차를 타고 다니지. 그들의 생활이 그곳에 담겨 있거든. 우리는 그곳에서 사회적 시스템을 찾으면 되는 거야."

비트는 구름의 말을 이해할 수 없었다. 열두 개의 다리를 관찰하면 사회적 시스템을 찾을 수 있고, 그 속에서 교통문제의 해결을 찾으라는 대답이 마음에 와 닿지 않았다. 비트는 궁금하여 구름에게 물었다.

"어떻게 저들 사회에서 발생하는 교통문제 해결책을 열두 개의 다리와 사회적 시스템에서 찾으라고 하니?"

구름은 빙긋 웃으며 주위를 둘러보았다. 모두들 비트처럼 기대에 차서 구름의 다음 대답을 기다렸다.

"너희들이 사는 사회는 자연과 매우 달라. 자연은 스스로 생성해서 스스로 성장하고 소멸하도록 만들어졌어. 하지만 너희들의 회색도시는 모든 것이 시스템으로 돌아가지 않니?"

비트는 구름의 말이 옳다고 느꼈다. 사회는 국가조직의 시스템으로 움직였다. 모든 사람들의 일상은 사회 시스템 속에서 톱니바퀴처럼 굴러가고 있었다. 회색도시의 사람들에게 많은 자유가 보장된 것처럼 보였지만, 사회 속에서 살아남기 위해선 시스템 체계를 따르지 않고는 살아갈 수 없는 구조였다. 비트는 구름이 말한 시스템 속의 문제해결 방법이 무엇인지 더욱 궁금해졌다. 모두들 구름의 해답을 듣고 싶어했다. 잠시 침묵이 흘렀다.

"국가의 시스템을 잘 들여다봐. 그들은 입법, 사법, 행정이라는 커다란 국가의 틀을 만들었지. 이러한 기능은 국가유지를 위해 필요한 최소한의 조직일 뿐 사람들이 살아가는 데 필요한 모든 것이 될 수는 없어. 하지만 이러한 시스템 없이는 국가가 유지될 수도 없기에 이는 가장 중요한 기능들이야.

그러나 문제는 이러한 기능 이외에도 수많은 시스템이 국가 형성 이후에 생겨났다는 거야. 그 시스템의 복잡성은 이루 말할 수 없어. 사람들이 먹고살기 위해 활동하는 경제 시스템을 비롯해 교육 시스템, 주거 시스템, 여가 시스템 등 이루 말할 수 없는 시스템으로 국가가 돌아가고 있지. 사람들은 이러한 시스템의 줄기 속에 들어가 열두 개의 다리를 매일매일 건너갔다 오는 거야. 이러한 시스템 하에서 교통문제도 발생하는 거야.

그러나 문제는 간단해. 실타래가 꼬이면 풀어야 하는 것처럼 말이야. 각각의 시스템을 위해 새로운 다리를 놓아야 하겠지. 각 시스템이 겹쳐지거나 엉키지 않게 말이야. 특히 주거 시스템은 이러한 해결의 핵심이라고 말할 수 있겠지. 사람들이 보금자리에서 하루를 시작하기 때문이지. 주거 시스템이 엉키면 모든 시스템에 커다란 영향을 미치게 되거든. 주거 시스템은 교육 시스템과도 맞물려 있기 때문이야."
  구름의 말은 매우 체계적으로 들렸다. 그러나 그가 말하는 국가의 시스템은 쉽게 바뀔 만한 성질의 것이 아니었다. 하나의 체계가 바뀌기 위해선 무엇보다 시작이 중요했다. 그러나 시작이 이미 지나간 과거 속에 의미 없이 묻혀버렸다면, 그 실타래를 푸는 것은 매우 어려울 것이다. 비트는 구름의 말을 들으면서 회색도시의 암울함도 동일한 문제로 보았다.
  얼마의 시간이 흘렀을까. 모두들 하늘 위에 떠 있는 구름을 바라보았다. 넓은 하늘에 자유롭게 펼쳐진 구름 행렬이 빠르지도 느리지도 않은 듯, 태평하게 흘러갔다. 바람이 귓가에 불어주는 숨결을 따라 구름은 빠르게도, 느리게도 움직이며 세상을 떠돌았다.

가방의 무게에서 벗어나

비트는 녹색나라에 대한 큰 희망을 품고 그림자와 함께 산을 내려오고 있었다. 바위는 비트가 떠나는 것을 아쉬워하며 차마, 뒤를 돌아보지 못했다. 슬픔은 항상 헤어짐에서 오는 것일까. 바위와 이별하는 것이 못내 아쉬워서인지 비트의 발걸음이 한없이 무거웠다. 바람과 구름은 둘을 산 아래까지 안내해주고 떠났다. 산을 내려와 회색도시로 들어선 비트는 슬픈 표정을 지으며 그림자에게 물었다.

"너는 자연의 소리를 어떻게 생각해?"

그림자는 비트의 물음이 바람과 구름 그리고 바위와의 작별에서 비롯된 것임을 직감할 수 있었다.

"자연은 너의 마음속에 있잖아. 너는 자연이고 너의 마음은 구름이야! 네가 원하면 언제든지 자연은 네 마음속으로 들어올 거야. 바람, 구름, 바위가 그러했듯 말이야. 우리는 오늘 그들로부터 많은 것을 배운 거야. 인간의 눈으론 보지 못하는 것을 자연의 눈으로 새롭게 볼 수 있어 참 좋았어."

비트는 그림자의 말을 들으면서 언젠가 회색나라도 녹색나라처럼 될 수 있다는 희망을 품게 되었다. 비트의 발걸음은 산을 내려올 때보다 조금씩 힘이 나기 시작했다. 골목길을 들어서려는데 어린아이 하나가 그들 앞으로 걸어가고 있었다. 뒤에서 바라본 어린아이는 두 어깨에 커다란 가방을 메고 있었다.

어린아이 하나가 제 몸무게보다 더 무거운 가방을 멘 모습이 그들의 눈길을 끌었다. 그림자는 아이 어깨를 보면서 가방보다 더 무거운 압박이 소년의 어깨를 짓누르고 있음을 느낄 수 있었다. 비트는 소년이 안쓰러워 가방을 들어주고 싶은 심정으로 소년에게 다가갔다.

"가방이 무겁구나?"

그러나 소년은 비트와 그림자를 흘끔 쳐다보고는 아무 말 없이 그냥 걸어갔다. 비트는 소년의 가방을 오른손으로 잡으려 했다.

"내가 들어줄게!"

소년은 아무 대꾸 없이 그에게 가방을 내어주고 다시 걷기 시작했다. 그래도 가방을 벗은 소년의 어깨는 여전히 축 처져 있었다. 비트는 소년에게 무슨 일이 있지 않나 걱정되었다. 비트도 어린시절부터 얼마나 많은 지식의 가방을 들어야 했던가. 세상의 모든 지식을 가방의 무게에서 얻고자 했던 철없던 어린시절이 생각났다.

비트는 낯을 붉히는 소년에게 재미있는 이야기를 해주고 싶었다. 비트 또한 가방의 크기와 무게에 짓눌리며 끝없이 방황했던 그 시절, 재미있게 읽은 이야기를 들려주고 싶었다.

"옛날 아주 먼 나라에 여정이라는 아이가 살고 있었어. 그 애도 너처럼 많은 것을 얻기 위해 커다란 가방을 들고 다녔지. 그는 세상의 모든 것에서 진리를 발견하려 했어!"

가만히 듣고 있던 소년이 비트의 말에 질문을 던졌다.

"진리가 뭐예요?"

비트는 굳게 닫혀 있던 소년의 말문이 터지자 무척 기뻤다. 그러나 이내 소년의 단순한 질문에 말문이 막히고 말았다.

"진리!"

비트는 한참을 생각했지만 소년의 질문에 간단하게 답할 수 없었다. 그는 어둠에서 태어난 이후 그 해답을 얻기 위해 얼마나 많은 방황을 했던가. 지금 소년과 마주하는 현실 속에서도 그 해답을 찾지 못하고 있었다. 차라리 소년에게 솔직히 진리가 무엇인지 모른다고 말할 걸 그랬다.

비트는 도움을 청하듯 그림자를 보았다. 하지만 그림자는 "나도 몰라!" 하는 표정으로 비트의 난처해하는 얼굴을 바라보며 어깨만 으쓱할 뿐이었다. 세상의 모든 것을 다 안다는 듯 지식을 뽐내는 가방 속에서도 해답을 찾을 수 없었다. 비트가 알고 있는 유일한 대답이 생각났다. 비트는 그녀의 말을 인용해서 이렇게 소년에게 말했다.

"너와 내가 현재 함께 있다는 사실을 인정하니?"

"그럼요! 아저씨와 내가 지금 함께 있잖아요."

비트는 소년이 자기 말을 알아주는 것이 기뻤다.

"그럼, 너와 내가 여기 함께 있다는 것은 변함없는 사실이지?"

이렇게 묻자, 소년이 이상한 눈으로 비트를 바라보았다. 어린시절 비트 또한 뜻하지 않는 질문을 받을 때면 소년과 같은 눈빛으로 어른들을 바라보곤 했다. 소년은 조금 이상하다는 듯 어깨를 좌우로 들썩거리며 대답했다.

"그럼요!"

비트는 소년이 동조하자 마음이 놓였다.

"우리가 여기 있다는 것을 아는 것, 이것이 바로 진리라고 생각해."

소년은 비트의 말을 이해할 수 없다는 듯 고개를 갸웃거렸다.

"우리는 생각하고, 그래서 존재하는 거지."

그림자가 옆에서 중얼거리는 투로 거들었다. 소년은 그림자의 말에 깜짝 놀랐다. 소년은 그때까지 비트에 가려진 그림자를 보지 못했기 때문이다. 소년은 그림자와 비트가 알 수 없는 말을 주고받는 것을 듣고 뭔가 골똘히 생각하는 모습이었다. 비트는 여정에 대한 이야기를 계속했다.

"그는 많은 사람들의 칭찬을 받으며 태어난 아이였어. 그가 걷는 길은 항상 꽃이 만발했고, 시들어가는 꽃들도 되살아나는 듯했지. 그러나 그는 발걸음을 옮길 때마다 그 흔적이 남긴 진실을 알고 싶어했어. 그래서 자기가 태어난 집, 부모, 고향을 모두 버리고 세상에 나아가기로 결심했던 거야. 그 애가 세상의 진리를 얻고자 떠나는 날 밤, 그의 아버지와 어머니는 눈물을 감추며 아이의 뒷모습을 하염없이 바라보아야 했지. 아들이 떠난다는 말에 그의 아버지는 분노와 불안, 두려움에 떨어야 했지. 그리고 아들이 떠나는 모습을 지켜보며 한없이 슬퍼하셨어. 아이는 세상 모든 것을 스스로 알고 배워야 했지. 그러나 세상을 통해 배운 것이 많으면 많을수록 그 아이의 입에서는 썩은 냄새가 났던 거야."

소년은 비트의 말을 이해할 수 없다는 듯 물었다.

"어떻게 많은 것을 알수록 썩은 냄새가 나나요? 저의 선생님이 말하길, 인간은 아는 것이 없으면 그 육체에서 썩은 냄새가 나고, 이는 죽은 짐승과 같다고 하셨어요!"

비트도 어린시절, 이 소년처럼 스승과 어른들로부터 많은 것을 배워야 한다고 들었다. 그러나 오늘을 바라본 비트의 눈에는 그 모든 것이 부질없는 짓이었다. 비트가 시간의 바퀴를 통해 바라본 세상은 지식을 순수하게 배우는 것보다 배워야 한다는 의무감으로 가득 차 있었다. 인간의 지식은 그들의 삶을 성공적으로 이끌기 위한 경쟁에 사용되었을 뿐, 자신을 아는 데는 실패의 요소로 작용했다. 수많은 시간 여행을 하면서 비트가 배운 것은 자연의 소리가 인간의 소리보다 더 진실되고 사랑스럽다는 것이었다. 비트는 소년의 질문에 난감했다. 소년에게 어떻게 지식과 지혜를 설명해야 하나 걱정이 앞섰다. 옆에 있던 그림자가 말했다.

"아는 것은 지식이요, 모르는 것을 아는 것은 지혜라고 말해!"

그림자의 말을 옆에서 듣고 있던 소년은 도리질을 하며, 그의 말을 못 알아듣겠다는 투로 말했다.

"아저씨들이 하는 말은 너무 이상해요!"

이야기가 끝나면 소년이 그의 말을 이해하리라 믿고, 비트는 하던 얘기를 계속했다.

"그 아이는 깨달음을 얻기 위해 세상을 떠돌아다녔어. 처음에는 친구를 만났는데, 그 친구에게서 인간의 번뇌를 느꼈지. 그래서 친구를 등지고 새로운 길을 떠났지.

그는 여행 도중 길을 잘못 들어 새로운 나라에 들어가게 되었어. 안개나라는 새 나라였어. 그는 안개나라에서 처음 소녀를 만났지. 소녀에 대한 사랑이 가슴까지 타올랐지만 자신의 감정을 말할 수 없었지. 만약 시간이 흘러 사랑의 감정이 메말라버리고 그 순수했던 감정마저 거짓이라 느껴지면 어떡하나 하는 두려움 때문이었지. 그리고 그 소년은 꿈속에서 소녀를 만나곤 했어. 소년의 생각에 안개나라란 존재는 꿈에서 본 것처럼 희미한 기억 속에만 남아 있었기 때문이야."

비트의 말을 듣고 그림자는 정색을 했다. 비트가 자신의 어린시절과 현재를 여정이라는 아이를 통해서 이야기할 줄 몰랐다. 그림자는 비트의 친구였고 전부였기에 그것이 비트 자신의 이야기라는 것쯤은 쉽게 알 수 있었다.

비트는 어린시절부터 가방의 무게에 시달려야 했다. 어둠을 넘어 밝음을 맞이한다는 것은 보아야 할 것이 많아진다는 것을 뜻했다. 비트가 바라본 세상은 많은 것을 알아야 살아갈 수 있는 세계였다. 이상한나라 사람들은 태어나면서부터 아이의 일생을 부모가 그리기 시작했다. 회색빛 상자 속에서 문화적 사랑을 가득 받고 태어난 아이들은 남다른 교육을 받아야 했다. 산다는 것은 곧 배워야 한다는 의미로 통했다. 그것이 전부였다. 아침이면 꽉 짜인 일정이 아이들을 기다리고 있었고 이것이 아이들이 누릴 수 있는 삶의 전부였다.

문제의 발단이 어디서 시작되었는지 몰랐다. 그러나 어른들은 그들의 목표를 정하고 아이들이 부모의 희망이 되어주길 바랐다. 지식의 평가에 의해 희망의 크기가 달라졌고, 모든 것이 규칙적이고 일정하게 계획되었다. 사회가 요구하는 대로 따라해야 했고, 아이의 미래는 사회의 잣대에 얼마만큼 가까이 왔느냐에 따라 보장받을 수 있었다. 기준에 미달되면 살아남을 수 없는 사회였다.

소년은 비트가 얘기하는 안개나라에 흥미를 느끼는 것 같았다. 소년이 물었다.

"안개나라는 어디에 있나요?"

비트는 소년의 말에 안개나라가 어디에 있는지 대답해주고 싶었다. 하지만 인간의 언어로 그것을 정확하게 말할 수 없었다. 게다가 말을 한다 해도 소년은 알아들을 수 없을 게 분명했다.

"안개나라가 어디에 있냐고?"

"예, 궁금해요!"

천진난만한 표정의 소년이 물었다.

"안개나라는 우물에서 생성돼."

"우물요?"

"그래, 우물에서 나오는 안개를 통해 안개나라의 영혼들은 장미의 정원을 걸으려 하지."

"장미의 정원을 걸어요?"

"그렇단다. 그들의 영혼은 장미정원과 함께하거든."

"그럼, 안개나라에는 학교도 없나요?"

"학교? 그런 것은 필요 없어. 그들도 아주 오래 전엔 그런 제도에 얽매여 살았지. 하지만 그들은 영혼을 통해 육신의 번거로움을 벗어버렸어. 자유로운 영혼은 인간세계의 지식이 필요치 않거든."

소년은 비트의 말을 듣고 안개나라가 부러웠다. 자신의 어깨를 짓누르는 가방의 무게가 존재하지 않는 나라가 부러웠던 것이다. 도대체 왜 배워야 하는지 모를 무수한 지식들을 강요받지 않는다는 것이 더할 나위 없이 부러웠다. 소년은 비트에게 말했다.

"저를 안개나라로 데려다주면 안 되나요?"

"네가 안개나라로 가고 싶다고?"

비트는 소년의 말에 당황했다. 안개나라는 사람의 육신을 가지고는 갈 수 없는 나라이고, 안개나라 사람들은 가식으로 둘러싸인 세계가 싫어서 안개 속으로 그들 육신을 묻어버렸기 때문이다. 만약 소년을 안개나라로 데려가려면 그의 육신도 안개나라에 묻어야 하는 상황이다. 비트도 어린시절 처음 안개나라에 갔을 때 그의 육신을 안개나라에 남겨두고 싶은 강렬한 욕구가 있었다. 그러나 비트는 영혼의 진리도 중요하지만, 현재라는 시간을 어떻게 살아가느냐에 따라 육신과 영혼이 함께 꽃피울 수 있다고 생각했다. 비트는 소년의 생각이 궁금했다.

"왜 안개나라를 가고 싶어하니? 너는 부모님과 형제들이 보고 싶지 않아?"

"보고 싶어요!"

"그런데 왜 안개나라에 가고 싶어하지?"

"그곳에는 가방이 필요 없다고 말했잖아요!"

"가방?"

"예, 저는 어른들을 잘 모르겠어요. 왜 우리들이 매일매일 커다란 가방을 어깨에 메고 하루에도 수없이 학원을 돌아야 하는지."

"너, 학교가 다니기 싫어서 그러는구나." 비트가 물었다.

"아니요, 학교는 참 좋은 곳이어요. 친구들도 만나고, 선생님도 만나고 새로운 것도 배울 수 있고."

소년은 그래도 학교에 대한 인상이 좋은 듯해 보였다.

"그런데 왜 안개나라로 가려고 해?"

"저는 어른들을 이해할 수가 없어요. 어른들은 우리 모두를 똑같은 인형으로 만들려고 해요!"

"똑같은 인형?" 비트는 소년의 말이 궁금했다.

"우리는 학교를 들어가기 전 놀이터에서 친구들과 노는 것을 좋아했어요. 그리고 산을 뛰어오르며 다람쥐와 경주를 하고, 밝은 태양이 떠오르기 전부터 아침이 밝아오길 기다렸어요. 아침이 밝아오면 식탁 위에 둘러앉아 아침식사를 하다가도 대문 밖에서 기다리는 친구가 생각나 때론 밥도 아랑곳없이 뛰어나가기 일쑤였죠. 참 행복한 하루하루였어요. 태양이 우리를 반겨주고 나무들이 우리와 함께 술래잡기를 하던 그런 시간 말이에요."

비트는 소년의 말을 들으면서 자신도 자연과 함께 뛰어놀던 어린시절이 생각났다. 어둠의 터널이 길게 느껴질 때는 할아버지를 부르면서 밝음이 어서 오길 기다렸던 때도 있었다. 비트는 소년의 말을 이해할 수 있었다. 소년은 말을 이어나갔다.

"그런데 친구들이 이상해지기 시작했어요. 같이 놀던 친구들이 하나 둘씩 놀이터에 나오지 않는 거예요. 얼마가 지나고 나서, 놀이터엔 저를 제외한 누구도 나오질 않았어요.

저는 하루 종일 놀이터에 앉아 친구들이 오길 기다렸죠. 하루, 이틀, 사흘을 기다려도 아무도 오지 않는 거예요. 저는 정말 궁금했어요. 친구들이 모두 이사를 가버렸나 생각하기도 했어요. 하도 궁금해서 친구들의 집 앞에서 기다렸어요. 혹시나 친구가 몸살이 났을까 걱정도 했고요. 기다리는 시간이 정말 너무나 길게 느껴졌지요. 저는 어둠이 지나 아침이 밝아오면 친구들이 힘차게 뛰어나올 거라고 믿고 날이 밝자 추위도 잊고 대문 옆에서 쪼그려 기다렸지요.

아침이 되자 친구가 나오길래 저는 너무 기뻐서 친구의 손을 덥석 잡았어요. 그런데 친구는 고개를 숙인 채 말이 없었어요. 친구에게 물었죠. '어떻게 된 거야? 한참을 기다렸어. 많이 아팠니?' 그러자 친구가 '아니!' 하고 말 끝을 흐렸어요. 그때 친구의 어깨에 멘 커다란 가방을 보았어요. '이 가방은 뭐야?' 하고 물었지만 친구는 아무 말도 하지 않고 울기만 했어요. 그리고는 어디론가 달려가 버렸어요. 한참 후에 안 것이지만, 놀이터의 친구들은 하나 둘씩 어깨에 가방을 멘 채 어디론가 가기 시작했지요. 그들은 자기들 의지와 상관없이 어른들이 원하는 곳을 매일매일 돌아다녀야 했어요. 모두들 하나의 인형처럼 되어가기 시작했지요. 노래를 부르고, 그림 그리고, 숫자를 풀고, 먼 나라 사람들의 말을 배우면서…… 그런 일들이 친구들의 일상이 되어버렸어요."

비트는 소년의 말을 들으면서 회색도시를 바라보았다. 시뿌연 연기 속에 자신보다 큰 책가방을 메고 힘없는 다리로 걸어가고 있는 아이들의 모습이 여기저기 눈에 띄었다. 소년의 말처럼 도시는 하나의 박제된 인형처럼 되어가고 있는지 모른다. 슬픔이 밀려왔다. 세상에 태어나 한창 뛰어놀면서 자연과 벗 삼아야 할 나이에 지식의 무게에 짓눌려 있는 소년이 불쌍했다. 그의 어깨에 걸린 무거운 가방 속에서 어른들은 무엇을 찾고 싶었는지 궁금했다. 비트가 생각에 잠겨 있는 사이 소년은 그동안 억눌렸던 말을 한꺼번에 토해내듯 말을 이어갔다.

"저에게 정말 소중한 친구가 있었어요. 그 아이는 하얀 치마를 무척 좋아했어요. 치마 아래에 장미꽃을 수놓은 예쁜 치마였어요."

비트는 소년이 장미꽃이란 말을 꺼내자 본능적으로 우물가에서 처음 만난 소녀를 떠올렸다. 그때 소녀도 하얀 치마를 입고 있었다. 한 손에 장미꽃을 들고 있었던 소녀의 모습이 순간, 비트의 머릿속을 스쳐갔다. 소년은 비트의 생각에는 아랑곳하지 않고 계속 말을 이어갔다.

"어느 날 우연히 길을 가다가 소녀를 만났어요. 그날도 그 아이는 하얀 치마에 장미꽃을 수놓은 치마를 입고 있었어요. 저는 소녀를 불러 세웠어요. 그녀를 보는 순간 너무 기뻐서 한숨에 달려갔지요. 그리고 소녀에게 물었어요. '왜 놀이터에 나오지 않니?' 소녀는 나를 보면서 슬픈 얼굴을 했어요. 그리곤, 내 손을 잡으면서 자기는 얼마 있으면 이상한나라를 떠나 먼 나라로 간다고 말했어요. 저는 깜짝 놀라 소녀에게 말했죠. '먼 나라에 간다고?' 그러자 소녀가 말했죠 '그래, 나도 얼마나 먼지 몰라. 하지만 아주 먼 것은 확실해.' 그래서 내가 '그곳엔 왜 가는데?' 하고 묻자 자기도 모른다고 대답하더군요. '너도 모르는 곳을 왜 가려고 하니? 안 가면 안 되니?' 하고 제가 물었더니 소녀는 '안 돼!' 하고 대답했어요. 그리고는 소녀는 그녀의 부모님이 이미 결정한 일이라며, 앞으로 시간이 지나면 먼 나라 사람들의 말이 세상의 중심이 된다는 말을 했어요. 그래서 미리 그것을 배워야 한다고.

저는 소녀에게 화가 나서 말했어요. '그거야 학교 가서 배우면 되잖아! 우리는 우리 수준에 맞는 공부를 하면 되는 거야. 우리가 어른들의 지식까지 미리 알아야 할 필요는 없잖아!'

우리에겐 서로 소통할 수 있는 말이 있는데 다른 말을 또 배워야 한다는 게 저로서는 이해할 수 없었어요. 소녀의 부모님은 학교에 가서 배우면 늦는다고 말했대요. 남과 다른 인생을 살려면 미리 준비하지 않으면 안 된다고요. 다른 사람과 경쟁하려면 학교에 들어가기 전에 다 배우고 들어가야 한대요. 그렇지 않으면 다른 아이들을 따라잡을 수가 없으니까요. 저는 소녀의 말을 들으면서 소녀가 부모로부터 모든 것을 다짐 받았다는 것을 알았어요. 소녀 또한 그 말에 동화되었음을 한눈에 알 수 있었지요."

소년은 소녀와의 기억을 더듬으며 비트에게 말했다.

"난 어른들을 이해할 수가 없어요. 어른들은 우리 모두를 하나의 인형으로 만들려나 봐요. 모두 다 똑같은 것을 배워야 하고, 모든 것을 다 잘하라고 하는데 우리는 얼굴 모습이 다르듯 각기 다른 능력을 가지고 태어났잖아요."

비트는 소년의 말에 아무 대답도 할 수 없었다. 나이는 어리지만, 자기가 어디에 있고 어떻게 살아야 하는지 어른보다 더 잘 아는 것 같았다. 비트는 소년이 궁금했다.

"너는 왜 다른 아이들처럼 무거운 가방을 메고 학교를 다니니?"

"이 가방 말인가요!"

소년은 비트가 들고 있는 가방을 가리키며 말했다.

"그래, 너는 다른 아이들처럼 가방의 무게에 억눌리고 싶지 않다면서. 그런데 왜 가방을 메고 다니니?"

"저는 가방을 메고 매일매일 같은 일을 반복하는 것이 정말 싫어요. 하지만 우리 부모님도 제가 친구들처럼 열심히 지식과 능력을 쌓아놓지 않으면 미래를 보장받을 수 없대요. 아침마다 부모님들은 나에게 달콤한 미래에 대해 말해요. 그리고 가방을 건네주죠. 저는 힘이 없어요! 내가 할 수 있는 것은 친구들과 같은 길을 걷는 방법 말고는……."

소년은 말꼬리를 내리며 힘없이 말했다.

한동안 말없이 걸었다. 소년은 자기 집에 다 왔다고 비트에게 가방을 달라고 했다. 비트는 가방을 소년의 어깨에 다시 걸쳐주었다. 소년은 고개를 숙이며 고맙다는 말을 하고 집으로 달려 들어갔다. 집 안에서 소년을 반겨주는 부모의 목소리가 들려왔다.

"우리 아들! 너는 훌륭한 사람이 될 거야."

소년을 집으로 들여보내고 비트와 그림자는 한참 동안 그 집 앞에서 발을 떼지 못했다. 아이들의 어린 마음에서 희망이 사라지는 것을 느꼈다. 세상은 회색빛 속에서 색채를 잃어가고 있었다. 어른들은 모든 것을 그들 기준으로 판단하려 들었다. 진리나 자연은 물질보다 멀리 있었다. 그들의 눈은 미래를 멀리 내다볼 수 있는 밝음을 잃어가고 있었다. 멀리 본다는 것 자체가 공연한 헛수고일지 몰랐다. 아무리 이상적인 사람이라 할지라도 배고프면 살 수 없듯, 그들은 인간의 굴레 속에서 태어난 이상 어쩔 수 없다고 생각하며 자포자기했다. 비트가 바라본 세상은 밝음도 어둠도 아닌 회색빛 세상이었다. 그림자는 비트의 축 처진 어깨를 보고 말했다.

"지식의 시스템을 바꿔봐!"

"지식의 시스템을 바꾸라고?"

비트는 그림자에게 고개를 돌리며 물었다.

"그래! 너희는 훌륭한 사람들이 많이 있잖아. 그들의 머리를 이용해 시스템을 바꾸면 세상이 새롭게 바뀌지 않을까?"

"구름도 말했잖아! 교통나라도 시스템의 문제라고. 너희들의 세상은 모든 것이 네트워크로 연결되어 있어. 하나를 바꾼다고 다른 것들이 바뀌지 않아. 모든 것은 시스템으로 움직이거든. 결국 시스템 속으로 들어가 그것을 새롭게 바꾸면 모든 것이 진정 너희들이 원하는 대로 바뀔 수 있을 거야."

"시스템을 바꾼다는 게 그렇게 말처럼 쉬운 것은 아니잖아!"

"그럼, 이 세상에 쉬운 것이 어디 있겠니? 하지만 인간은 필요에 의해 모든 것을 만들고 바꾸기도 하잖아. 조금 전 소년을 봐! 그는 자신의 의지와는 상관없이 시스템 속에서 고민하고 있잖아.

비트야! 세상을 한번 쳐다봐. 너희들의 사회는 예전과 같지 않아. 세상의 모든 것이 네트워크로 움직이려 하잖아. 어른들이 아이들을 공부시키려는 것은 그들에게 보다 나은 미래를 안겨주기 위해서야. 그들의 목표가 잘못된 것은 아니야. 그들의 방법이 문제지. 아니, 그들의 문제보다 사회의 시스템이 더 큰 문제지.

생각해봐! 많은 사람이 최고의 교육을 궁극의 목표로 삼고 살잖아. 최고의 교육은 최고의 인생을 보장한다는 공식을 스스로 만들어버리는 게 문제지. 무엇보다 최고의 교육을 받고 사회에 나와야 세상을 보란 듯 잘살 수 있다고 믿게 만든 사회의 시스템이 더 큰 문제야.

우리는 삼국나라에서 국가의 지도를 말했지! 국가의 지도가 새로 그려져야 할 때가 온 거야. 그렇지 않고는 시스템의 얽힌 매듭을 풀 수 있는 방법이 없어."

비트는 그림자가 말하는 시스템이 무엇인지 알 것 같았다. 소녀가 했던 말이 떠올랐다. 소녀는 당시 "이름은 가식에 불과해!"라고 했었다. 우리가 그동안 쌓아올린 수많은 이름들은 인간의 본성에 도달하기보다는 스스로 만든 가면에 지나지 않았다. 비트는 인간을 짓누르는 삶의 굴레가 너무 깊어 헤어날 수 없을 것 같았다.

비트도 어린시절 어느 길로 가야 할지 헤매며 자신의 길을 찾고자 부단히 노력했다. 그러나 사회 시스템은 그러한 개인의 노력과는 무관하게 흘러갔다. 스스로 '일류'라고 이름 붙여 놓은 가치만을 위해 경쟁에 경쟁을 더해갔다. 남에게 지지 않기 위해, 남보다 잘 살기 위해 미리부터 많은 것을 배우고 이루어놓아야 했다. 뒤처지면 영원히 살아 돌아올 수 없는 전쟁터의 군인처럼 미래를 향한 진군만이 눈앞의 현실이었다. 어디선가 북소리가 들려온다. 앞으로 나아가 승리의 깃발을 꽂는 그날까지 행군을 계속하라 등을 떠민다.

회색도시를 누비는 빠른 속도가 이들을 더욱 절박하게 사회로 내몰고 있었다. 배움의 터전이 인위적 지식을 쌓는 곳으로 전락하는 것이 문제였다. 사람의 평가가 한 줄의 경력으로 좌우되는 사회가 문제였다. 각자의 생각을 오로지 하나의 목표만을 향해 맞추는 것이 문제였다. 세상은 수많은 의미로 다가오는데 사람들은 이것을 하나의 가치, 하나의 기준으로만 평가하려는 것이 문제였다.

지중해를 꿈꾸며

　　　　　　회색도시는 강렬한 태양 빛으로 무섭게 타올랐다. 태양은 화가 난 듯, 도시를 모두 태워버릴 기세이다. 나무도 떠나고, 새도 떠난 회색도시에서는 뜨거운 붉은 열기만이 도시를 끝까지 지켜보려는 듯 남아 있었다. 푸른 산을 찾기엔 너무 많은 나무를 도시로 날려버렸기에 이미 늦었다. 인간을 살리는 자연을 등진 우둔함을 저질렀기에 태양은 더욱 화가 났는지 모른다. 새들의 울음소리는 기계의 소음에 흩어졌고, 나무의 그림자는 찌를 듯한 인공둥지의 숲속에 갇혔다.
　비트는 타는 듯한 태양의 진노를 피하려는 듯 급히 도시를 떠났다. 항상 여행의 동반자가 되어준 그림자가 그와 함께 부산하게 움직였다. 비트는 그동안 이상한나라의 많은 곳을 돌아보았지만 바다를 본 적은 없었다. 할아버지의 입김으로 얼음이 녹아내린 이후 이상한나라는 반도가 되었다. 그런데 반도국에 살면서 사람들은 바다를 버리고 회색도시로만 모여들었다. 회색도시는 사람들을 끌어들이는 어떤 힘을 가진 것 같았다. 녹색의 자연으로부터 그리고 푸르른 파도로부터 모든 것을 한꺼번에 끌어당기는 블랙홀 같은 흡입력이 회색도시에 존재하고 있었다.

　비트는 시간의 수레가 필요했다. 예전처럼 강과 들판을 지나 새로운 대지를 보고 싶어 빠르게 움직였다. 인간은 그들의 발을 딛고 있는 곳을 대지라 일컫지만 생명의 물이 차기 이전, 대지와 바다의 경계는 구분할 수 없었다. 자연은, 바다와 육지가 한데 어우러져 있었으므로 그 경계를 명확히 구분 짓기 어렵다. 그러나 문명이 자리하고 인간의 사회조직이 자연과의 경계를 분명히 해가면서 바다와 육지 사이의 물질적 변화는 서로를 구분 지었다. 모든 것은 관념 속에 남겨진 흔적이었다.

　비트와 그림자는 새로운 공기 냄새를 맡았다. 바다가 가까워왔다. 좀더 달리자 조그마한 바다마을이 눈앞에 들어왔다. 마을사람들의 표정은 비트가 본 회색도시와는 사뭇 달라 보였다. 사람들은 뭔가를 바쁘게 나르고 있었다. 육지에서는 느껴보지 못한 비릿한 내음도 그곳 사람들에게 익숙한 냄새인지 전혀 어색함이 없었다. 검은 장화를 신고 큰 소리로 떠들어대는 사람들이 해변가에 모여 있었다. 그 앞에는 방금 잡아온 생선들이 숨 쉬며 팔딱대고 있었다. 어떤 이들은 바닷물을 끌어들여 미리 준비해온 커다란 통에 고기를 던져넣고 있었다. 비트와 그림자가 그동안 보지 못했던 새로운 풍경이었다.

　비트는 회색도시에서 생활하면서 도심생활을 일상적인 삶이라고 생각해왔다. 새로운 세계가 바다와 함께 숨 쉬고 있다는 것을 미처 몰랐다. 어시장의 모습을 한참 쳐다보고 있던 비트 곁에 누군가가 다가와 살며시 말을 건넸다. 뒤를 돌아다보니 녹색나라에서 만난 바람이었다.

"어떻게 여기에 왔니?"

비트는 반가운 나머지 큰 소리로 물었다.

"쉿!"

비트의 목소리가 얼마나 컸던지 바람이 몸을 움츠리며 말했다. 그러나 소리는 벌써 바람의 옷깃을 타고 사람들의 귓가에 흘러들었다. 주위 사람들이 비트에게 미심쩍은 시선을 보냈다. 사람들이 보기에 비트는 약간 정신이 나간 젊은이처럼 보였다. 자연과 소통하고 자연의 소리를 들을 수 있는 비트와는 달리 그들은 바람을 볼 수 없을 뿐 아니라 그림자도 보지 못했다. 그들에게 그림자는 태양빛 때문에 생기는 단순한 자연현상일 뿐이었다. 그들은 잠시 비트를 바라보더니 다시 그들이 하던 일에 열중했다. 비트는 조심조심 작은 조그마한 목소리로 물었다.

"구름은 어디 있어?"

"응, 구름은 여기서 조금 떨어진 곳에 특이한 어부와 함께 있어!"

"특이한 어부?"

"그래, 나도 좀 전에 그곳에서 왔어."

"나와 구름이 네가 오는 소리를 들었거든. 구름이 네게 가보라고 했어. 가능하면 같이 오라고 말야."

바람은 비트와 이야기를 나누다가 그림자를 보고 잊었던 인사를 나누었다.

"안녕, 오랜만이야."

그림자도 바다마을까지 와서 바람을 만난 것이 무척 반가웠다.

"반가워! 너희들을 정말 보고 싶었어. 우리는 녹색나라를 떠나면서 너희들을 영영 못 만나나 생각했어."

"우리를 영영 못 만난다구? 그럴 리가 있어? 우리는 너희들이 있는 곳이면 어디든지 너희 곁에 있을 거야. 너희와 우리는 하나잖아."

바람의 말에 비트와 그림자는 마음이 포근해졌다. 비트가 물었다.

"바위는 어떻게 하고 너희만 왔니?"

비트의 물음에 바람은 어깨를 으쓱하면서 말했다.

"바위는 우리와 조금 달라. 그는 자기 자리를 지키는 것을 천직으로 알아. 그래서 세상의 모든 소리에 침묵하려 하지."

비트와 그림자는 바위의 성격을 잘 알고 있었다. 어떤 유혹에도 굴하지 않는, 흔들림 없는 바위의 삶은 모든 자연의 귀감이 되고도 남았다. 비트는 갑자기, 바람이 말한 특이한 어부가 생각났다.

"특이한 어부가 누구야?"

"응, 가보면 알아. 그는 도시의 보통 사람들과 아주 다른 사람이야. 만나보면 너희도 반하게 될 거야. 구름도 너희와 함께 그를 만나길 원해."

바람의 말에 비트와 그림자는 그 특이하다는 어부가 더욱 궁금했다. 둘은 시간의 수레바퀴 위에 다시 올라탔고, 바람은 그들의 바퀴에 입김을 불어넣었다.

그러자 바퀴는 평소보다 훨씬 빠른 속도로 쌩쌩 달렸다. 비트가 바람과 함께 달려온 곳은 깊은 숲을 지나야 도달할 수 있는 어촌마을이었다. 마을로 들어서는 길가엔 폐가처럼 보이는 집들이 몇 채 남아 있었다.

비트와 그림자가 도착했을 때 바람은 벌써 구름과 함께 어부의 머리 위에서 그를 지켜보고 있었다. 어부는 무더운 태양 빛이 두렵지 않은지 무엇인가 열심히 만들고 있었다. 바닷가에서 고기를 잡지 않고 도시사람들처럼 뭔가 만드는 어부의 모습이 신기해 보였다. 어부는 일에 열중한 나머지, 비트와 그림자가 자기 앞에 있는데도 알아채지 못했다. 얼굴의 굵은 주름으로 보아 꽤 나이 든 사람임을 짐작할 수 있었다. 비트는 어부의 주의를 끌기 위해 위해 큰 기침을 했다. 그러나 나이 많은 어부는 귀가 어두운지 비트가 하는 말을 알아듣지 못했다. 바람이 비트의 기침 소리를 다시 실어 나르자 그제야 어부는 눈을 들어 자기 앞에 선 젊은이에게 물었다.

"젊은이, 어떻게 왔소?"

그의 목소리는 거친 바다를 헤쳐온, 힘 있고 다부진 목소리였다. 회색도시에서 본 사람들의 목소리보다 훨씬 힘차고 생기가 넘쳐흘렀다. 비트는 어부에게 자신들은 회색도시의 어둠에서 벗어나려고 바다를 찾았다고 말했다. 어부는 뜻밖인 듯 말했다.

"회색도시?"

"예! 저희는 회색도시에서 진정한 삶을 찾을 수 없었고, 결국 바다마을까지 오게 되었어요."

비트의 말에 어부는 눈을 감고 잠시 생각에 잠겨 있다가 둘에게 따라오라고 했다. 그림자는 어부가 자신의 존재를 알아보는 것에 놀라지 않을 수 없었다. 대부분의 사람들은 스스로의 눈을 가려 다른 존재를 보지 않으려 했기에 그림자의 존재를 알아차리지 못했다. 그러나 어부는 바닷가에서 태어난 이래 한 번도 회색도시에 가본 적이 없었다. 바다를 통해 그의 눈은 더욱 밝아졌고 세월의 흐름 속에서도 자연의 진실을 파악할 수 있었던 것이다. 비트와 그림자는 어부 뒤를 따라 걸어갔다. 그들이 밟고 지나는 모래 소리는 도시에서는 느껴볼 수 없는 자연의 소리였다. 바람과 구름은 어부와 그 둘 사이를 가르며 동행하고 있었다. 어부는 뒤따르는 바람과 구름을 눈치 채지 못하는 것 같았다. 바람과 구름은 비트와 그림자에게 자기들 존재를 밝히지 말라는 눈짓을 보냈고, 비트도 고개를 끄덕여 알았다는 표시를 했다.

파도 소리와 모래 소리가 합창을 끝낼 무렵 어부는 일행과 함께 자신의 집 앞마당에 도착했다. 허름한 나무 집은 숱한 바닷바람의 흔적을 간직하고 있었다. 도시에서는 볼 수 없는 정겨운 집이었다. 어부는 멀리서 온 두 손님을 시원한 대청마루로 안내했다. 그리고는 큰 사발을 하나 들고 우물가로 걸어가 시원한 물을 가득 담아왔다.

"젊은이, 줄 것은 없고, 시원한 물이야. 마시면 갈증이 덜할 거야."

비트는 어부가 건네준 사발을 받아들고 꿀꺽꿀꺽 한입에 물을 마셨다. 얼마 만에 느껴보는 시원함인지 몰랐다. 그동안 비트가 숱하게 세상을 헤매며 자신의 존재를 찾던 시절에도 그의 앎에 대한 목마름은 가실 줄 몰랐다. 그러나 오늘

어부가 투박한 손으로 건네준 한 사발의 물은 세상에 대한 갈증을 잠시 해소시켜줄 정도로 청량하기 그지없었다. 비트는 갑자기, 어부가 모래사장에서 열심히 만들던 것이 무엇인지 궁금해졌다.

"아저씨, 아까 만들던 것이 무엇인가요?"

비트의 질문에 어부는 빙긋 웃으며 그를 쳐다보며 말했다.

"왜 궁금하니?"

"예, 저는 어부가 고기를 잡지 않고 목수처럼 뭔가를 만드는 것이 정말 신기했어요."

비트의 말에 어부는 이해할 수 있다는 듯 고개를 끄덕였다.

"물론이지, 네 말대로 어부가 고기를 잡지 않으면 어부라 할 수 없지."

어부는 그의 과거를 회상하며, 자신이 변하게 된 동기를 들려주었다.

'네가 젊었을 땐 이 마을도 참 행복한 어촌마을이었지. 마을은 작지만 사는 사람들이 모두 착하고 부지런했기에 사는 데 어려움이 없었지. 그런데 이 어촌 마을에 도심사람이 한 사람 다녀가고부터 마을은 변하기 시작했단다.

그는 검은 승용차에 검은 양복을 입고 마을에 찾아왔어. 그가 마을에 들어왔을 때 모든 마을사람들은 그를 도심사람이라고 기쁘게 맞이해주었지. 그 청년은 산과 바다가 만나는, 전경이 아름다운 곳을 찾는다고 했어. 그리고 아주 여러 곳을 수소문한 끝에 우리 마을에 이르렀다고 말했지. 마을사람들은 기쁜 마음으로 마을의 아름다운 곳을 모두 보여주었지.

마을사람들과 함께 마을 곳곳을 돌아본 청년은 말했지. '이렇게 아름다운 마을은 처음 보네요!' 사람들은 그 청년의 칭찬에 무척 기뻐했지. 청년은 이곳을 어촌마을로 남겨두기엔 아깝다고 말했어. 그는 이곳에 멋진 집을 여러 채 지으면 이 마을이 고기를 잡지 않고도 부자마을로 바뀔 수 있다고 말했어. 그 청년은 세치 혀를 놀리며 화려한 말로 마을사람들의 마음을 사로잡아 버렸지.

마을사람들은 도심사람들이 이곳에 집을 지으면, 이곳도 도심처럼 행복할 수 있다고 생각했어. 마을사람들은 자신들이 살아온 어촌마을을 사랑하면서도, 한편으로 회색도시에 대한 동경도 품고 있었거든. 청년은 마을사람들에게 환심을 사기 위해 검은 승용차에 실어온 도심지 물건들을 꺼내어 마을사람들에게 나누어주었어. 마을사람들은 기뻐하면서 도시청년을 고맙게 생각했지.

그때까지만 해도 마을사람들은 어촌마을에 회색도시와 같은 어둠이 생길 거라고는 생각지도 못했어. 청년은 돈이라는 종잇조각의 위력을 이용해 마을 땅을 하나 둘씩 사들였지. 그리고 그는 거대한 기계를 가지고 와서 저 산 위에 거대한 회색도시를 만들어버렸어. 저들이 만들어놓은 높은 건물은 불어오는 바닷바람을 모두 막아버렸지. 게다가 그들의 회색둥지와 거리에서 뿜어내는 연기와 오염물질이 신선한 바닷바람마저 삼켜버리고 말았어.

아름답던 바다마을이 순식간에 어둠이 가득한 회색도시로 변해갔지. 이것을 본 마을사람들의 가슴속에서 도심에 대한 동경이 점차 사그라들기 시작했어. 그러나 마을아이들은 '사람은 태어나면 도시로 보내고 말은 태어나면 섬으로 보내야 된다.' 는 말을 믿고 살았지. 자식들은 아버지가 땅 판 돈을 어떻게 써야 할지 몰라 장롱 속에 고이 넣어둔 것을 알고 있었어. 마을사람들은 아침이 되어서야 마을에 큰 난리가 난 것을 알게 되었지. 아이들이 모두 가방을 싸서 도심으로 떠나버린 거야. 떠날 때 그들은 장롱 속의 돈을 가져가는 대신 한 장의 편지를 남겨두었어. '아버지, 꼭 성공해서 돌아오겠습니다!' 라는 말 한마디를 남겨두고 떠난 거야. 조용하고 아름답던 마을은 순식간에 절망의 바다로 빠져들었지. 마을 사람들은 매일매일 나가던 고기잡이도 포기한 채 절망의 나날을 보냈어. 아들이 떠났다는 실망뿐 아니라 회색도시에서 뿜어내는 냄새가 바닷속 고기마저 삼켜버렸기 때문이야. 사람들은 서서히 마을을 떠나기 시작했어. 그리고 이젠 어촌마을도 텅 빈 폐허가 되어가고 있는 거야."

어부의 이야기에 비트는 회색나라 사람들이 어촌마을까지 파고들어 그들의 둥지를 튼 사실에 놀라지 않을 수 없었다. 아름답던 작은 어촌마을이 순식간에 회색빛으로 병들어가고 있다니 믿기지 않았다.

비트는 어부의 말을 듣고 슬펐다. 도심을 떠나오면서, 비트는 마지막 희망이 바다나라에 있다고 생각했다. 처음 접한 어시장에서 북적대던 사람들의 생동하는 모습이 회색나라의 미래를 바꾸어놓을 수 있으리라 기대했던 것이다. 그런데 어부의 말을 듣는 순간 등 뒤가 오싹할 정도로 식은땀이 흘러내렸다. 바다마저도 미래가 없다면 어디에서 새 미래를 찾아야 한단 말인가.

참담했다. 어부가 숨은 포부를 밝혔다. 어부는 마을을 떠나간 아이들을 다시 불러들일 방법이 있다고 말했다. 그리고 그는 회색나라 사람들이 다시는 그들의 바다나라를 넘보지 못하게 할 방법을 찾기 위해 일하고 있다고 덧붙였다. 그는 굵은 팔뚝 힘줄이 튀어나올 정도로 힘 있게 주먹을 그러쥐었다. 어부의 어투에 묻어나는 강인한 의지에 비트의 가슴이 찡했다.

"나는 우리 아이들이 다시 바다로 되돌아올 것이라고 믿어!"

비트와 그림자, 그리고 어부의 머리 위에서 이야기를 듣고 있던 바람과 구름이 환한 얼굴로 어부의 다음 말을 기다렸다.

"더 이상 바다나라를 고기만 잡는 마을로 머물게 하진 않을 거야. 과거 우리가 살아갈 때만 해도 먹고사는 것이 문제였지. 그래서 고기를 잡으면 쌀과 바꿀 수 있고 우리는 우리 삶을 책임질 수 있기에 사는 것이 행복했어. 그러나 세상이 바뀐 거야. 세상은 바뀌었는데 바다마을만 아직도 고기잡이에 의존한 채 남아 있을 순 없지.

도심을 생각해봐. 저들은 컴퓨터니, 인터넷이니 하면서 새로운 언어로 떠들어대잖아. 우리는 그들의 소리에 아랑곳하지 않고 바다로 나가 고기만 잡았지. 그러나 이젠 우리가 잡는 고기만으로는 도심사람들의 욕구를 채워줄 수가 없어. 그들은 이웃나라와 먼 나라에서 더 싼값에 우리가 잡은 고기의 몇십 배나 사들이고 있잖아. 우리는 항상 저들이 원하는 대로 살아왔어. 저들의 밥상에 고기가 필요하다면 우리는 바다로 나갔지. 그리고 험한 파도와 싸워 이겨야 했어.

가끔은, 우리의 친구들이 바다신의 변덕에 목숨을 잃곤 했지. 하지만 이제는 우리 손으로 바다나라를 새롭게 만들 필요를 느껴."

어부의 말에는 다부진 신념이 있었다. 수동적 삶을 살아가는 사람과는 달리 바다의 풍랑을 겪은 강건한 삶이 어부의 신념을 더욱 다부지게 했던 것이다. 어부는 자신의 계획에 대해 조심스럽게 말했다. 그는 도심사람을 못 믿는 눈치였다. 하지만 비트의 눈을 바라보던 어부는 그의 직감을 믿기라도 하듯 비트를 보며 말했다.

"젊은이는 여느 도시사람과는 달라! 내가 만들려는 바다나라의 계획을 말하겠네."

비트는 어부가 자신을 믿어주는 것이 고마웠다. 경쟁으로 이익을 쟁취하는 회색나라에서는 서로를 믿지 못하는 불신이 팽배해 있었다. 하지만 아직 믿음을 저버리지 않은 어부의 자신감에서 비트는 새로운 희망을 보기 시작했다. 어부는 차분한 목소리로 말했다.

"거대한 파도가 자신의 분노를 잠재우는 것은 세상의 소리를 듣기 위해 잠시 휴식을 취하는 것뿐이야. 바다나라도 분노를 잠재우기 위해 그동안 잠들었던 자아를 깨어나게 해야 해. 자아를 깨우는 방법으로 나는 변화하는 사회의 시스템을 이용하려 해."

비트와 그림자는 어부의 말에 놀랐다.

"사회의 시스템?"

비트와 그림자, 그리고 바람과 구름은 어떻게 도심에서 멀리 떨어져 사는 어부가 사회적 시스템을 알 수 있을까 놀라움을 금치 못했다. 어부는 이들이 놀라는 것에 개의치 않고 자신의 계획을 털어놓았다.

"얼마 가지 않아 어촌마을도 회색도시의 물결이 홍수를 이룰 거야."

"나는 이러한 물결이 바다를 오염시키기 전에 바다나라의 청사진을 그리려고 해. 이제 바다는 고기잡이만 하는 곳이라는 고정관념을 깨야 해. 인간과 함께 살아가는 공존의 바다로 새로워져야 하지. 바다사람들은 바다가 지닌 아름다움 속에서 삶의 즐거움을 찾으려 하지만 이제 바다는 인간의 품으로 더욱 깊숙이 다가갈 때야. 회색도시 사람들이 그들의 도시를 벗어나 바다나라로 달려온다고 생각해봐! 우리가 회색나라에 빼앗겼던 우리 자식들을 되찾고, 인간과 자연의 공존을 바다나라에서 이룩한다면, 바다나라는 새로운 세상을 만들어갈 수 있어."

비트는 어부의 말에 가슴이 벅차오름을 느꼈다. 수많은 지식인들이 과학과 문명 기술을 가지고도 만들어내지 못한 자연과 인간의 공존을 한낱 어부에 불과한 그가 자신의 두 손으로 이루겠다고 의지를 다지고 있었다. 그의 자신감은 능히 그것을 이루고도 남음이 있었다. 어부는 계속 자신의 포부를 밝혔다.

"바다는 인간이 대륙을 발견하기 위한 첫 발걸음이었어. 먼 나라 사람들도 바다와 싸워가며 대륙을 발견하고 문명을 이룩했잖아. 그리고 그들이 만든 문명을 살펴봐. 그들은 바다를 투쟁의 역사로 보지 않고 화합의 역사로 기록하려 해. 그들의 역사와 문화가 바다와 물을 통해 이룩되었지. 물은 생명이기 때문이야.

회색나라 사람들은 물이란 단지 마시는 물이 다인 줄 알지. 바다나라의 수많은 물고기들이 마시며 살아가는 물에 대해서는 관심도 없어. 물론, 바다를 보지 못한 사람의 그릇으로는 그 한계를 넘어설 수 없어. 하지만 바다나라에서는 물을 말할 때 두 개의 물이 하나를 이룬 물을 말해. 저 하늘의 구름을 봐! 저들은 바다와 육지를 구분하지 않고 하나가 되잖아. 자연은 언제나 하나에서 시작되는 거야."

어부의 말을 듣고 있던 구름은 어부가 자기 존재를 제대로 알고 있음에 기뻤다. 구름은 항상 여러 가지 모양으로 새로 변화하지만 그들의 일은 늘 자기 아이들을 세상에 내려보내 만물을 살리는 것이었다. 구름은, 인간을 이롭게 하며 자연의 조화와 질서를 가늠하고 조율하는 구름으로 태어나게 해준 할아버지께 감

사하고 싶었다.

어부는 그의 계획을 조금 구체적으로 말하고 싶었던지 종이와 연필을 꺼내들고 무언가를 열심히 그리기 시작했다. 어부의 그림 솜씨는 형편없었으나 그가 그린 것이 이상한나라의 지도라는 것쯤은 알아볼 수 있었다. 그는 그린 지도를 보면서 비트와 그림자에게 말했다.

"이걸 봐! 놀랍지 않니?"

어부는 자신이 직접 그린 이상한나라 지도를 보면서 얼굴이 상기되었다. 비트는 잠시, 그가 한 번도 어촌마을을 떠나본 적이 없기에 이상한나라가 어떻게 생겼는지 모를 것이라 여겼지만 그렇지 않았다. 그는 지도를 가리키며 약간 흥분한 목소리로 말했다.

"이상한나라는 사실 바다나라라고 불러야 해!"

비트는 어부가 왜 그런 말을 하는지 알 수 없었다. 그는 손가락으로 이상한나라와 바다가 만나는 선을 따라가며 말했다.

"이걸 보라고, 젊은이! 이상한나라는 70%가 산인 나라가 아니라, 나라 전부가 바다야. 생각해봐! 우리가 물고기가 아니라, 땅에 발을 딛고 사는 인간이기에 대지가 우리 인간의 전부인 것처럼 호들갑떨지만, 만약 우리가 물고기처럼 바다를 걸어다닐 수 있는 날이 온다면 우리는 이상한나라를 바다나라라고 부르게 되지 않겠나?"

어부의 말은 일리가 있었다. 이상한나라 사람들이 그들의 발을 통해 세상의 크기를 바라보기에 그들은 땅이 작다거나 나라가 작다고들 말했다. 그리곤 그들은 자기들 문명이 가시성을 드러낼 수 있는 대지를 보고 문명의 실체라고 생각했다. 어부는 계속 말을 이어갔다.

"그들은 바다가 그들의 식량을 제공하는 역할을 하는 정도로 가볍게 생각했지. 그래서 어촌마을의 젊은이들이 회색나라를 동경하고, 종이의 위력만 믿고 바닷가를 떠났는지 몰라. 나는 바다나라의 건설을 위해 배를 만들려고 해!"

비트와 그림자는 처음 어부를 만났을 때 그가 뭔가를 만들고 있던 것이 배였음을 짐작했다. 어부가 배를 만들었으니 당연히 그가 고기잡이를 할 것이라 비트 일행은 생각했지만 그 예상은 완전히 빗나갔다.

"배는 바다를 걸어다닐 수 있는 발이거든. 사람들은 배가 물건을 나르거나, 사람을 나르는 일만 한다고 생각하지. 하지만 배를 이용하면 세상이 더욱 풍요로워질 수 있다는 것을 사람들은 잘 모르지.

도시사람들을 봐! 그들에게 자동차가 필수 소유물이 될 줄 누가 알았겠어. 그들은 이제 자동차 없이는 하루도 살 수 없을 거야. 회색나라는 자동차 때문에 문명의 혜택을 받으면서도 자동차 때문에 고생을 하지.

하지만, 바다나라는 달라! 나는 바다나라의 모든 해안선을 따라 곳곳에 정박장을 설치하고 바다나라의 모든 사람들에게 배를 소유하게 할 거야. 회색나라의 주차장에 자동차가 가득 들어차듯 바다나라 정박장에 배들이 가득 들어차겠지. 우리는 도심사람들에게도 배를 사면 정박장을 빌려주는 거야.

상상해보라구! 얼마나 멋진 세상이야. 바다나라는 도심사람들에게 배를 소유할 수 있는 기회를 주고, 이를 통해 그들의 삶을 더욱 풍요롭게 만드는 거야. 그들은 낚시를 하거나, 배를 타고 행복의 바다로 나아가게 되는 거지. 바다나라는 어디를 가나 아름다운 자연이 있거든. 끝이 보이지 않는 바다의 수평선을 바라보면서 끝없는 가능성에 도전하게 만드는 거야. 그들에게 이상한나라의 마지막 희망이 바다나라에 있다는 것을 보여주는 거지. 그뿐 아니지, 이웃나라와 먼 나라 사람들이 바다나라의 풍광에 반해서 하루도 끊이지 않고 바다나라를 찾게 하는 거야."

어부는 자신의 원대한 포부를 이야기하면서 과거의 바다나라가 새롭게 태어날 것이라고 말하고 있었다. 그때를 대비하여 그는 직접 배를 만들고, 또한 배를 댈 수 있는 정박장을 만들기 위해 밤낮으로 나무를 자르고 대패질을 한다고 말했다.

어부의 말을 듣고 있던 일행은 이상한나라의 희망이 멀리 있지 않음을 직감할 수 있었다. 어부의 말 속에 길이 있고 바다가 있었다. 희망은 멀리서 오는 것이 아니라 직접 다가설 때 미래의 빛에 실려오는 것이었다. 비트는 바다에서 밀려오는 파도 소리를 들으며 어부의 심장이 파도와 함께 고동침을 느꼈다.

비트는 거친 어부의 손을 잡고 다시 만날 것을 약속하며 외로운 바다마을을 떠나야 했다. 시원한 바람이 바다의 짠 내음을 몰고 왔다. 함께 있던 구름도 빗방울을 몰고 왔다. 세상은 파도 소리와 함께 화음을 이루며 노래했다. 비트는 이때의 순간을 가슴속에 접어놓고 쓸쓸한 회색도시로 무거운 발걸음을 옮겨야 했다.

분배된 삶을 찾아

　　아직 아침 햇살이 창가에 내리쬐기 전 창밖에서 들려오는 요란한 소리가 비트의 잠을 깨웠다. 여독旅毒이 아직 풀리지 않은 상태여서 비트의 생각처럼 몸이 움직여주지 않았다. 무거운 몸을 이끌고 침대에서 일어난 그는 굳게 닫힌 창문을 열었다. 도시의 오염 속에 찌든 창틀이 쇠 가르는 소리를 내며 열리자 곧장 찬바람이 밀려들어 왔다. 골목의 가겟집이 이사를 하는지 창밖 너머로 건장한 사내 두 명이 이삿짐 나를 준비를 하고 있었다. 그들이 켜놓은 자동차 엔진 소리가 아침안개를 뚫고 마을에 울렸다. 자동차 옆엔 하얀 치마를 입은 한 여자아이가 무언가를 어루만지며 그 모든 것을 지켜보고 있었다.
　　비트는 오래 전부터 동네 길목 가운데 자리잡고 있는 작은 가게 주인을 잘 알고 있었다. 비트는 어린시절 가게 주인아저씨를 가장 부러워했었다.·어린 비트의 눈에는 가게 주인아저씨는 비트가 갖고 싶어하는 것을 모두 가진, 이 세상 제일의 부자로 보였다. 가게는 어린아이들의 만물 상자였다. 그래서 그는 훗날 어른이 되면, 아저씨처럼 온갖 물건들을 다 갖춘 가게를 운영하겠다고 마음먹었다. 그러나 어린아이 티를 어느 정도 벗어나 청년이 되어갈 무렵, 비트의 눈에는 그 가게가 단지 먹을 것과 일상품을 파는 조그마한 가게로 비쳐지기 시작했다.

  비트는 어린시절부터 줄곧 보아온 가게 아저씨가 별 다른 말도 없이 갑자기 이사를 가는 것이 이상했다. 그는 마을에서 가장 부지런한 사람이었다. 그는 모든 사람들이 잠든 시간, 동네에서 가장 먼저 일어나 동네 어귀부터 자신의 가게와 도로까지 온 길을 다 청소하는 성실한 사람이었다. 그의 하루는 손님들에게 싱싱한 생선과 야채를 공급하기 위해 멀리 도매시장까지 차를 몰고 다녀오는 일로 시작되었다. 그리고 나서 그가 셔터를 올리는 시각이면 동네 앞산에선 태양이 아침을 알리려 살며시 고개를 내밀었다. 사람들은 햇살이 그들 창가로 다가올 때 아침 맞을 준비를 했다. 가게를 중심으로 반경 사 킬로미터 안에 있는 동네사람들은 가게 아저씨의 문 여는 소리, 손님을 맞으려는 세심한 배려 덕분에 아침 준비를 수월히 할 수 있었다. 동네사람들은 그런 아저씨의 부지런함과 상냥함에 칭찬을 아끼지 않았다.

  비트는, 동네사람들 곁에서 말없이 마을을 지키는 장승 같은 가게 아저씨가 느닷없이 이사를 간다는 것이 믿기지 않았다. 아저씨는 물질에 대한 집착보다는 근면한 생활에 열정을 쏟는 분이었다. 그는 가정을 지킴으로써 마을을 지키고, 국가를 지킬 수 있다고 자주 힘주어 말하곤 했다.

"사람들은 모름지기 자기 분수에 맞게 살아가야 한다."고 말하던 아저씨의 모습이 주마등처럼 지나갔다.

어린시절 동네아이들이 골목길에서 놀고 있을 때면 아저씨는 가끔 아이들을 불러 시원한 아이스크림을 하나씩 주곤 했다. 그리고 때때로 이렇게 말했다.

"너희가 바로 미래란다. 너희는 스스로 자라는 나무가 되거라."

아저씨는 아이들에겐 부러움의 대상이었고, 어른들에겐 모범의 대상이었다. 동네사람들은 아이들에게 가게 아저씨처럼 부지런해야 한다고 말하곤 했다. 그런 가게 아저씨가 동네를 떠나려 하고 있었다.

비트가 궁금해서 대문을 열고 밖으로 나갔을 때 동네사람들이 이미 아저씨 집 앞에 모여 서성대고 있었다. 그들은 서로의 얼굴을 보며 아저씨가 동네를 떠나는 것을 아쉬워했다. 아저씨와 친하게 지내던 우편배달부 아저씨도 무리 중에 끼어 있었다. 아침을 준비하던 차림새로 나온 한 아줌마가 말을 꺼냈다.

"왜 이사를 가는지 알고 있나요?"

"모르겠어요."

옆에 있던 포목점 주인아줌마의 목소리가 들렸다. 듣고 있던 우체부 아저씨가 이유를 알고 있다는 듯 말했다.

"저 멀리 생긴 커다란 가게 때문이지!"

"가게 때문이라니요?"

포목점 주인아줌마가 물었다.

"저기를 보라고!"

우체부 아저씨는 손가락으로 무언가를 가리켰다. 모여든 사람들은 그의 손가락을 따라 고개를 돌렸다. 동네의 집들 사이로 멀리 솟아오른 커다란 공장 모양의 건물이 보였다. 사람들은 그 순간에도 저 건물과 가게 아저씨의 이사가 어떤 관계가 있는지 몰랐다. 사람들은 자신과 무관한 일에는 신경 쓸 만한 여유가 없었기 때문이다. 회색도시에서는 주위 사람들에 대한 무관심이 이미 사회의 일상처럼 굳어져 있었다. 우체부 아저씨는 가게 아저씨가 이사를 가게 된 연유에 대해서 동네사람들에게 말해주어야겠다는 생각에서 사람들 앞으로 나섰다.

"우리는 그동안 김씨를 통해 많은 편리를 누려왔어요!"

이야기를 듣고 있던 비트는 가게 아저씨의 성이 김씨라는 것을 처음 알았다. 사실 이상한나라에서는, 평소 사람들이 서로 알고 지내면서도 상대방의 이름조차 모르고 지내는 일이 종종 있었다. 사람들은 편의에 따라 김씨, 이씨, 최씨 등 성씨만 불렀을 뿐 이름까지는 안중에 없었다. 우체부 아저씨는 가게 아저씨가 이사를 가게 된 배경을 다음과 같이 설명했다.

"김씨는 아주 모범적인 사람이었어요. 그는 한 가정의 가장이며, 한동네의 일원으로서 가게를 지키는 것을 자신의 천직으로 여기며 살아왔던 우리 이웃입니다. 그는 비가 오나 눈이 오나 마을사람들의 편의를 위해 하루도 거르지 않고 모든 일용품을 제공해왔어요. 물론 김씨가 공짜로 물품을 제공한 것은 아니지요. 그는 정당한 노력을 통해 정당한 대가를 받고 살아왔습니다.

우리 마을사람들은 김씨가 없었다면 하루하루 물건을 구하러 먼 거리를 뛰어다녀야 했을지 모르지요. 그는 우리의 발이 되어서 아침저녁으로 뛰어다녔지요. 우리는 그가 발품을 팔아 준비한 식품으로 푸짐한 아침상을 맞이할 수 있었습니다."

우체부 아저씨가 김씨의 삶이 동네사람들과 함께 살아온 삶이라는 것을 이야기하자 옆에서 듣고 있던 뚱뚱한 아줌마가 김씨를 너무 미화한다며 우체부 아저씨의 말에 끼어들었다.

"김씨가 우리에게 공짜로 물건을 준 것은 아니잖아요! 우리는 그에게 물건을 가져간 대신 돈을 주었고, 김씨는 그 돈으로 장사를 하면서 오늘까지 살아온 것 아닌가요."

말을 한 뚱뚱한 아줌마는 동네에서 가장 큰 집에 살고 있는 사람이었다. 그녀는 큰 사업을 해서 많은 돈을 모았고 남들이 넘보지 못할 정도로 높은 담을 쌓고 살아가고 있었다. 동네사람들은 그 집에 대해서 전혀 알 수가 없었으며, 관심조차 없었다. 우체부 아저씨는 아줌마의 말도 일리가 있다는 듯 수긍하면서, 하던 말을 계속했다.

"맞습니다! 저 아주머니의 말씀이 맞습니다. 하지만 아무리 많은 돈이 있어도 물건을 구할 수 없으면 돈은 쓸모없는 종이에 불과하지요. 물론 물건을 사는 곳이 여기만 있는 것이 아니므로 다른 곳에 가서 물건을 사오면 됩니다. 그러나 만약 우리 동네에 김씨가 운영하는 가게가 없었다면 우리는 매일, 아니 하루에도 몇 번씩 먼 데까지 수고로이 발걸음을 해야 했겠지요.

그동안 김씨가 우리의 발이 되어 일하며 우리를 편리하게 해주었기 때문에 우리는 훨씬 많은 시간과 노력을 아낄 수 있었단 말입니다. 이를테면 아침시간을 절약하며 각자의 일에 충실할 수 있었던 거지요."

우체부의 말을 듣고 있던 사람들은 고개를 끄덕였다. 김씨의 이사를 계기로, 그동안 김씨 가게를 이용하면서 한 번도 생각해보지 않았던 일상의 삶을 헤아려보았다. 어떤 면에서는 우체부 아저씨의 말에 공감하기도 했다. 옆에 있던 뚱뚱한 아줌마가 또다시 그의 말에 제동을 걸었다.

"우리가 김씨를 이곳에서 내쫓은 게 아니잖아요!"

"아니요, 우리가 그를 이 동네에서 쫓아낸 겁니다."

사람들은 우체부의 말에 동조할 수 없다는 듯 수군댔다.

"우리가 김씨를 이 동네에서 쫓아냈다고? 말도 안 돼! 우리는 그에게 어떤 피해도 주지 않았는데."

앞치마를 두른 옆에 있던 아줌마가 말했다.

"아닙니다. 우리 손으로 직접 김씨네를 내쫓지는 않았지만, 우리의 현실이 그를 우리 동네에서 몰아낸 것입니다."

사람들은 우체부 아저씨의 말이 이해되지 않았다. 사람들은 김씨의 가게를 자주 이용했고, 김씨는 동네사람들 덕분에 많지는 않지만, 적당한 부를 이루며 살아왔다고 생각하고 있었다. 그런데 그들 자신이 김씨를 동네에서 쫓아냈다는 우체부의 말이 이해되지 않았다.

우체부는 자신의 설명이 부족했다는 것을 알고 있었다. 그는 사람들에게 더욱 가까이 다가가며 말했다.

"우리 동네에는 오랜 세월 동네를 지키며 살아온 김씨 같은 사람이 많이 있습니다. 비디오 가게를 하는 송씨, 분식집을 운영하는 하씨, 목욕탕을 운영하는 차씨, 미용실을 운영하는 홍씨 등 수많은 사람들이 구성원이 되어 마을을 형성하고, 서로 도움을 주고받으며 마을을 유지, 발전시켜 왔습니다."

"마을의 발전은 곧 국가의 발전이 되는 겁니다. 김씨의 가게도 이러한 구성원의 하나였지요. 그런데 얼마 전부터 저 멀리 공터에 생긴 커다란 가게가 김씨의 삶을 위협한다는 것을 김씨 자신을 제외하고는 누구도 몰랐습니다. 그런 커다란 가게는 언제부터인지 먼 나라에서 이상한나라로 파고들어 왔습니다. 그는 매일 밤 악몽에 시달려야 했지요. 커다란 가게가 들어왔지만 자신은 그들에 대항해서 경쟁할 힘이 없었습니다. 그는 자신이 살아가야 하는 삶의 크기를 잘 알고 있었기 때문이지요. 자신의 조그마한 가게로는 괴물처럼 커다란 덩치의 가게를 이겨낼 수 없을 것을 너무 잘 알았지요.

물론, 가게의 크기가 커서 못 이긴 것이 아닙니다. 그래서 김씨는 저들과 차별화해야 한다고 생각했지요. 그는 전보다 더 이른 새벽에 일어나서 도매시장에 나갔고, 더욱 싱싱한 물건들을 사들여 자신의 가게를 가득 채웠습니다. 하지만 저 큰 가게는 김씨가 상대조차 할 수 없는 막강한 조직이었습니다. 그들은 막대한 조직과 돈을 십분 이용하여 김씨 가게를 위협하기 시작했습니다. 그들은 김씨의 가게보다 훨씬 많은 물건을 더 싼 가격에 그들 가게에 가득 채웠습니다."

우체부 아저씨가 김씨에 대해 말하고 있는 동안 사람들은 우체부가 어떻게 저토록 김씨에 대해 자세히 알고 있나 궁금해졌다. 사실 우체부 아저씨가 우편물을 돌리는 날이면 항상 김씨 아저씨와 가게에서 약간의 시간을 내어 담소하며 친하게 지내는 사이라는 것쯤은 마을사람들도 익히 알고 있었다. 그러기에 우체부 아저씨가 다른 사람보다 김씨에 대해 더 많이 알고 있으리란 것은 미루어 짐작할 수 있었다. 그러나 사람들 앞에서 우체부가 마치 김씨가 말하듯 그를 대변해서 말하는 모습은 자못 신기했다. 아까부터 뭔가 할 말이 있는 듯한 표정을 짓고 있던 뚱뚱한 아줌마가 입을 열었다.

"당신은 어떻게 김씨의 생각과 생활을 다 아는 것처럼 이야기하지요?"

아줌마 말에 우체부 아저씨는 알았다는 듯 빙그레 웃으며 오른손으로 자신의 앞주머니 속에서 편지 하나를 끄집어내었다. 그는 편지를 한 손으로 들어올리며 말했다.

"여러분이 궁금하실 겁니다. 물론 제가 김씨의 모든 것을 대변해줄 수는 없습니다. 하지만 이 편지를 배달하려고 주소를 보는 순간, 이 편지는 누구에게도 배달할 수 없는 것임을 알았습니다."

사람들은 우체부의 말이 선뜻 이해가 되지 않았다. 우편배달부가 배달 못 할 편지가 존재할 리 없기 때문이다. 우체부 아저씨는 높이 치켜든 손을 내리며 자신의 눈앞에 편지를 갖다대고 읽었다.

"발신은 우리가게, 수신은 우리 동네 마을사람들입니다." 하면서 우체부 아저씨는 김씨가 쓴 편지를 꺼내들었다. 사실, 그도 이 편지를 받아든 순간, 누구에게 어떻게 이 편지를 전달해야 할지 난감했었다. 그러던 중 김씨가 이사 간다는 날이 오늘로 다가온 것이다.

사람들은 호기심에 차서 우체부 아저씨가 꺼내든 편지를 바라보았다. 김씨가 마을사람들에게 편지를 쓸 거라고는 어느 누구도 생각지 못했기 때문에 사람들은 김씨의 편지가 궁금했다. 과연 김씨가 이사를 가기 전에 마을사람들에게 무슨 내용의 편지를 썼을까 궁금증이 더해갔다. 사람들은 한목소리로 물었다.
"편지엔 무슨 말이 쓰여 있던가요?"
우체부는 서둘러 편지를 읽기 시작했다.

사랑하는 우리 동네 사람들에게!
저는 태어나서 배운 것이 없는 시대를 살았습니다. 가진 것이 몸뿐이란 사실을 알게 된 것은 어린 나이를 지나 성인이 되면서부터였습니다. 저는, 세상은 태어나서 한 번쯤 즐겁게 살아볼 만한 멋진 곳이라 생각했습니다.
그동안 어둠으로부터 저를 구해준 생에 감사했습니다. 우리 마을 사람들과 함께 숨 쉴 수 있는 저의 삶이 정말 고마웠습니다. 매일 밤이면 혼자서 골방에 앉아 어둠에 비쳐오는 불빛을 보면서 기도하고 기도했습니다. 오늘의 이 행복을 빼앗아가지 말아달라고 할아버지께 기도했습니다.
저는, 제 가게를 사랑했습니다. 그리고 우리 동네를 사랑했습니다. 삶의 터전이 되어준 가게가 고마웠고, 제가 살아갈 수 있도록 도와주는 우리 동네 사람들이 사랑스러웠습니다.
저는 제가 가지고 있는 삶의 크기, 능력을 잘 알고 있었습니다. 세상은 넓고 다양하지만 사람마다 각기 재능이 다르고, 담으려는 생의 크기도 다르다는 것을 알게 되었습니다. 저는 큰 국가를 다스릴 재주도 없고, 그런 기회가 온다 해도 그럴 만한 재목이 되지 않습니다. 저에게 함선 같은 기업을 준다 해도 그것을 운영할 능력이 제게는 없습니다. 저는 제 그릇의 크기를 압니다. 제가 살아가는 삶의 행복은 큰 그릇보다 작은 그릇에서 찾을 수 있었고 그것만으로도 행복했습니다.

자연에 있는 나무들도 각기 종류가 다르고 크기 또한 다르듯, 사람들도 개인에 따라 만족할 수 있는 삶의 크기가 다르다는 사실을 깨달았습니다. 그런데 영원히 오지 않길 바라던 불행이 제게도 찾아왔습니다. 조그마한 저의 그릇으로는 도저히 감당할 수 없는 큰 위협이 나의 삶을 뒤엎고 있음을 알게 되었습니다.

악몽 속에서 시달려야 했습니다. 매일 아침이면 떠오르는 태양도 두려웠습니다. 언제부턴가 어둠의 그늘에서 영원히 깨어나지 않았으면 하는 기도를 올리기 시작했습니다. 하지만 사는 데 두려움을 느낀 것은 단지 이러한 변화에서 비롯된 것만은 아니었습니다. 저의 작은 그릇을 담을 공간이 세상에서 없어져가는 것이 두려웠습니다. 세상이 온통 거대한 것들의 천국이 되어가는 것이 두려웠습니다. 큰 것과 작은 것이 조화를 이루던 어린시절이 그리웠습니다. 그러나 이제는 감당하기 어려운 현실이 저의 마음속으로 들어와 저를 괴롭히고 저의 가정을 위협하는 것을 느낍니다.

저는 더 이상 버틸 힘이 없어 이사를 가려고 결심했습니다. 회색도시를 떠나 작지만 제 그릇에 맞는 행복을 담을 수 있는 곳으로 떠나려고 합니다. 그동안 저를 아껴주신 동네사람들에게 마지막 인사를 이렇게 서면을 통해서 하게 된 것을 송구스럽게 생각합니다. 부디 다음 세대에는 제 그릇대로 작은 행복에 감사하며 살 수 있는 사회가 되길 꿈꾸며, 남의 잣대로 개인의 작은 행복이 무너지는 사회가 되지 않길 기대합니다. 그동안 버거운 현실에 몸이 무거웠지만, 지금 하늘을 날듯 영혼이 가벼워지고 있음을 느낍니다.

여러 동네분들, 모두 행복하세요!

— 우리가게 김씨 올림

우체부 아저씨가 편지를 읽는 동안 동네사람들은 미동도 없이 숙연히 듣고 있었다. 그들은 김씨의 편지에서 자신들의 삶을 돌아보았고, 김씨의 어둠에서 자신의 어둠을 보았다. 김씨의 애절한 현실이 남의 일 같지 않았으며, 자신들에게도 김씨가 당한 일이 곧 닥쳐오리라 예감하며 불안에 떨었다. 사람들은, 그동안 한동네에 살면서 김씨의 고통이 그토록 큰지 모르고 살아온 각박한 현실과 삶을 되돌아보았다. 김씨의 편지로 사람들이 모두 숙연해 있는 가운데 이삿짐을 나르러 들어갔던 두 명의 건장한 사내들이 문을 박차고 황급히 뛰어나오며 소리쳤다.

"빨리 구급차를 불러요!"

우체부에게 향했던 사람들의 눈길이 일제히 그들이 뛰쳐나오는 쪽으로 향했다. 무슨 사고가 난 것이 틀림없었다. 잠시 후 긴급한 사이렌 소리가 들리면서 빠른 속도로 응급차가 달려왔다. 하얀 가운을 입은 사람들이 재빨리 집 안으로 들어가 사람을 실어 내왔다. 김씨와 그의 부인인 듯싶었다. 그들을 실은 구급차는 사이렌 소리를 울리며 회색도시를 달렸다. 김씨의 집 앞에 있던 사람들은 아무 말 없이 무거운 발걸음을 옮겨야 했다. 이 광경을 지켜보던 우체부 아저씨는 혼자 남은 비트를 보며 말했다.

"세상은 삶에 늘 더 많은 걸 요구하지. 하지만 많은 것을 가진 사람들은 더 많은 것을 가지려고 할 뿐 결코 그것을 나누려고 하지 않아. 국가는 사회를 관리하고 사회는 국가에 속해 있는데, 서로의 역할이 무엇인지 모르는 것 같지 않니?"

비트는 아무 말을 할 수 없었지만, 우체부 아저씨의 말을 조금은 이해할 수 있을 것 같았다.

우체부 아저씨는 하던 말을 계속 이어갔다.

"국가는 국가의 규모에 따라 삶의 크기에 맞는 경제적 단계를 구분해야 할 것 같구나. 김씨가 대재벌을 부러워하지 않는 것처럼 큰 부자도 김씨를 부러워하진 않겠지. 사람마다 스스로의 삶을 생각하는 기준과 행복의 크기가 다르거든. 사회는 서로의 분배된 삶을 통해 더욱 바르게 성장할 수 있을 거야. 행복에 대한 기준도 서로 다를 수 있다는 것을 우리는 인정해야 해.

국가는 이러한 삶의 기준을 알았으면 해. 계단을 오르기 위해선 하나하나 단계가 있듯이, 사람들도 자신의 행복기준을 설정하는 데 단계가 있음을 알았으면 해. 국가가 국민 각 개인이 바라는 삶의 크기에 맞게 경제정책을 펼칠 수만 있었다면, 오늘의 김씨와 같은 불행은 사전에 막을 수 있지 않았겠니."

"큰 부자는 큰 부자에게 맞는 일을 하고 중간 부자는 중간 부자에게 맞는 일을 하면, 일상을 살아가는 대다수의 사람들은 김씨와 같이 작은 행복 속에서도 삶의 아름다움을 간직할 수 있을 텐데."

우체부 아저씨는 씁쓸한 기분을 달래려는 듯 이해할 수 없는 말들을 늘어놓고 비트 앞에서 사라졌다. 사이렌 소리가 휩쓸고 간 김씨의 집 앞에는 하얀 옷을 입은 어린 소녀와 비트만이 남아 있었다. 그 아이는 비트를 보면서 까만 눈동자만 깜빡거리고 있었다. 자신의 주위에 무언가 큰일이 있었다는 것을 알고 있었지만, 소녀는 아무 말도 하지 않았다. 회색도시의 어둠속에 그녀의 영혼이 사라져 버린 것 같은 얼굴이었다. 비트는 소녀의 손을 잡았다. 소녀의 손에는 빨간 장미가 쥐어 있었다. 그녀 눈망울에 비친 장미는 향기를 가득 안고 소녀의 모습을 감싸고 있었다.

제3부 안개 속으로

만약 우리들에게 갈등이 생긴다면 그것은 바로 너희의 입에서
비롯되었다고 생각하면 맞을 거야
우리는 자연에게서 말을 조심하며 살아가는 법을 배워야 해
자연의 침묵에 귀 기울여봐
사람들이 하는 모든 말을 믿을 수가 없어
사람들이 물질로 시야를 가리면 모든 것을 잃을 수 있다는 거야

이제 우리는 우리 고향으로 돌아갈 시간이 된 것 같아
무거운 발걸음을 떨쳐버리고 가볍게 세상을 나는 새처럼 말이야
우리는 저들의 날개를 빌려서 날아가야만 해
구름이 바람의 날개를 빌리듯 말이야

밤원숭이 사회에서

　　　　　　두려웠던 어둠도, 영원할 것 같은 일상도 비트의 눈망울
엔 가련한 아득함으로 비쳤다. 태초의 어둠속에서 세상의 빛을 좇았던 비트는, 질주하는 세상 속에서 안개나라를 보았고, 그 속에서 새로운 세상을 발견하였다. 새로운 세상은 지나간 사람들의 발자취가 아니라 도래하는 이상理想의 빛으로 다가오고 있었다. 그리고 희망은 세상 중심에서 흔들림 없이 자기 자리를 지키는 것에서 찾아왔다.

　새로운 시작은 꿈을 통해 다가왔다. 그의 꿈은 네 발로 걷는 원숭이들의 얄궂은 장난에서 시작되었다. 사람들은 스스로 네 발에서 두 발로 걷게 된 것을 자랑스러워했고, 발에서 진화된 두 손으로 많은 것을 만들어냈다. 그러나 비트가 꿈속에서 본 일상은 전혀 새로운 세상이었다. 비트가 달리는 넓은 초원은 인간사회와 자연의 경계를 구분할 수 없을 정도로 광활했다. 비트는 밤원숭이 무리에 끼어 해가 저무는 지평선을 바라보았다. 그는 인간의 모습을 한 원숭이가 아닌 원숭이의 인간이었다.

대낮의 강렬했던 태양 빛이 사라지고 있었다. 해 지는 저녁노을 아래로 조랑말떼가 드넓은 초원을 달렸다. 사자는 중원의 포식자답게 포만감을 만끽하며 잠들어 있었다. 밤원숭이는 바람이 불면 곧 꺾여질 듯한 가녀린 나뭇가지 끝에 올라 앉아 세상을 바라보고 있었다. 먼 산은 태양을 감추기 위해 대지와의 경계를 허물며 어스름 밤을 맞이할 준비를 했다.

모든 자연이 자기 자리를 지키고 있었다. 밤원숭이는 여느 때처럼 이 세상의 모든 것들이 이루어내는 평범한 자연의 흐름을 관망하고 있었다. 그러나 밤원숭이들 틈에 끼어 있는 비트의 모습은 털이 수북하게 난 손을 가진 원숭이에 불과했다. 비트는 자신의 손에 난 털이 무서웠다. 비트는 자기 얼굴이 인간으로 진화하지 못한 원숭이의 얼굴로 남아 있을까봐 두려웠다. 밤원숭이들은 태양에 빼앗긴 어둠에 적응하기 위해 커다란 두 눈을 가지고 있었다. 비트는 원숭이와 생활하면서 이들의 삶을 배웠다. 어느덧 비트도 이들처럼 낮에는 잠을 자고 밤에는 일을 하며, 어둠의 세계와 자연에 순응하고 있었다.

원숭이 사회에도 많은 종류의 원숭이들이 있었다. 돌원숭이, 개원숭이, 검은원숭이, 망토개코원숭이, 자바원숭이, 꼬리감는원숭이, 늘보원숭이……. 원숭이들이 초원의 중원에서 만들어가는 사회도 인간의 사회와 크게 다를 바 없었다.

밤원숭이의 대장은 '키키' 라고 불리는 원숭이였다. 키키는 대낮에는 그가 이

끄는 무리를 중원의 자연으로부터 지키고, 밤이 되면 이들을 통솔해 밤의 세계를 살아나가야 했다. 비트는 꿈속에서 그동안 살아왔던 세계와는 정반대의 삶을 살아가고 있었다. 밤원숭이들에게는 밤이 밝음이요, 낮의 밝음은 어둠이었다. 밤원숭이들은 어두운 밤이 자신들을 위해 만들어진 자연이라고 생각했다. 그들은 어둠속에서 빛을 발하는 달빛을 아주 좋아했다. 달은 별빛과 함께 밤원숭이의 길을 비춰주었다. 키키와 일원들은 만물이 잠든 밤이면 나무에서 내려와 초원을 돌아다니며 열매와 나뭇잎과 곤충을 잡아 날랐다. 비트는 이들에게서 인간과 다른 또 다른 삶을 배웠다. 이들은 식량을 구하기 위해 밤을 이용했고 사냥과 채집을 할 때에는 엄격한 룰을 적용했다. 그들에게 하루 먹을 양식 이상의 사냥과 채집은 허용되지 않았다. 그들은 내일의 식량을 걱정하지 않았으며 그들의 삶을 온전히 자연에게 맡겼다.

 인간사회는 달랐다. 비트는 어려서부터, 미래를 위해 많은 것을 저축해야 한다고 배워왔다. 인간들은 음식의 부패를 막고, 장기간 음식을 저장하기 위해 냉기계를 만들었다. 그리고 음식의 저장에 만족하지 못한 인간은 다량의 인공음식을 만들어내 엄청난 돈을 벌어들였다. 그러다 가진 것이 많아져 불안을 느낀 인간들은 은행이라는 곳을 만들어 지폐를 저장하도록 장려했다. 인간사회에는 먹을 것이 넘쳐났지만 다른 한쪽에선 굶는 사람이 늘어났다. 참 이해할 수 없는 세상이었다.

 밤원숭이 사회는 인간사회와 많은 면에서 달랐다. 인간 생활과는 반대로, 밤

이면 식량을 얻기 위해 일하고, 낮이면 휴식을 위해 잠을 잤다. 그들이 취한 식량은 생명을 부지할 수 있는 최소한의 양이었다. 그들은 자연으로부터 음식을 가져오면 모두에게 동등하게 분배했지만 키키의 밤원숭이 사회에서는 음식에 대한 불만이 없었다. 종종 사소한 사건이 발생해도 키키의 중재로 잘 해결되곤 했다. 키키의 밤원숭이 사회는 어느 집단보다 행복한 시간을 보냈다. 이러한 키키의 지도력에 반해 주위의 많은 밤원숭이 집단에서 키키의 집단으로 이주를 해오는 밤원숭이들이 많아졌다.

그런데 종족이 늘어나자 사람 사회와 마찬가지로 원숭이 사회에서도 다툼이 일기 시작했다. 모든 사건의 발단이 사소한 일에서 비롯되듯 키키의 집단에서도 작은 불씨가 분란을 일으켰다.

멀리 떨어진 밤원숭이 집단에서 한 가족을 이끌고 키키의 사회로 들어온 밤원숭이가 있었다. 이름은 '키크'였다. 그는 원숭이 가족의 성실한 가장이었다. 키키는 키크의 가족이 이사 오자 나뭇가지의 끝자락에 새로운 보금자리를 만들어 주었다. 키키는 밤원숭이 사회의 모든 구성원들을 한자리에 모아놓고 말했다.

"오늘 새로운 가족이 이사 왔습니다. 여기 키크 가족을 소개합니다. 멀리서 우리를 보고 찾아온 가족이니 여러분의 가족이라 생각하고 돌봐주기 바랍니다."

키키의 소개로 키크의 가족은 키키 사회의 일원이 되었다. 키크는 자신의 가족을 반겨준 밤원숭이 사회를 위해 열심히 일했다. 이후 모든 밤원숭이들 사이에 키크를 칭찬하는 소리가 자자했다.

그러나 사회의 일원이 많아지면 많아질수록 복잡한 문제가 발생하는 것은 자연의 이치였다. 조용하던 키키의 집단에 이상한 소문이 돌기 시작했다. 어느 날 키키가 밤길을 걸어가고 있는데 달빛 아래 밤원숭이 몇 명이 둥그렇게 모여 앉아 비밀스런 말을 주고받고 있었다. 키키는 궁금해서 조용히 다가갔다. 그들은 밀담을 나누는 데 정신이 팔려 키키가 오는 것을 알아채지 못했다. 키키는 그들 가까이 귀를 기울였다. 그 중 한 밤원숭이가 말했다.

"너희들 들었니?"

"뭘?"

주위에 모여 있던 밤원숭이들이 물었다.

"새로온 키크가 말한 건데, 대장 키키가 우리가 가져온 식량을 다른 곳으로 몰래 빼돌린대."

"그럴 리가!"

주위에 있던 다른 밤원숭이들은 그의 말을 믿으려 하지 않았다. 그러자 비밀을 말한 그 원숭이가 자신의 말을 미심쩍어하는 밤원숭이들을 향해 다시 말했다.

"정말이야! 그는 키키가 음식을 빼돌리는 장소를 안다고 말했어."

"그곳이 어딘데?"

주위의 다른 밤원숭이들이 물었다.

"나는 몰라. 아마 키크만이 알고 있겠지."

이들의 말을 듣고 있던 키키는 조용히 헛기침을 했다. 밤원숭이들은 키키를 보자 깜짝 놀라며 얼른 자리를 피해 이리저리 숨었다. 키키는 부드러운 목소리로 말했다.

"괜찮아, 숨을 필요 없어. 그 말이 사실이야."

키키의 말에 주위에 있던 밤원숭이들은 자기들 귀를 의심했다. 그들이 그토록 믿고 따르는 우두머리가 자기들을 속이고 음식을 빼돌렸다니, 더구나 그 사실을 인정까지 하다니……. 키키가 그들에게 말했다.

"내가 음식을 빼돌렸다면, 달님만이 알겠지."

"달님만이 안다고?"

키키의 부정에 대해 고자질했던 밤원숭이가 말했다.

"그럼, 저 다리 밑에 내가 숨겨놓은 음식이 있어. 누가 가서 그 음식을 가져올래?"

키키의 말에, 비밀을 폭로한 그 밤원숭이가 자신의 말을 증명이라도 하려는 듯 이렇게 말했다.

"내가 갔다 올게."

밤원숭이가 다리로 가서 그 밑을 내려다보니 달이 비치고 있었다. 그런데 달 속에 뭔가가 가득 들어 있었다. 그것은 사실 달빛 물속을 거니는 물고기였다. 밤원숭이는 그것이 바로 키키가 숨겨놓은 음식이라 판단하고는, 그것을 잡으려고 다리 밑으로 고개를 숙였다. 그리고 그 순간, 몸의 균형을 잃은 그는 물속에 그만 빠져버리고 말았다. 당황한 밤원숭이가 살려달라고 소리쳤다. 그 광경을 지켜보고 있던 키키가 물었다.

"정말 음식이 있었니?"

"아니야!"

"그런데 왜 물에 빠진 거야?"

키키가 물었다.

"물속의 달을 음식으로 잘못 보았어."

"어떻게 물속에 음식이 있다고 판단한 거야. 혹시 너의 마음속에 숨겨놓은 음식이 있어 물속에 음식이 비친 것은 아니니?"

이때서야 밤원숭이는 자신의 잘못을 인정했다.

"다 내 잘못이야. 사실 조금 전에 했던 말도 내가 꾸며낸 거야."

물에 빠진 원숭이는 조금 전 장난삼아 해본 말 때문에 자신이 목숨을 잃을 지경이 되리라고는 생각지 못했다. 키키는 그 밤원숭이가 잘못을 시인하자 물속에서 그를 구해줬다. 그리고 잠시 뒤, 아까 모여 있던 밤원숭이들 앞에서 이렇게 말했다.

"만약 우리들에게 갈등이 생긴다면 그것은 바로 너희의 입에서 비롯되었다고 생각하면 맞을 거야. 우리는 자연에게서 말을 조심하며 살아가는 법을 배워야 해. 자연의 침묵에 귀 기울여봐. 우리의 삶이고 생명인 자연에서 우리는 매일 모든 것을 얻는데, 누가 오래된 음식을 먹고 싶어하겠니?

우리 스스로 집단을 만들고, 집단생활을 통해서 서로 모여 사는 의미를 알아야 해. 우리는 우리보다 강한 자연 속에서 사회를 만들어 자연과 더불어 살려는 거야. 우리 사회는 자연과의 대립을 원하지 않아. 우리는 예전처럼 밤이면 일하고, 낮이면 잠을 자는 밤원숭이로 살아가면 돼. 내가 너희들의 우두머리라서 하는 말이 아니야. 너희들 중 우두머리가 되고 싶은 자가 있으면 지금 나와서 내 자리를 가져가길 바래. 난 평범한 한 명의 밤원숭이로 돌아가고 싶어.

우리 밤원숭이 사회가 계속 유지되려면 각자 제 자리에서 세상을 바라보아야 해. 너무 높이 올라간 밤원숭이는 가장 빨리 떨어져 죽을 수도 있어. 또 너무 낮은 곳에 있다보면 세상을 알 수가 없지, 장님처럼. 나는 오늘 너무 슬퍼. 자신의 자리를 모르고 남을 시기하는 밤원숭이가 우리 사회에서 나왔다는 것이. 슬픔은 잠시 후면 가시겠지. 조금 전 말 실수한 그자는 자신의 잘못을 뉘우치며, 밤원숭이 사회에서 계속 살아가길 바랐지. 우리는 그의 허물을 탓하기 전에 각자의 얼굴에 숨어 있는 허물을 살펴봐야 해."

그 자리에 있던 원숭이들은 키키의 말에 아무 말을 하지 못했다. 그때 어둠속 저편 가지에서 조심스런 소리가 들려왔다.

"사냥꾼이 오고 있어!"

어둠을 지키고 있던 키크의 목소리였다. 그는 밤원숭이 사회에서 무슨 일이 벌어졌는지 모르는 채 그저 자기 자리에서 맡은 일에 최선을 다하고 있었다. 밤원숭이들은 일제히 무성한 나뭇가지 속으로 몸을 숨겼다. 사냥꾼들은 아무것도 눈치 채지 못했는지 그냥 지나가 버렸다. 키키는 사냥꾼들이 지나가자 이렇게 말했다.

"오늘 우리는 키크 덕분에 우리 생명을 지킬 수 있었어. 만약 내가 키크를 의심해서 판단을 잘못 내려 그가 오늘 자기 자리를 지키지 못했다면, 그 대가로 우리는 사냥꾼의 손에 목숨을 잃었을지 몰라."

키키의 말에, 모인 밤원숭이들은 안도의 숨을 크게 내쉬었다. 만약 자신들이 키키를 모함한 자의 말을 믿고서 자기 위치를 망각한 행동을 했다면 밤원숭이 사회는 오늘 밤 커다란 위기를 맞았을 것이다. 그때 어둠속에서 망을 보던 키크가 다가왔다. 키키와 키크는 힘차게 포옹을 했다. 모인 밤원숭이들은 크게 박수를 치며, 현명하고 강직한 두 밤원숭이에게 존경을 표했다.

비트도 덥수룩하게 털이 난 손으로 그들과 함께 박수를 쳤다. 그렇게 계속 꿈속에서 박수를 쳤다. 꿈에서 한 마리의 원숭이로 박수를 치는 동안 잠든 비트 역시 인간의 팔로 계속 박수를 쳤다. 그러다가 손이 뭔가에 부딪혔다. 열려 있던 창문을 비집고 바람이 들어오고 있었는데 그 창문에 비트의 손이 부딪힌 것이다. 그 순간, 아픔을 느끼며 그는 꿈에서 깨어났다. 동시에 긴 여행의 끝자락에서 보았던 어부의 손이 생각났다. 볕에 그을고 거친 물일로 단련된 투박한 손. 그 손이 어쩌면 그 옛날 키키의 손이 아니었을까. 그리고 보니 원숭이 사회와 인간사회는 다를 바 없었다. 단지 사회적 동물인 인간은 사회에서 자신의 자리를 아는 것이 그들과 다를 뿐이었다.

꿈에서 깨어난 비트는 낮과 밤의 세상이 다르게 느껴졌다. 낮에는 두 발 달린 인간의 굴레를 벗어날 수 없고, 밤에는 꿈속에서 네 발 달린 밤원숭이 삶을 벗어날 수 없었다. 각기 다른 두 사회는 낮과 밤이 교차되면서 비트로 하여금 인간과 원숭이의 삶을 살아가도록 했다. 태양은 인간으로 살아가는 삶의 굴레에 속한 한 인간으로서의 비트를 선택했고, 달은 인간의 굴레를 떨쳐버릴 수 있는 자연인으로서의 비트를 선택했다.

비트는 시간의 끝자락에 매달린 심정으로 아침을 맞이했다. 여느 때처럼 아침바람이 상쾌했다. 아침바람이 실어다주는 자연 내음은 도심의 찌든 냄새도 막아내지 못했다. 비트는 지난밤 꿈 때문에 아침부터 깊은 공상에 빠져들었다. 키키와 키크의 밤원숭이가 인간이 되어 대로를 걸어다니는 모습을 그려보았다. 그나마 빛바랜 색으로 물들어가는 회색사회 속에서 자신의 자리, 분수를 지키려는 사람들이 있어 다행이었다. 사회는 하늘과 땅이 맞닿듯 하나의 물결로 연결되는 수평선이 아니었다. 세상사람들이 모두 공평한, 평등한 사회를 꿈꾸지는 않는다. 그러나 인간이라면 누구나 행복한 사회를 꿈꿀 권리는 있었다. 행복은 멀리서 찾아오는 것도, 우연히 얻을 수 있는 것도 아니었다. 이런 것이 행복이라면, 스스로 행복을 찾아가는 것은 어떨까 생각해보았다. 새들이 나무를 찾고 둥지를 찾듯 인간도 행복한 둥지를 스스로 찾아갈 수 있는, 그런 따뜻한 사회가 그리웠다.

세상의 시간 위에 올라탄 비트는 모래성을 지나가는 기분으로 아침거리를 나섰다. 아침을 맞이하는 세상은 어제와 오늘이 다르지 않았다. 그러나 비트가 발걸음을 내딛는 이상한나라는 바람이 불면 날아가 버리는 모래성처럼 위태롭게 느껴졌다. 그렇지만 무거웠던 발걸음은 시간이 흐를수록 가벼워졌다. 이때 머리 한 구석에 남아 있던 어떤 희미한 기억이 밀물처럼 몰려왔다. 스러져가는 암울함 속에서도 새로운 빛은 또다시 떠오르게 마련이었다. 비트는 도심에서 벗어나 기억 속의 안개나라를 찾고자 했다. 아주 오래 전의 추억은 아물거리는 안개처럼 기억 속에 남아 있었지만 그는 지금, 그리운 소녀와 말이 없던 소녀의 동생을 추억의 이름으로 불러보고 싶었다.

  이름 없는 소녀이기에 그 이름조차 간직할 수 없다면 그녀에 대한 추억도 남겨두지 말았어야 했을까. 부를 수 없는 소녀의 이름을 허공에 대고 외치니 안개마저 대답이 없다. 비트는 소녀에 대한 기억이 꿈의 일부가 아니길 바랐다. 꿈은 네 발 달린 원숭이로 충분했다. 그들의 자연을 보았고, 그들의 사는 방법을 배웠다. 자동차가 질주하는, 비트가 사는 인간사회에서 과거의 자연은 아득한 고향처럼 너무 멀게만 느껴졌다. 가까이 다가갈 수 없는 옛 추억이라면 만날 수 있는 그리움의 강을 타고 넘어야 했다. 과거 원숭이 시절의 흔적을 송두리째 빼앗아 간다 해도 비트에게서 소녀에 대한 기억을 지울 수는 없었다.
  안개나라의 안개가 서서히 세상으로 펼쳐지고 있었다. 눈을 통해 알 수 있는 시간은 지나가 버렸다. 비트는 자신의 직감을 믿기로 했다. 어릴 때 할아버지에게서 받은 떨림의 직감이 비트의 심장를 더욱 맥박치게 하고 있었다.

영혼들의 강

　　비트는 어느덧 회색도시로부터 멀리 떨어져 안개 속을 거닐고 있었다. 어둠이 빛을 삼켜버릴 시간이 왔다. 이제 하늘을 나는 새도, 도로를 달리는 자동차도 안개 속에 뒤덮일 것이다. 이곳을 벗어나려는 강한 의지가 그의 행동을 이끌어갔다. 일단 안개나라에 들어서면 살아야 한다는 것, 존재해야 한다는 것은 순간의 현상에 지나지 않는다. 세상의 모든 냄새에서 인간을 좀먹는 회색 향기를 날려버릴 때가 온 것이다.

　　우물을 통해 생성된 안개가 세상을 끝없이 뒤덮을 때면 인간의 불타는 욕망도 앞을 볼 수 없는 안개 속에서 점점 희미해지며 의식을 잃어갔다. 걸어도 소리 없고 불러도 흔적 없는 안개나라는 비트에게 또 다른 삶의 안식처였다. 산다는 것과 만난다는 것은 그리움을 불러내는 한 구절의 노래 같았다. 안개나라에서 한 걸음 한걸음 발걸음을 옮길 때마다 그의 마음은 무겁기는커녕 오히려 새털처럼 한없이 가벼워졌다.

한참을 걷다보니 멀리서 강물이 흐르는 소리가 들려왔다. 짙은 안개 속에서 강은 그 모습을 드러나지 않은 채 시간의 흐름을 답습하고 있었다. 물은 대지와 바위를 거치며 스스로를 낮추려 했다. 물소리의 흐름에 따라 오랫동안 만나지 못했던 소녀의 온기가 비트에게 전해졌다. 흐르는 물속에서 안개나라의 영혼은 끊임없이 강렬한 안개를 뿜어내고 있었다.

강가엔 안개바람에 휘날리는 버드나무 가지가 자연의 숨소리를 어루만져주고 있었다. 버드나무 아래서 비트는 소녀와 함께했던 어린시절을 떠올렸다. 그러나 그때의 소녀는 이제 버드나무 아래에 있지 않았다. 소녀와 마지막 작별인사를 나누던 버드나무도 외로움에 떨고 서 있는 듯했다. 소녀는 밝음이 오기 전에 서둘러 아버지의 기억 속으로 들어가 안개가 걷힐 날을 준비해야 한다고 말했다. 소녀는 그녀의 아버지가 남겨준 영혼의 기억을 통해 동방나라를 보았다. 그렇지만 동방나라는 안개나라에 가려 더 이상 존재할 수 없었다. 소녀는 안개가 걷힐 날을 기다릴 뿐이라고 말했다. 하지만 안개가 걷히려면 안개나라의 영혼을 되살리는 길밖에 없었다. 흐르는 시간은 어린시절 소녀와의 추억마저 희미하게 했다. 비트에게 소녀와 안개나라는 시간의 흐름 속에 잊혀진 또 다른 세상이었다.

강렬한 안개가 강물을 뒤덮어가고 있었다. 비트는 소녀를 만나겠다는 생각으로 짙은 안개 속을 걸었다. 어린시절 느꼈던 두려움은 더 이상 없었다. 두려움은 마음이 만들어낸 환영에 불과함을 그는 잘 알고 있었다. 미신을 믿는 것보다 더

어리석은 것은 마음속의 두려움을 스스로 키우는 것이다. 내면의 두려움 때문에 세상이 두렵고, 그로부터 스스로 벗어날 수 없기에 두려움은 떠나지 않는 것이다. 강을 건너려는 비트의 그리움이 두려움을 잠재워버렸다.

강은 넘쳐나고 물길은 더욱 거세졌다. 비트는 소녀를 만날 수 있으리라는 생각에만 집중했다. 만남은 단순히 강 하나를 사이에 두고 있음에도 두 개의 생명을 연결하는 그 강은 두 사람의 그리움엔 무심해 보였다. 비트가 강을 건너려 하자 잠잠하던 강이 더욱 거세게 밀려왔다. 비트는 도움이 필요했으나 형체 없는 안개는 그를 도와줄 수 없었다. 그가 강을 건널 수 있는 유일한 길은 안개나라의 영혼이 그의 길을 열어주는 것뿐이었다. 그러나 영혼의 강은 비트의 육신에 매달려 있는 영혼마저 실어가려는 듯했다. 안개나라의 길 잃은 영혼들이 수없이 건너려 열망했던 영혼의 강을 지금 넘으려 하고 있지만 그의 힘만으론 불가능했다. 강은 이상한나라의 육신을 허락하지 않으려 했기 때문이다.

그런데 거세게 흘러가던 강물이 갑자기 잦아들었다. 강 건너에 무엇인지 모를 긴장감이 감돌고 있었다. 강물이 서서히 파동을 멈추는 사이 안개나라 사람들이 담아온 장미 향기가 강물의 영혼을 덮고 있었다. 그때 아련한 장미의 향기에 싸여 강을 건너는 사람이 있었다. 안개가 짙어 형체는 알 수 없었지만, 비트는 거리가 가까워지자 두 형체가 소녀와 그 동생임을 금방 알아보았다. 소녀와 동생이 손을 맞잡고 영혼의 강을 건너오고 있었다. 인간은 강물을 밟을 수 없지만 안개나라의 영혼은 강물을 자유롭게 밟을 수 있었다. 장미 향기는, 떠도는 분노에 찬 영혼들의 넋을 위로하듯 향기로 감싸안았다. 영혼의 강물은 안개나라의 어머니 품속에서 잠든 아이처럼 잠잠해졌다. 소녀와 동생은 비트를 기다렸다는 듯 버드나무 가지 밑으로 다가왔다. 소녀가 말했다.

"영혼의 강물을 건너려 했구나."

"그래, 네가 강 건너에 있다는 것을 알았어."

"어떻게 알았지?"

비트의 말에 소녀가 궁금해 물었다.

"너를 처음 본 후 네가 사라졌을 때도 언젠가 다시 너를 만날 수 있으리라 예감했었지. 오늘도 나는 강을 건너면 너를 만날 수 있을 거라 마음속으로 확신하고 있었어. 내가 말했지. 시간의 속도에 끌려가지 않으면 난 항상 네 곁에 있을 수 있다고."

"나는 강을 건너오면서 네가 시간의 속도를 넘어섰다는 것을 알았단다. 넌 이상한나라를 넘어 안개나라 영혼의 중심부까지 들어온 거야."

"내가 안개나라 영혼의 중심부까지 들어왔다고?"

"그래, 너는 시간의 벽을 넘는 방법을 알았거든."

비트는 소녀가 말하는 시간의 벽이 무엇인지 알 수 없었다. 그는 회색나라에서 끝없이 방황하며 소녀에 대한 그리움을 키웠을 뿐, 시간의 벽이 무엇이고 그것을 어떻게 뛰어넘어야 하는지 방법을 알지 못했다.

"시간의 벽이 뭐지? 단지 너를 그리워하는 마음을 안고 여기까지 온 것뿐이야."

"그래, 바로 그 그리움이 시간의 벽을 넘게 한 거야. 시간의 벽은 인간의 관념에서 생겨나. 어제, 오늘, 내일, 그리고 과거, 현재, 미래라고 스스로 시간의 경계를 가르는 것에서부터 생겨나지. 하지만 너는 그런 형식적 굴레를 벗어나 내일 일 거라고 생각하던 오늘의 현실에 와 있거든."

비트는 소녀의 말이 어려웠다. 이해할 수 없고 해독할 수 없었다. 이상한나라의 지식으론 해결할 수 없는 또 다른 의식세계였다. 소녀는 비트가 자신의 말을 이해하지 못하자 질문을 던졌다.

"너는 강을 건너려고 했지?"

소녀는 비트에게 처음 했던 질문을 되묻고 있었다.

"그래, 강을 건널 수 있다고 생각했어. 그렇지만 물살이 너무 세서 도저히 건널 수 없었어. 그런데 너는 어떻게 거센 물살을 쉽게 건널 수 있었니?"

"너는 네 몸속에 아직도 회색도시의 생명을 담고 있잖아. 그런 생명을 지닌 인간은 어느 누구도 이 강을 넘을 수 없단다. 너희 이상한나라 사람과 안개나라 사람의 영혼이 다른 이유가 거기에 있지. 사실, 영혼의 강물이 너의 영혼을 가져가려고 했던 것을 너는 모를 거야."

"영혼의 강이 나의 영혼을 가져가 버린다고?"

"그래, 너의 영혼 말이야. 네가 고민하는 모든 것들은 네 육체에 기대고 있는 시간 때문이지. 네가 시간의 벽을 넘어 육체를 벗어나면 너는 안개나라 사람으로 남게 되는 거지. 네가 안개나라 사람이 되면 너는 안개나라를 벗어날 수가 없단다. 하지만 안개나라 사람들은 네가 안개나라에 남아서는 안 된다고 말했어.

네가 처음 안개나라에 들어섰을 때부터 우리들은 네 얘기를 많이 했단다. 우리의 아버지들은 네가 안개나라에 남아서는 안 된다고 여러 차례 말했지. 너는 우리들의 영혼에 대해 말할 수 있는 유일한 사람이거든. 안개나라 사람들은 네가 안개나라에 들어와도 괜찮다고 말했어. 그들은 네가 돌려준 장미정원에 대해 정말 고맙게 생각하고 있거든. 그래서 우리의 아버지들은 영혼의 강에 장미 향기를 뿌리고 내가 건너갈 수 있도록 다리를 만드신 거야."

비트는 이제야, 왜 자신이 저 강을 건널 수 없었는지 알 것 같았다. 자신을 담고 있는 육체의 무게가 강을 건너기엔 너무 무거웠던 것이다. 결국 안개나라에서 자유로우려면, 이상한나라의 육체에 부여된 생의 물질을 전부 태워야 가능했다.

"영혼의 강물은 한번 쓸어간 영혼을 다시는 되돌려주지 않아. 인간의 육신에 묻어 있는 모든 찌꺼기가 완전히 씻길 때까지 인간의 영혼을 끝없이 걷어갈 뿐이지. 하지만 너의 영혼엔 장미 향기가 배어 있는 것 같아. 그것도 안개나라의 생명과도 같은 장미 향기를 풍기거든. 네가 꿈속 나라에서 할아버지에게 받은 장미 때문인가봐.

나는 너를 보면 또 다른 나를 보는 것 같아. 네가 이상한나라를 방황할 때 나 또한 안개나라를 방황했어. 안개나라의 영혼을 되돌려 동방나라의 영광을 다시 살리고 싶었거든. 그런데 나의 힘만으로는 이루기 힘들다는 것을 알았어. 나의 한계는 안개나라를 벗어나서는 존재할 수 없다는 것이지. 하지만 너는 두 나라를 자유롭게 왕래할 수 있는 유일한 사람이야. 인간의 신체를 가지고 있으면서도 안개나라의 영혼을 가지고 있으니 말이야. 정말 궁금한데, 어떻게 네가 두 나라를 자유롭게 왕래할 수 있는 거지?"

비트 자신도 소녀의 말대로 어떻게 자기가 이상한나라에서 안개나라로 자유롭게 오가는지가 궁금했다. 그리고 자신이 가지고 있는 이상한 능력들이 어디에서 오는 건지 알 수 없었다. 자연의 소리를 들을 수 있고, 안개나라의 영혼을 볼 수 있다는 것이 기쁘면서도 한편으로는 두렵고 무서웠다. 소녀는 비트의 마음을 읽었는지 그의 손을 잡아주었다.

"두려워하지 마. 네 능력은 할아버지께서 특별히 내리신 거 같아."

비트는 소녀가 어떻게 할아버지를 알고 있는지 궁금했다. 자신이 태어나기 이전부터 어둠을 열어준 할아버지에 대해서 소녀는 일찍이 알고 있는 눈치였다.

"할아버지를 알고 있니?"

비트가 소녀에게 묻자 소녀는 빙그레 웃었다.

"그래, 네가 뭘 묻고 싶어하는지 알아. 많은 사람들은 할아버지가 누구인지 모르고 살아가지. 하지만 안개나라 사람들은 할아버지의 은혜로 그들 영혼이 살아간다고 생각하고 있어. 할아버지는 우리를 안개나라로부터 벗어나게 해줄 유일한 분이셔. 우리는 할아버지가 올 날만을 손꼽아 기다리는 안개 속의 자식들이야."

비트는 소녀의 말을 들으면서 소녀가 자기와 같은 생각을 가지고 있음을 알 수 있었다. 비트의 어둠도 할아버지의 도움을 통해 새로운 빛으로 태어났다. 빛과 어둠을 가르는 순간에 할아버지가 나타나실 거라 비트 또한 믿고 있었다.

비트가 잠깐 생각에 잠겨 있는 사이 소녀의 동생이 누나의 손을 잡고 무언가를 말하고자 했다. 소녀의 동생은 무언의 눈빛으로 인간들의 언어에 너무 귀 기울이지 말라며 누나에게 말하고 있었다. 소녀는 동생의 볼을 어루만지며 말했다.

"괜찮아, 이 사람은 우리와 같은 영혼을 가지고 있는 사람이거든. 이 사람이 우리 안개나라를 동방나라로 되돌릴 수 있는 영혼을 가지고 있는지도 몰라."

동생은 알아들었다는 뜻으로 고개를 끄덕였다. 그리고 누나의 손을 놓고 버드나무 가지 아래에 있는 조그마한 돌 위에 걸터앉았다. 그러고는 손에 쥐고 있던 악기를 품에 안고 음악을 켜기 시작했다. 안개를 가르는 소년의 음악 소리에 호수는 잠들고, 영혼의 강은 흐름을 멈추는 것 같았다.

비트와 소녀는 서로의 손을 맞잡고 강가를 걷기 시작했다. 안개바람이 두 사람의 영혼 속으로 파고들었다. 어떠한 말도 어떠한 침묵도 두 사람의 손을 통해 전해지는 마음을 방해할 수 없었다. 그것은 오롯이 두 사람만의 영혼의 대화였다. 한참 동안 침묵이 흘렀다. 발은 강을 따르고, 안개는 두 사람을 따랐다.

영혼들의 흔들림

비트가 소녀와 함께 영혼의 강을 거닐고 있을 때 안개나라에서는 새로운 논의가 시작되었다. 안개나라의 영혼들은 모두 장미정원에 모여 있었다. 장미꽃 향기는 그들의 영혼을 되살리기에 충분했다. 그동안 잠들어 있었던 영혼들은 안개나라에 새로운 파동이 밀려오고 있음을 직감하고 술렁대기 시작했다. 그들의 영혼이 육신에서 벗어난 이래 처음으로 느끼는 강렬한 영혼의 떨림이 그들을 사로잡았다. 장미정원은 할아버지의 손길에 의해 안개나라의 죽은 영혼을 되살릴 수 있는 유일한 길이고 그 장미정원을 그들에게 되돌려준 사람이 바로 비트였다. 그들은 그 사실을 알고 있기에 동요하지 않을 수 없었다. 장미는 단순히 그 이름만 가지고 태어나지는 않았다. 장미는 생명이 담긴 꽃이기에 그 속에 생명을 담을 수 있는 힘도 지니고 있었다. 안개 속을 가르는 수많은 영혼들은 서로의 얼굴을 바라보았다. 형체 없는 얼굴이지만 안개나라 사람들은 영혼의 눈을 통해 서로를 알아볼 수 있었다. 지긋이 나이가 든 한 백발의 영혼이 앞으로 나와 말했다.

"여러분, 드디어 우리의 영혼을 정화할 때가 왔습니다. 그동안 동방나라의 아둔함은 우리의 뼈아픈 어리석음을 여실히 드러내 보여주었습니다. 단 한 번의 실수가 빚어낸 엄청난 결과가 우리에게 이렇게 큰 고통을 안겨줄 거라고는 생각조차 못 했습니다."

백발의 영혼이 말하는 동안 안개나라 영혼들은 고개를 숙인 채 묵묵히 듣고 있었다. 백발의 영혼이 다시 말했다.

"우리는 과거 동방나라에서 저질렀던 우리의 어리석은 행동을 완전히 씻어내야 합니다. 시기와 질투, 그리고 맹목적인 소유욕은 우리의 육신뿐 아니라 영혼까지 잠들게 했습니다. 우리는 오랫동안 어제의 우리를 반성해왔습니다. 우리가 쌓아온 수많은 영광의 역사들이 어둠 속으로 무참히 사라지는 것을 지켜보면서 영혼의 울부짖음을 느껴야 했습니다. 자연과의 공존을 망각하고 지식의 봉우리를 향해 무섭게 달려온 지난날이 우리를 무겁게 짓눌렀습니다. 우리는 안개나라의 영혼이 되어서야 자연이 얼마나 고마운지 절실히 깨닫게 되었습니다. 만약 자연의 안개마저 우리 곁에 없었다면 병들어버린 우리 영혼들은 갈 곳을 찾지 못하고 정처 없이 떠돌아다녀야 했을 겁니다.

그러나 우리는 이제 장미정원에서 희망을 보았고, 에로스의 화살에서 사랑을 보았습니다. 하나였던 우리의 자연이 소유라는 오용의 칼날에 의해 순식간에 베어지는 모습을 이제 바라보고만 있을 수 없습니다. 우리는 동방나라의 어제와 안개나라의 내일 속에서 오늘의 영혼을 준비해야 합니다. 그동안 우리를 억눌렀던 모든 짐들을 동방나라의 어제 속으로 던져버리고 장미정원을 통해 안개나라를 이상한나라에 돌려주어야 할 때가 왔습니다. 여러분의 주머니에 그 어떤 것도 남아 있지 않도록 다 비워주시기 바랍니다. 우리는 무에서 태어나 무로 돌아가야 합니다. 만약 여러분의 가슴속에 그대로 욕심을 남겨놓는다면 여러분은 영원히 안개나라의 영혼으로 남아야 할지 모릅니다. 우리는 우리의 영혼 속에 쌓여 있는 모든 회색찌꺼기를 떨쳐내고 저기 보이는 영혼의 강을 넘어야 합니다."

백발 영혼의 말을 듣고 있던 안개나라의 영혼들은 상대 얼굴을 바라보면서 자신의 영혼에 담겨 있는 회색찌꺼기의 잔재를 확인했다. 그들은 두려웠다. 동방나라의 영광이라고 생각했던 수많은 잔재들이 안개나라에서는 부질없는 소유욕이었고, 그 소유욕으로 인해 자신들의 영혼이 영혼의 강을 건널 수 없다는 것이.

그때 안개나라의 영혼들 사이에서 한 여인의 목소리가 들려왔다. 그 여인은 동방나라에서 인공둥지를 수십 채 가지고 있던 돈 많은 부자였다. 동방나라 사람들은 그녀를 '가이아*'를 사모하는 여인' 이라 불렀다.

"저를 도와주세요!"

안개나라의 영혼들은 그녀의 목소리가 들리는 쪽을 향해 고개를 돌렸다. 그녀

■가이아 : 그리스 신화에 나오는 땅의 여신. 가이아Gaia는 고대 그리스 인들이 제우스를 제일가는 신으로 받들기 이전에 숭배하던 모신母神이었다고 한다.

는 땅에서 떨어지지 않는 자신의 두 발을 내려다보면서 말했다.

'나는 내 두 발을 안개나라의 땅에서 한 발짝도 뗄 수가 없어요. 나에게는 아직도 버리지 못한 수많은 둥지들이 내 영혼을 한껏 내리누르고 있어요. 저는 안개나라의 영혼으로 오기 이전에 동방나라에서 수많은 둥지를 소유하고 관리했습니다. 저는 세상의 진실을 사람들이 땅이라 부르는 대지 속에서 찾았습니다. 땅은 인간에게 거짓말을 하지 않기 때문이죠. 저는 동방나라에 살 때 많은 사람들이 허황되게 떠들어대는 소리를 들어왔죠. 그러나 그들이 스스럼없이 뱉은 말은 세상을 떠돌지만 발과 행동은 말을 따라가지 못하는 것을 수없이 보아왔습니다. 그래서 저는 결심했습니다. '사람들이 하는 말은 하나도 믿을 수가 없어. 땅은 나에게 모든 것을 가져다줄 수 있는 믿음의 상징이야.'

저는 동방나라에서 사람들이 도시로 모여들며 둥지를 찾아 헤매는 모습을 보았습니다. 그래서 그들에게 둥지를 팔아야겠다고 나섰고, 사람들은 제 예상대로 서로 둥지를 사겠다고 난리였습니다. 한 개를 팔아서 두 개를 사고, 두 개를 팔아서 네 개를 샀죠. 이렇게 여러 번 팔고 사고 했더니 셀 수 없이 많은 둥지들이 생겨났습니다. 저는 세상의 대지를 다 살 수 있다는 희망에 부풀었습니다. 저는 인간의 끝없는 소유욕을 제 속에서 보았습니다. 맛있는 음식을 보면 끝없이 집어삼키는 무서운 식탐처럼 대지에 대한 제 욕심도 끝이 없음을 확인했습니다.

그러나 소유는 또 다른 소유를 불러왔습니다. 그런데도 저는 제 자신을 억제할 수 없었습니다. 제가 사들인 수많은 둥지들이 영원히 내 소유가 될 거라 생각했던 거죠. 그러나 시간이라는 야속한 신이 얄궂은 사건을 만들어버렸습니다. 제가 가지고 있던, 회색둥지들이 하룻밤 사이에 무너져내린 것입니다. 아무리 단단한 바위도 결국은 깨뜨려버리듯, 시간은 순식간에 제 둥지를 무너뜨렸습니다. 사람들은 천지가 개벽하는 줄 알았죠. 잠시 진동이 멈추자 무너진 둥지 속에서 사람들의 고통에 찬 비명 소리가 들려왔습니다.

그때까지만 해도 제 자신이 회색더미 속에 깔려 있다는 사실을 몰랐습니다. 그들의 일이 남의 일처럼 여겨졌는데 저도 똑같은 일을 당하게 된 거죠. 이때도 저는 정신을 못 차리고 또 다른 회색둥지를 틀면 간단히 해결될 것으로 생각했습니다. 그때 회색먼지의 잿더미 속에서 나를 닮은 여인을 발견했습니다. 한참 동안 그녀를 쳐다보고 있는데, 그녀 곁으로 어떤 아이가 울면서 다가왔습니다. 저는 깜짝 놀랐습니다. 그 아이는 바로 제 아이였기 때문이죠.

저는 무거운 육신을 떠나 영혼으로 남았고 안개나라로 들어왔습니다. 지금도 그때의 악몽이 되살아나면 제 발이 회색더미 속에 깔려 있다는 느낌을 떨쳐버릴 수가 없습니다."

안개나라의 영혼들은 가이아를 사모하는 철없는 여인의 후회를 보았다. 모두들 그녀처럼 발이 무거웠다. 그녀의 얘기를 듣고 안개나라의 영혼들은 과거 속에 잊혀진 둥지들을 떠올렸다. 안개나라 사람들은 '가이아를 사모하는 여인'에게 돌을 던질 수가 없었다. 잠시 뒤 한 사내가 앞으로 나섰다. 그는 자신도 안개나라를 떠나기 전에 자신에게 남아 있는 동방나라의 잔재를 털고 가야 한다고 말했다. 그는 동방나라에서 높은 관료를 지낸 사람이었다. 목소리가 견고하고 건장한 그를 동방나라에서는 '제우스의 권력'이라고 불렀다.

"저는 안개나라를 떠나기 전에 제가 가졌던 모든 욕심을 고백하려 합니다. 저는 이 세상을 살아가려면 힘이 있어야 된다고 믿었던 사람입니다. 그래서 하늘이 저에게 준 모든 능력을 동방나라의 행복을 위해 바치기로 결심했습니다. 세상의 모든 악을 뿌리쳐 정의로 가득 찬 동방나라가 세계의 중심에 설 수 있기를 바랐습니다. 제 힘으로 그 모든 것을 이룰 수 있다고 자신했습니다. 그래서 사람들을 모으고 조직을 장악했고 사람들은 제 밑으로 들어와 충성을 맹세했습니다. 저는 어려웠던 어린시절을 생각하며 동방나라 사람들이 행복하기만을 바랐습니다.

그러나 인간의 욕심은 끝이 없었죠. 권력을 거머쥔 어느 날 거울 속에 비친 저의 모습을 보았습니다. 동물농장 주인이 되어 커다란 침대에 누워 있더군요. 분명 힘의 시작은 만인을 위한 투쟁에서 나왔습니다. 그런데 어느새 저는 그 투쟁의 끝에 서 있었습니다. 저도 모르는 새 권력의 의자에 앉아 있던 사람들을 내쫓아버리고, 그 자리를 제가 차지하고 있었지요. 제가 힘을 갖기 전에 동방나라의 많은 사람들은 저를 믿어주었습니다. 그 덕에 저는 큰 힘을 가질 수 있었습니다. 그들이 없었다면 저 또한 미약한 한 사내로 도시를 떠돌아야 했을지 모릅니다.

저는 힘을 얻기 위해 제가 할 수 있는 일보다 더 많은 약속을 했습니다. 사람들은 그 약속을 믿고 저에게 힘을 실어주었죠. 권력 싸움에서는 가진 힘을 잘 이용하여 반대편의 손바닥을 매번 뒤집어야 했습니다. 그러나 손바닥과 손등의 싸움은 결국 손이라는 하나를 위해 엎치락뒤치락하고 있는 것이죠. 어리석게도 우리는 서로의 생각이 다르면 무조건 적으로 간주했습니다. 그리고 늘 승리를 위한 쟁취만을 궁극의 목표로 삼았습니다. 싸우다가 이길 수 없으면 동방나라 사람들의 도움을 받았습니다. 그들의 도움을 받지 않고는 살아남을 수 없었기 때문입니다. 적과의 싸움에서는 이긴 자만이 진실을 말할 수 있다고 배웠지만 사실은 이긴 자의 말은 대부분 진실과는 거리가 멀었지요. 그리고는 상대의 약점을 우리의 강점으로 삼아 공격하며 싸우고 또 싸웠습니다.

그러다 결국은 영원히 풀리지 않을 감정의 골을 만들어버렸습니다. 두 산맥의 거대한 싸움을 말리는 자들도 그것을 이용해 영악하게 힘을 얻는 방법을 알고 있었습니다. 필요에 따라 우리 편이 되기도 하고, 상대편이 되기도 했습니다. 편이 나뉘게 된 것도 따지고 보면 저의 오만에서 비롯되었습니다. 끝없는 싸움으로 결국 한 국가가 세 부족으로 분열하기에 이르렀지요. 힘은 힘으로 망하고, 강함이 부드러움을 이기지 못한다는 지혜를 깨닫기 전까지 싸움이 되풀이되었습니다.

제 힘은 제 자신이었고 제 국가였습니다. 그러나 군중들은 변화에 따라 움직였습니다. 착한 마음이 반드시 착한 행동을 이끌어내는 것은 아니었지요. 저는 어디서부터 잘못되었는지 모르고 살아왔습니다. 제 생각이 세상의 정의이고 법이라 여겼습니다. 제게는 그만한 힘이 있었기 때문입니다. 그러나 힘은 시간이라는 벽을 넘지 못했습니다. 제 오만과 편견이 동방나라의 분열을 가져왔기 때문입니다. 저는 사람들 앞으로 나아가 저를 믿어달라고 소리쳤습니다. 하나가 되어달라고 부탁했습니다.

하지만 제 말은 계곡 사이로 맴돌 뿐 세상을 향해 울려퍼지질 못했습니다. 저는 오만하게 세상을 보았고, 힘으로 세상을 다스렸던 것입니다. 그리고 육체를 벗어난 안개나라에서는 아무리 큰 힘도 부질없다는 것을 알게 되었죠. 저는 영혼의 강을 건너기 전에 세상에서 가졌던 모든 힘을 놓아야 한다고 생각했습니다. 가슴속에 담아둔 또 다른 욕망이 솟아나기 전에 영혼의 강을 건너고 싶습니다."

안개나라 사람들은 형체 없는 안개 속에서 흐느끼며 과거를 토로하는 사내가 누구인지 알고 있었다. 그들이 믿고 따르던 동방나라의 군주였다. 그는 인생에서 한때 국가를 휘두를 만한 권력을 가졌고, 나라가 분열되자 그 권력의 부질없음도 맛보았다. 자신이 내린 정의가 타락을 불러왔고 그로 인해 몰락을 자초했다. '제우스의 권력'이라는 사내는 이렇게 희미한 기억 속의 동방나라를 떠올렸다.

'제우스의 권력'이라는 사내가 말을 끝내자, 한 아이가 자신도 영혼의 강을 건너기 전에 꼭 해야 할 말이 있다며 앞으로 나섰다. 그는 동방나라에서 지식의 목마름을 건디지 못해 안개나라로 온 영혼이었다. 동방나라에서는 그를 '오딘▪의 그림자'라 불렀다.

"나는 아직 어려서 아저씨들의 말은 잘 모릅니다. 하지만 영혼의 강을 건너기 전에 여기 계신 분들께 꼭 물어볼 말이 있어 나왔습니다. 저는 어른들의 목표가

▪ 오딘 : 북유럽 신화에 나오는 신. 오딘Odin은 전쟁, 마법, 죽은 자의 영혼 등을 주관하는 신으로, '싸움의 아버지' '창을 던지는 자' 등 많은 별명을 가지고 있다. 영웅문학에서는 영웅들을 수호하는 신으로 나온다.

무엇인지 알고 싶습니다. 저는 태어나면서부터 많은 것을 배워야 했습니다. 지식은 사회의 모든 것이라고 말하는 어른들의 말을, 꿈을 키워야 하는 어린시절부터 들었습니다. 저는 어른들 말에 따라 밤낮 없이 수많은 책과 씨름을 해야 했습니다. 세상의 모든 것을 알아야 세상을 얻을 수 있다는 어른들의 말을 여과 없이 믿었기 때문입니다.

저에겐 배우는 것보다 더 즐거운 일은 없었습니다. 수많은 책들 속에 수많은 언어가 담겨 있었죠. 저는 그 언어 속에서 단것과 쓴것을 구분할 수 있었습니다. 사람들은 먹기 좋은 단것에 매료되어 갔습니다. 나도 그들이 추구하는 단맛에 내 인생의 모든 것을 투자했습니다. 제 나이에 비해 배워야 할 것이 너무 많았습니다. 지식의 길은 멀고도 험했습니다. 그러나 세상의 모든 것을 알기 위해서는 인간의 한계가 시간에 기대어 있다는 것을 몰랐습니다.

저는 어른들이 정해놓은 목표를 향해 반항하지 않고 달려갔습니다. 낮과 밤은 저에게 똑같은 시간이었습니다. 행복이라는 달콤한 꿀물이 책 속에 담겨 있다고 말하는 어른들의 말을 믿고 책에 매달렸습니다. 꿈은 언어들의 달콤함에 물들어가고 저의 타고난 본성은 흔적조차 없이 사라져버렸습니다.

저는 안개나라에 와서도 제 자신을 찾을 수 없었습니다. 수많은 지식과 책들 속에서 보냈던 저의 시간들은 어른들이 정해놓은 직업의 선택에 파묻혀버렸습니다. 너무 슬펐습니다. 저는 무한 지식을 갈망하다 지식의 덩굴에 갇혀 이곳 안개나라로 오게 되었습니다. 저는 안개나라를 떠나기 전에 어른들에게 묻고 싶습니다. 왜 어린시절에 저의 꿈을 빼앗아 하나의 밀랍인형으로 만들어버렸는지 말입니다. 안개나라에 들어온 이후 아직까지도 이 질문에 대한 답을 구할 수 없었습니다."

'오딘의 그림자'라는 아이의 말에 안개나라 영혼들은 얼굴을 들 수가 없었다. 과거 동방나라에서도 많은 젊은 영혼들이 어른들이 정해놓은 목표에 이끌려 그들의 푸른 꿈을 접어야 했음을 알고 있기 때문이었다. 지금에 와서 아이를 보기가 말할 수 없이 부끄러웠다. 다만, 육체의 굴레 속에 있는 동안만이라도 아이들이 고통 없이 원하는 자신의 길을 가길 바라는 마음이었다. 어른들의 사랑이 너무 깊어 아이들의 꿈을 구속하였는지도 모른다. 아이의 말을 다 듣고 난 안개나라 사람들은 그들의 모든 생각이 부질없는 욕망에서 시작되었음을 절감하며 아무 대답도 할 수 없었다.

그때 나이 든 할아버지가 구석에서 일어나 말했다. 그는 동방나라에서 거지로 살다가 이곳으로 온 사람이었다.

"저는 여러분의 말을 듣고 제 자신을 먼저 반성했습니다. 저는 세상살이가 허무하다 생각해왔습니다. 그래서 도시를 떠돌며 사람들에게 구걸을 해서 먹고살았지요. 거리를 걷는 그들의 발걸음에서 많은 것을 보았죠. 시간이 흐를수록 그들의 발걸음은 빨라졌고, 비싼 옷을 걸친 사람일수록 그들의 발걸음은 바삐 움직였습니다. 그들은 정말 열심히 달렸습니다. 발걸음을 보면서 저는 한자리에서 먹고살 수 있는 기쁨을 주신 하늘에 감사했습니다. 저는 담요 한 장, 물을 마실 컵 하나면 세상에 부러울 게 없었으니까요. 굳이 욕심을 내자면 뜨거운 여름을 식혀줄 차가운 물병 하나만 있으면 족했습니다.

저는 도시에 가파르게 올라가는 수직 둥지들을 보았습니다. 그 둥지들 때문에 태양이 가려져버렸죠. 추운 겨울이 오면 태양을 막아버린 인공둥지들을 바라보면서 그들의 잔인함을 증오했습니다. 그리고 사람들의 발걸음이 빨라지면서 자동차가 늘어갔습니다. 그들은 자신들의 두 발의 속도에 만족하지 못하고 자동차를 이용해 더욱더 빨리 달렸고 모든 도시는 자동차로 넘쳐났습니다. 예전엔 도시 길거리에서 사람들이 동전 한 닢을 던져주었는데 자동차 생활로 변하면서 이런 광경은 완전히 사라졌습니다. 저는 도시의 도로 한복판에 서서 슬펐습니다. 삶의 행복은 어디론가 사라져가고, 살아 있다는 자체가 고통으로 다가오는 모습을 슬프게 바라보아야 했기 때문이지요. 도시의 정겨운 모습이 사라져가고 어두운 회색 그림자만이 나의 보금자리를 감싸고 있었습니다.

저는 세상의 모든 둥지가 싫었습니다. 달리는 자동차도 싫었습니다. 저는 제 노력이 부족한 것을 모르고 세상이 변해가는 것만을 탓했습니다. 남들이 일할 때 저는 잠을 잤습니다. 남들이 쉴 때 저는 또 쉬었습니다. 최소한의 삶이 최대한의 삶이라 생각했던 거죠.

하지만 흐르는 세월을 막을 수는 없었습니다. 시간은 나에게 더 이상의 게으름을 용서하지 않았습니다. 제 스스로 일어나지 않으면 파멸할 수밖에 없다는 사실을 깨달았죠. 저는 도시의 황폐함만 보았지 정작 제 게으름을 반성하지 못했습니다. 지금 안개나라를 떠나야 할 시간이 되었다면 마지막 이 순간만이라도 나 자신을 스스로 움직일 수 있는 영혼이고 싶습니다."

안개나라의 영혼들은 나이 든 할아버지의 손을 잡아주었다. 자신들이 동방나라에 살 때 한 푼이라도 도와주지 못한 것을 미안해하면서. 어차피 하나 될 영혼인데 불쌍한 이에게 동정을 베풀지 못했던 것이 안타까웠다. 떠날 준비를 하자 모든 것들이 후회로 남았다. 안개나라의 다른 영혼들도 고백성사를 하듯 숙연히 영혼의 짐을 풀어냈다. 마지막에 처음 말을 시작했던 백발의 영혼이 말했다.

"여러분! 조용히 해주세요. 여러분이 무엇을 후회하고 무엇을 고백할지 잘 알고 있습니다. 우리는 우리의 영혼을 정화시켜 과거의 모든 것들을 원래 자리로 되돌려야 합니다. 여러분의 가슴속에 남아 있는 모든 것들을 각자 안개 속에 묻어버리시기 바랍니다. 불타는 장미정원의 영혼 속으로 우리의 영혼을 되돌리기 위해 부디 각자의 삶을 스스로 정리해나갑시다."

#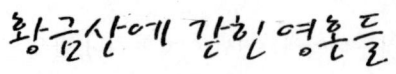

영혼의 강 길을 걷던 비트는 침묵을 깨고 소녀에게 말했다.

"동방나라가 안개나라로 변한 이유를 설명해줄 수 있겠니?"

소녀는 비트의 눈망울을 부드럽게 바라보았다. 소녀의 눈은 비트의 눈망울에 맺혀 있는 이슬 같았다. 순간 서로의 눈을 통해 그들 영혼이 서로에게 흘러가고 있었다. 생각에 잠겨 있던 소녀가 잠시 침묵을 깨고 말했다.

"동방나라의 안개나라, 아니 안개나라의 동방나라라고 해야 할까."

소녀는 어디서부터 이야기를 시작해야 할지 망설였다. 소녀와 비트가 봤던 안개나라의 동방나라인지, 안개나라의 원래 고향인 동방나라의 안개나라인지 분간이 가지 않았다. 순서는 시간의 흐름에 따라 정해져야 하지만 소녀는 이러한 기준이 불필요하다고 생각해선지 다음과 같이 말했다.

"상관없어. 안개나라와 동방나라는 단순히 사람들이 부르는 기준에 불과할 뿐이야. 안개가 걷히면 동방나라이고, 안개가 드러나면 안개나라라고 말하는 것뿐이지."

　비트는 소녀의 말에, 말이 지니는 한계가 세상의 부조화를 만들어내고 있음을 알았다. 인간은 구분할 수 없는 자연을 제 멋대로 규정짓고 나누려 하였다. 자연에 존재하는 생명에 이름을 붙인 꼬리표를 하나씩 달아주었다. 자연 속에 존재하는 수많은 나무들은 일생 동안 자연과 하나 되어 조화를 이루었다. 나무 한 그루가 모여 열이 될 수도, 열 그루의 나무가 자연과 조화를 이뤄 하나가 될 수도 있었다. 자연은 이름 붙여지길 스스로 거부했다. 본질적으로 자연의 존재 자체는 가식의 꼬리표를 다는 것을 거부했다. 그러나 사람들은 이들의 자유를 방관하지 않았다. 사람들은 세상에 존재하는 모든 것의 자유를 억압하며 인위적 꼬리표를 붙이려 했다. 비트와 소녀는 대화를 나누고 있지만 무엇을 말하는지 정확한 의미를 알기 힘들었다. 그렇지만 인간의 언어를 통해 자연의 언어로 정화되어갔다.

　"안개가 끼기 전까지 동방나라 사람들은 그들이 안개나라의 영혼이 될 거라고 생각하지 못했어. 그들은 스스로가 세상의 전부라고 여겼지. 모든 것은 각 개인의 생각에 따라 규정된다는 게 동방나라 사람들의 보편적인 생각이었거든. 그런데 사람들 각자 생각이 너무 많았어. 그들은 서로의 의견을 묻기보다는 자신의 생각이 받아들여지지 않는 것을 이상하게 여겼지.

　한편 우리의 아버지들은 짧은 시간 동안 많은 것을 이룩해놓으셨어. 세상의 중심으로 다가서기 위해 숱한 땀방울을 흘리면서 국가 발전에 혼신의 노력을 기울인 결과였지. 그런데 앞만 보고 달리다 보니 뒤처진 사람들을 생각할 수가 없었어. 아니, 생각하기 싫었는지 모르지. 앞서 가는 사람들은 많은 것을 소유할 수 있는 사회가 좋았고 또 그런 자유가 좋았지. 그러다 차츰 사람들 사이에, 마음만 먹으면 세상의 어떤 것도 가질 수 있다는 생각이 싹트기 시작한 거야. 이 세상 모든 것은 인간의 소유에 의해 규정지어지고, 사람들은 자신들이 소유의 중심에 서 있다고 생각했어. 먹을 것이 풍부하고 즐길 것이 충분했지. 너무 많이 먹어 배탈이 나면 배설하고, 그러다 허기지면 더 많은 것을 먹으려고 안간힘을 썼지.

사람들은 재앙이 소리 없이 다가오는 것을 눈치 채지 못했어. 그저 시간의 앞자락만 보고 달렸지. 그들은 너무 빨리 달려서 뒤따라오는 사람들이 쓰러지는 것을 보지 못했어. 끝없이 질주하는 사람들이 줄을 이었기 때문에 이러한 질주가 영원히 계속될 거라고 모두들 믿고 있었어. 하지만 시간은 그들에게 분배의 논리를 가르쳐주었지. 낮과 밤의 조화처럼 생산과 소비가 적정한 균형을 유지해야 바른 사회로 발전할 수 있다는 자연의 이치 말이야."

비트는 소녀의 말을 듣고서 자신이 달려왔던 이상한나라의 시작과 끝도 이와 같다는 것을 알았다. 물질 세상이 사람들을 숨가쁘게 만들었고, 물질에 취한 사람들은 눈이 멀어 앞을 분간할 수 없었던 점도 변해버린 동방나라의 일상과 비슷했다. 비트가 소녀에게 말했다.

"참 이상하다. 너희 동방나라는 내가 사는 이상한나라와 너무나 닮은 데가 많아."

"그래? 왜 그렇게 생각하니?"

"이상한나라 사람들은 회색도시의 즐거움에 사로잡혀 있거든. 사람들은 정든 고향을 버리고 회색도시로 꼬리에 꼬리를 물고 모여들고 있어. 너희 동방나라 사람들이 뭔가를 향해 앞만 보고 달려갔듯이 말이야."

"그렇구나. 나는 이상한나라를 본 적이 없어 잘 모르겠어. 하지만 나는 우리 아버지를 통해 배운 게 하나 있어."

"뭔데?"

"사람들의 시야가 물질로 가려지면 모든 것을 잃을 수 있다는 거야. 동방나라 사람들도 눈앞에 보이는 황금산을 향해 끝없이 달려갔었지. 육신이 시간의 종점을 향하는 줄도 모르고 말이야. 그들은 황금산에 가까워질수록 더욱더 속도를 냈지. 앞선 사람들은 당연히 뒤따라오는 사람들이 많을 거라고 생각하고서, 그들에게 황금산의 일부를 빼앗길까봐 더 빠른 속도로 달렸던 거지. 그러나 뒤따르는 사람들은 병약한 사람들이었어. 그들은 앞서 가는 사람들에게 조금만 쉬었다 가자고 말했지만 앞서 가는 사람들은 그 말에 귀 기울이지 않았어. 만일 그 말을 듣고 멈춰 서면 그들이 자신들을 추월해서 황금산의 모든 것을 가져가 버릴 거라고 생각했거든."

비트는 소녀의 말을 들으면서, 어린시절 자신이 앞만 보고 세상을 달렸던 그때가 떠올랐다. 앞으로 달리느라 뒤돌아볼 새가 없었을 때 그림자라는 친구가 다행히 자신을 멈추게 해주었던 것이다. 그때 비트는 그림자의 도움으로 세상을 보았고 뒤따르는 사람과 앞서가는 사람이 있음을 알았다. 중심에 자아가 있다는 것을 처음 안 것도 바로 그때였다. 비트는 소녀의 이야기를 들으면서 동방나라 사람들도 인간의 굴레를 벗어나지 못했음을 짐작할 수 있었다.

비트와 소녀는 한참을 걸었다. 비트는 소녀를 보고 "쉬었다 걸으면 어떨까? 네 눈을 보니 피곤해 보인다." 하고 말했다. 소녀는 비트의 따뜻한 마음을 읽었는지 "고마워, 생각해줘서." 하면서 주위에 앉을 곳을 찾았다. 그렇지만 영혼의 강가엔 안개 속에 수줍은 듯 모습을 드러낸 수초만이 자리하고 있어서 비트와 소녀는 마땅한 자리를 찾지 못했다. 한참 동안 주위를 둘러보던 비트는 소녀의 손을 잡고 강 귀퉁이에 있는 조그마한 바위를 향해 걸었다. 달빛에 반짝이는 바위는 두 사람이 앉기에 알맞았다. 바위 위에 걸터앉은 두 사람은 영혼의 강을 바라보았다. 안개나라의 영혼들이 두 사람을 바라보는 것 같았다. 소녀는 자신이 하던 말을 되새기는지 한참을 생각했다.

"사람들이 황금산에 가까워졌을 때, 길게 이어졌던 수많은 행렬은 거의 보이지 않았어. 앞서 가던 사람들은 뒤쫓아오는 사람들이 줄어들자 자신의 몫이 많아질 거라며 큰 소리로 기뻐했지. 그들은 뒤따라오는 모든 사람들이 다 사라져버리길 바라는 듯 더욱더 빠른 속도로 달리기 시작했어.

결국 황금산에 앞서 달리던 몇 사람만 도착했고 그들이 황금산을 차지하게 되었어. 그들은 뒤처진 사람들에 대해선 관심이 없었어. 그런 관심 따윈 황금빛에 묻어버렸지. 그들은 자기들 몫이 많아지는 것에만 관심이 있었어. 그런데 황금을 동방나라로 옮길 방법이 없었어. 그들이 뒤따르던 사람들을 생각지 않고 앞만 보고 달린 것이 실수였어. 가장 뒤쪽에서 따라오던 사람들이 황금을 옮길 수 있는 수레와 장비를 끌어오고 있었거든. 무겁게 장비를 들고 뒤따르던 사람들은 자신들의 고통을 몰라주는 앞서 가는 사람들이 미웠지. 하지만 앞서 달리던 사람들은 자신의 일이 아니라는 듯 무시해버렸던 거야.

도착한 사람들은 그때야 자신들이 무슨 짓을 했는지 알게 되었어. 세상의 모든 것이 그들의 뜻대로 될 리 없었지. 그들은 앞서 달려온 것을 후회하기 시작했어. 황금산을 차지했어도 황금을 캐내 옮기지 않는 한 아무 쓸모 없는 산에 불과하다는 것을 뒤늦게 알게 된 거야. 눈앞에서 번쩍이는 황금산의 황금이 자기 주위에 있는 하찮은 돌보다 못하다는 것을 깨닫게 되었지.

그들은 황금산의 황금을 옮겨갈 장비를 가져오기로 합의하고, 왔던 길을 되돌아가기로 했어. 그들이 되돌아가는 길에는 수많은 시신들이 나뒹굴고 있었지. 시신은 이미 악취를 풍기며 썩어가고 있었고, 산을 내려가는 사람들은 눈물을 흘리며 이들의 시신을 밟고 지나갔어. 그들의 과욕이 친구들을 죽음으로 몰고 갔다며 슬퍼했지. 하지만 때는 이미 늦었고 눈물은 뒤늦은 후회의 뉘우침에 지나지 않았어.

그늘은 시체를 지나 한참을 걸었고 드디어 수레와 장비가 있는 곳에 도착했어. 그리고 사람들이 놔둔 수레와 장비를 황금산까지 있는 힘을 다해 끌고 갔어. 그들은 그 장비를 이용해서 황금산의 황금을 캐내기 시작했지. 그들이 황금을 하나씩 캐낼 때마다 그들 몸에서 땀이 한 방울씩 떨어졌고, 캐낸 황금이 하나씩 늘어갈 때마다 대지의 공간 사이로 흐르는 땀이 한 방울씩 증발하는 것이었어.

그들은 온 힘을 다해 황금을 캐기 시작했어. 수많은 고난을 겪으며 도달한 황금산이니 반드시 많은 황금을 캐내 가자고 서로 굳게 맹세했지.

그러나 인간의 욕심은 반드시 화를 불러온다는 것을 자연이 보여주었어. 이들이 욕심을 많이 부릴수록 몸에서 수없는 땀방울이 흘러내렸고, 결국 그들의 몸에 있는 수분이 모두 증발해버렸지. 하늘에서 태양이 인간의 오만함을 내려다보고 있었던 거야. 그들은 주위를 둘러볼 여유는 있었을지 모르지만 하늘에 떠 있는 태양을 바라보는 지혜는 없었거든. 태양은 그들에게 황금을 보여주면서 그 대가로 그들 몸에 있는 수분을 전부 가져가 버렸던 거야."

소녀의 말을 듣고 있던 비트는 인간의 욕망에 대해 생각했다. 그러자 자연에 버려진 황금 돌을 찾아 동족을 버리고 자신의 생명마저 버리는 인간이 무섭게 느껴졌다. 하늘을 한 번쯤 바라볼 수 있는 지혜를 내지 못한 인간의 어리석음에 통탄했다. 비트는 인간의 굴레에 대해 다시 생각해보았다. 소녀가 말했다.

"두려워하지 마. 넌 맑은 영혼을 가지고 있잖아."

비트는 자신이 맑은 영혼의 소유자임을 알지 못했다. 인간의 굴레를 쓰고 있는 한 자신 또한 영원하지 않은 육체의 굴레 속에서 맴돌아야 한다는 것쯤은 알고 있었다. 삶이란 무엇일까? 생각과 행동이 일치되지 않는 일관성 없는 삶이 인생을 투쟁적으로 몰고 가는 것이 아닐까. 소녀는 황금산의 이야기를 마무리하려는 듯 비트를 바라보았다. 그러자 소녀에게 미안한 표정을 지으며 비트가 말했다.

"미안해. 내가 잠시 딴 생각을 했거든."

"괜찮아. 내가 지금부터 말하려는 것은 안개나라가 어떻게 변해왔는지에 관한 거야. 안개나라가 동방나라로 되돌아가기 위해서는 안개의 형성 비밀에 대해서 정확히 알아야 하거든. 아버지는 나에게 안개나라의 비극이 어떻게 시작되었는지 황금산의 전설을 통해 말씀해주셨어.

황금산에 도착한 사람들은 황금의 일부를 캐내는 동안 그들의 육신이 다른 사람들처럼 땅바닥에 나뒹굴게 될 것이라는 것을 알지 못했지. 그들은 황금에 눈이 멀어 거대한 황금산을 캐고 또 캐는 데만 열중했지. 그러나 그들의 육체는 시간의 끝자락에서 멀어져가고 있었어. 그들이 흘린 땀은 태양 빛을 받아 황금산으로 빨려 들어가고 있었어. 캐내는 황금은 영혼의 욕심이 불러낸 환영이었을 뿐이었지. 그들은 계속 캐내도 끝없이 나오는 황금에 취해 자신의 영혼을 황금산에 묻어버리게 되었던 거야.

할아버지는 이 광경을 멀리서 지켜보고 계셨어. 그들은 흙이 되어 되돌아가고, 영혼은 태양 빛 아래서 이글거렸지. 할아버지는 그들이 안쓰러웠는지 바람을 불러 말했지. 저들의 이글거리는 영혼을 식혀달라고. 바람은 북쪽 끝에서 차가운 기운을 몰고 왔어. 그 바람이 얼마나 차가웠는지 모든 걸 얼려버릴 것 같았지. 바람이 좀더 짓궂었다면 안개나라는 모든 것이 얼어붙은 채 얼음나라로 존재했을지 몰라. 하지만 태양은 바람이 몰고 온 차가운 공기를 자신의 따뜻한 온기로 녹여주었어. 이렇게 서로 상반된 태양과 바람이 어울려 깊이를 알 수 없는 안개를 만들어낸 거야.

안개는 스스로의 고통을 잠재우려는 듯 길가에 늘어선 시신들을 거두어들이기 시작했어. 사람들은 육신을 떠나 흔들리는 그들의 영혼을 어떻게 해야 할지 몰랐지. 안개는 이들의 영혼을 거둬들여 새로운 나라를 만들었던 거야. 갈 곳 없는 영혼들이 하나 둘씩 이곳 안개나라에 모여들기 시작했지. 그들은 육신의 굴레에서 맴돌았던 지난날을 반성하며, 영혼의 안식을 통해 할아버지에게로 돌아가기만을 기다리고 있었어. 내가 건너왔던 영혼의 강은 이들이 건너야 할 마지막 관문이기도 하지.

하지만 영혼의 강은 안개나라 사람들이 건너는 것을 허락하지 않았어. 안개나라 사람들이 이 강을 넘기 위해선 안개가 저절로 걷히게 해야 해. 강에 뿌려지는 안개 입자들을 다 걷어내고 예전 그대로의 자연으로 되돌릴 수 있을 때, 그들은 영혼의 강을 건너갈 수 있다고 들었어. 하지만 방법을 몰라. 안개나라의 영혼이 어떻게 원래의 자연으로 되돌아가게 할 수 있는지.˝

비트는 소녀의 말을 들으면서 안개나라 사람들의 불행을 애처롭게 생각했다. 주어진 행복을 황금산과 바꾸려 했던 인간의 어리석은 마음이 애처로웠고, 떠도는 영혼이 영원한 안식을 찾지 못해 안개 속을 배회하는 것도 불쌍했다. 비트는 소녀의 손을 꼭 잡았다. 소녀의 얼어붙은 마음을 자신의 체온으로 녹여주고 싶었다. 비트는 소녀의 눈앞에 나타나는 안개를 없애주고 싶었다. 하지만 그에겐 그럴 힘이 없었다. 자신은 보잘것없는 인간의 육체를 뒤집어쓴 한 인간에 불과했다.

비트는 소녀의 손을 잡고 기도했다. 한 번도 보지 못한 할아버지가 그리웠다.

그분의 말을 통해 깨달음을 얻었던 그 순간이 그리웠다. 비트는 "할아버지!" 하고 마음속으로 외쳤다. 그리고 안개나라에 떠도는 불쌍한 인간의 영혼을 구해달라고, 안개나라를 이제 원래 자연의 모습으로 되돌려달라고 기도했다. 비트가 그렇게 할아버지를 그리워하고 간절히 기도하는 순간, 기적이 일어났다. 소녀의 눈에서 이슬보다 맑은 눈물이 떨어지고 있었다. 비트는 소녀를 바라보면서 놀라지 않을 수 없었다. 안개나라 사람들은 그들 육체의 모든 수분을 안개 속으로 빼앗겨버렸기에 소녀 역시 슬퍼도 흘릴 눈물이 없다는 것을 일찍이 비트는 알고 있었다. 그런데 소녀의 눈에서 지금 눈물이 흐르고 있지 않은가. 소녀도 자신이 눈물을 흘리고 있다는 사실에 사뭇, 놀라고 있었다. 흐르는 눈물을 만지며 소녀가 말했다.

"믿을 수 없어, 내가 눈물을 흘리다니."

"정말 눈물이 흐르고 있어. 너의 눈에서 말이야."

흥분한 목소리로 비트가 말했다. 안개 저 멀리서 소녀의 동생이 다가오고 있었다. 누나의 눈물을 느꼈음인지 소년이 땅바닥에 악기가 떨어진 것도 모르고 이쪽으로 급히 달려왔다. 이윽고 소녀와 동생은 서로 기뻐하며 부둥켜안았고, 소녀의 눈에선 하염없는 눈물이 흐르고 있었다. 비트와 소녀 사이로 장미정원에 모여 있던 안개나라 사람들의 영혼이 몰려들고 있었다. 그들은 두 사람의 몸에서 흘러나오는 장미 향기를 맡고 있었다.

안개나라는 순식간에 술렁대기 시작했다. 그들의 영혼이 황금산을 떠난 이후 한 번도 보지 못한 생명의 물이 소녀의 눈에서 흘러내리는 것을 보았기 때문이다. 이 광경을 지켜보고 모두들 울먹였으나 그들의 눈에서는 눈물이 흐르지 않았다. 마음은 한결같이 눈물의 바다를 이루었지만 그들 눈에는 안개만이 자욱할 뿐이었다.

우물을 향하여

얼마 동안 침묵이 흘렀다. 소녀의 슬픈 눈물은 끊임없이 흘러내리고 있었다. 옆에 있던 동생이 소녀의 슬픔을 알아보았는지 악기를 주워들고, 침묵을 가르는 음률로 음악을 연주했다. 비트는 감동과 전율로 가슴이 벅차왔다. 뭔지 알 수 없는 기운이 그의 몸 내부에서 솟아나는 느낌을 받았다. 빛을 좇아 어둠에서 깨어나기 전, 상실했던 그 무엇이 되살아나는 것 같았다. 흐르는 소녀의 눈물이 가슴속 저편에서 비트의 마음으로 전해오는 순간이었다. 그는 소녀의 손을 잡고 달리기 시작했다. 그리고 예전에 마음속에서 보았던 커다란 우물이 떠올랐다. 비트는 소녀를 데리고 우물 앞으로 가야 한다고 믿었고, 이름 없는 소녀의 눈물과 우물이 어떤 관계가 있을 것이라는 예감이 그를 우물로 이끌었다.

"나를 따라와!"

비트는 소녀의 손을 꼭 잡고 달렸다. 소녀는 동생의 손을 잡은 채 보석 같은 눈물방울을 안개 속에 흩뿌리며 비트의 손에 이끌려갔다. 세 사람은 바람보다 빠른 속도로 우물을 향해 달렸다. 안개나라의 영혼들이 그들의 뒤를 따랐다. 저 멀리 안개를 뿜어내는 우물이 보였다. 비트와 소녀는 동시에 말했다.

"저기 우물이 보여!"

그들의 몸놀림은 하나가 되어 있었다. 안개는 소리에 소리를 타고 그들의 목소리를 전달했다. 비트는 소녀에게 말했다.

"네 눈물을 우물 속에 쏟아버려. 그동안 잃어버렸던 너의 눈물을 근원의 우물 속으로 다 쏟아버려."

소녀가 끝없이 쏟아내는 영혼의 눈물이 우물의 심장으로 흘러내렸다. 과거에 대한 그리움의 눈물, 아버지와 어머니에 대한 그리움의 눈물, 말 못 하는 동생에 대한 안타까운 눈물, 황금을 좇던 동방나라의 불쌍한 영혼에 대한 눈물……. 소녀가 쏟아낸 눈물방울은 하나가 둘이 되고, 둘이 넷이 되어 우물에 차고 넘쳐 흘러내렸다. 무섭게 안개를 쏟아내던 우물이 안개를 거두며, 그 움직임을 서서히 멈추고 있었다. 비트는 소녀의 손을 더욱 꼭 잡았고, 이 순간 둘은 하나가 되고 있었다. 먼 옛날 할아버지께서 하나로 만들어준 잃어버린 반쪽이 곁에 있음을 서로 느낄 수 있었다. 하염없이 흐르던 소녀의 눈물은 비트의 몸을 통해 소녀에게 흘러간 눈물이었다. 비트는 소녀의 눈을 통해 자신의 눈물을 보았고, 소녀를 통해 자신의 눈물이 하염없이 흘러내리는 것을 보았다. 비트와 소녀, 서로에 대한 그리움이 시간의 벽을 넘어 둘을 하나의 인간으로 맺어주었고, 그들은 자연의 근원적 본류本流를 찾아간 것이었다. 서로에 대한 강렬한 그리움으로 그들은 시간의 속도에 끌려가지 않고 자연 본연의 모습을 되찾을 수 있었다. 되찾을 수 없을 것 같았던 과거가 현실로 다가왔고, 아직 오지 않은 미래가 현실 속에 존재했다. 비트는 소녀가 그에게 했던 말을 다시 상기했다.

"네가 시간의 속도에 끌려가지 않고 자신을 찾을 수 있다면, 난 항상 너와 함께할 수 있어."

소녀가 우물 속에 숱한 영혼의 눈물을 쏟아내자, 우물은 스스로 자신의 허물을 벗어내고 있었다. 마지막 목숨을 지키기 위해 몸부림치는 짐승처럼 우물은 최후의 안개를 거세게 뿜어냈다. 그리고 얼마간의 시간이 흘렀을까. 용틀임하며 마구 솟던 안개가 서서히 걷히며 우물물은 맑은 기운을 되찾아갔다. 죽어 있던 나무들이 되살아나고, 풀벌레의 울음소리도 다시 들리기 시작했다. 우물은 자연 그대로의 모습으로 되돌아갈 준비를 하고 있는 모습이었다. 소녀와 비트를 뒤따르던 안개 속 영혼들은 이 놀라운 기적의 현장을 지켜보고 있었다.

안개가 걷히며 안개나라의 장미정원이 서서히 그 모습을 드러냈다. 그동안 안개에 가렸던 수많은 장미들이 만개하여 아름다운 자태로 향기를 발하고 있었다. 강하게 뿜어나오는 장미 향기에 안개나라의 영혼들은 요동치듯 심하게 그들의 몸을 움츠렸다. 그리곤 너울너울 연기 속으로 사라지듯 하나 둘씩 장미정원으로 들어가 하나의 영혼이 하나의 장미를 찾아갔다. 안개 속에서 떠돌던 영혼들이 장미의 세상에서 다시 맑은 영혼으로 태어나는 순간이었다.

갈 길을 찾지 못해 떠돌던 영혼도, 안개도 사라졌다. 우물가엔 비트와 소녀 그리고 그녀의 어린 동생만이 따스한 태양 빛 아래 서 있었다. 정지된 시간 속, 우주 공간에서 오로지 세 사람만이 존재하고 있는 느낌이었다. 셋은 소녀가 그리던 동방나라의 밝은 태양이 대지 위로 다시 솟아오르는 모습을 바라보고 있었다. 비트는 있는 힘껏 소녀의 손을 꼭 잡았다. 해맑은 미소를 지으며 소녀가 비트에게 말했다.

"너를 다시 찾을 수 있어서 정말 행복해."

비트는 소녀의 말에 눈물이 핑 돌았다. 갑자기 어둠의 터널에서 공포에 떨던 그 순간이 떠올랐다. 그리고 그 터널을 건너기 위해 희망의 상징인 할아버지를 외치던 때도 생각났다. 빛을 보려고 떠돌면서 정작 잃어버린 자신의 반쪽은 잊고 살았다. 그런데 정체 불명의 안개 속에서 드디어 자신의 진정한 반쪽을 되찾은 것이다.

하늘을 바라보았다. 높은 하늘에서 구름이 그들을 내려다보고 있었다. 바람이 구름을 몰고 와서는 나뭇가지 사이에 숨어 이들을 지켜보고 있었다. 소녀는 비트를 가슴으로 끌어안았다.

"오늘이 오기를 기다렸어. 난 네가 꼭 나를 찾아줄 거라고 믿고 있었지. 네 스스로 어둠속에서 깨어나기 위해 노력할 것이라는 것을 믿고 있었어. 나는 네게서 태어났고 너에게서 사라지는 존재야. 네가 없으면 나는 존재조차 할 수 없었을 거야. 너를 통해 바라본 세상은 넓고도 좁은 것 같아. 아버지와 어머니가 너를 기다리고 있어."

비트는 소녀의 말대로 아버지와 어머니가 자신을 기다리고 있음을 느꼈다.

그들이 아주 많이 보고 싶었다. 말 못 하는 그들의 아픔이 가슴속에 메아리쳤다.

"너의 영혼이 그들을 떠나온 후, 얼마나 많은 눈물로 너를 기다렸는지 몰라. 그들의 눈물은 강이 되고 파도가 되었어. 그리움이 넘치면 고통을 참지 못하고, 세상의 온갖 두려움을 이끌고 달려갔지. 그들은, 세상의 오물을 네가 모두 걷어 가길 간절히 원했지. 하지만 너는 네 영혼을 할아버지에 대한 그리움에서 찾으려 했지. 우리는 하나의 그리움을 통해 동방나라도 보았고 안개나라도 보았던 거야. 지금 우리가 존재하는 이곳이 지금은 이상한나라의 형상을 하고 있지만 그 이름이 뭐라고 남을지 누가 알겠니? 그들은 단지 세상의 모든 것을 현재의 눈으로만 바라볼 뿐이지. 시간은 과거도 현재도 미래도 없이 끝없이 펼쳐지고 있는데 말이야. 이제 우리는 우리 고향으로 돌아갈 시간이 된 것 같아. 무거운 발걸음을 떨쳐버리고 세상을 가볍게 나는 새처럼 말이야. 우리는 저들의 날개를 빌려서 날아가야만 해. 구름이 바람의 날개를 빌리듯 말이야."

비트는 소녀의 애절한 목소리를 들었다. 또한 어둠에서 빛을 좇으며 수많은 것들을 보았으며, 무너져내리는 발걸음을 가다듬고 수십 번의 고비를 넘어야 했다. 세상은 참 알 수 없는 것들의 집합체였다. 비트는 소녀의 손을 잡았다. 할아버지의 어둠이 존재하는 고향이 보이는 것 같았다. 소녀는 비트를 보며 웃었다.

"두렵니?"

"아니, 두려움은 두렵다고 생각하는 나의 마음속에 있는걸."

"그래, 우리는 오늘을 통해 과거를 보았고, 오늘을 통해 미래를 보았어. 이제

미련 없이 원래 우리의 자리를 찾아 떠나야 하지 않겠니."

"그래."

비트와 소녀는 꼭 잡고 있던 두 손을 서로의 가슴에 모았다. 멀리서 구름이 이들을 감싸주었다. 그 순간, 소녀는 잡고 있던 어린 동생의 손을 놓았다. 우물에 비쳐진 세 사람의 얼굴이 서서히 사라지고 있었다. 우물의 파동이 이들을 어디론가 데려가고 있었다. 그리고 순식간에 비트와 소녀는 우물 속으로 사라졌다. 아니, 세상 속에서 사라졌다.

홀로 남겨진 동생이 우물을 바라보고 있었다. 아무도 없는 우물가엔 악기를 든 어린 소년의 가냘픈 그림자만이 어렸다. 소년은 아무 말 없이 한참을 그렇게 서 있었다. 안개도, 소녀도, 비트도 없는 우물만이 소년을 바라보고 있었다.